Pablo Camacho

presenta…

Criaturas salvajes

Una novela

Obras del autor:

Conoce más sobre el autor y consigue sus otros libros en su página de web:

https://www.philosopherbynight.com

Supongo que, para algunos,

la venganza es más dulce que la vida.

Porque, amigo mío, la aversión a las serpientes es un sano instinto humano, la gente que la tiene se ha mantenido viva. La serpiente es el más letal de todos los enemigos de los hombres, pero ¿qué nos lo puede decir, excepto nuestro instinto del bien y del mal? Las garras de los leones, el tamaño y los colmillos de los elefantes, los cuernos de los búfalos, todos saltan a la vista. Pero las serpientes son animales hermosos. Las serpientes son redondas y lisas, como las cosas que apreciamos en la vida, de exquisita coloración suave, suaves en todos sus movimientos. Solo para el hombre piadoso esta belleza y gracia son en sí mismas repugnantes, huelen a perdición y le recuerdan la caída del hombre. Algo dentro de él lo hace huir de la serpiente como del diablo, y eso es lo que se llama la voz de la conciencia. El hombre que puede acariciar una serpiente puede hacer cualquier cosa.

— Isak Dinesen, *Out of Africa*

Miré, ¡y apareció un caballo amarillento! El jinete se llamaba Muerte, y el Infierno lo seguía cerca. Y se les otorgó poder sobre la cuarta parte de la tierra, para matar por medio de la espada, el hambre, las epidemias y las fieras de la tierra.

— Apocalipsis 6:8

El preámbulo siempre importa

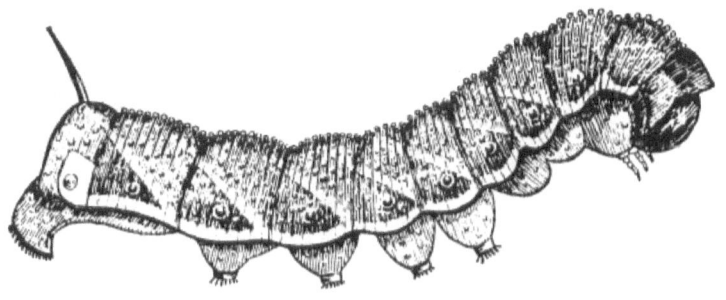

UNO

Cuando morí en el Viejo San Juan, mis últimos pensamientos fueron sobre el amor de mi vida, el mundo que pudimos haber tenido y el mundo que nunca fue. Fueron mundos apartes que explotaron todos a la vez, y cerré mis ojos cuando no pude aguantarlo más, cuando la luz cegadora de aquella gran detonación por fin arropó al universo entero. Cuando mi espíritu despertó, vi que había regresado aquí, a una última dimensión escondida lejos del fuego consumidor del fin del mundo. Llegué como un fantasma a un lugar donde se guardó mi pasado, transportado a una vida de hace diez años para revivirla toda una última vez. Esta dimensión también desvanecía poco a poco, pero en su muerte lenta, fui dado una última oportunidad para verlo todo desde el cielo, y quizás de esta manera, por fin poder entender y contarte lo que sucedió…

—

Uno se puede perder fácilmente en las calles del Viejo San Juan. Sin esfuerzo, se puede encontrar la curiosidad y el asombro caminando sobre los adoquines, bajando o subiendo alguna calle en alguna colina de la ciudad, o apreciando los colores que se mezclan entre los edificios que quedan tan y tan pegados allí. Es fácil imaginarse en un mundo antiguo, en un tiempo fuera del que realmente es.

En el día la gente se riega por cada callejón como hormiguitas explorando un laberinto hermoso en el Caribe. La esencia española quedó pintada entre la arquitectura de ese viejo rincón en la isla. Si uno camina por ese laberinto en la mañana, y se acerca suficientemente a algunas de las ventanas abiertas, se sentirá el olor de un cafecito recién hecho. Si el don o la doña que lo hizo es familia y se asoma por la ventana y lo ve, le ofrecerá un poco con algunas galletitas. Y si no es familia, pero uno le da los «Buenos días», pues quizás le ofrecerá de todos modos.

Si uno sigue caminando puede ser que en cambio le dé el olor a las flores. Y si no, el aire lo arropará con el olor del mar cercano. Lo que de seguro se puede decir es que no se puede negar la magia de ese lugar. Siempre ha estado ahí y siempre lo estará. De noche se prenden las luces, y todas las placitas parecen haber sido sacadas de pinturas perfectas, pequeños lugares que parecen ser más obras de artes que ser una realidad. Los fines de semana se escucha la salsa sonando en la distancia, y cada boricua se va de barra en barra, vacilando y disfrutando de las calles, embriagados de felicidad y alcohol.

—

En una parte de ese Viejo San Juan, una pareja joven anda sentada en la colina que sube hacia El Morro, una antigua fortaleza española del Caribe. Son un chico y una chica a los que les falta el mundo por vivir. Pero el Viejo San Juan tiene una manera de parar el tiempo, de hacer que solo importe lo que tiene que importar en esta vida por al menos unos fragmentos de tiempo. La chica lo miraba a él como si no existiera nada más en esta vida. Con las luces al otro lado de la bahía de San Juan reflejándose en la cara del chico, este en cambio la miraba a ella sabiendo que tenía al universo entero a solo centímetros de distancia.

En ese Viejo San Juan, el cielo comenzó a llorar. Quizás de felicidad, por lo que había sido testigo, o quizás de tristeza por lo que faltaba por pasar esa noche. Al irse de El Morro, la pareja cruzó una calle tratando ambos de escaparse de la lluvia, y en esos efímeros momentos los dedos delicados de la chica encontraron los dedos cálidos del chico. Fue entonces que esa noche un chico y una chica inocentes se agarraron de la mano por primera vez. Y así mismo, ellos cruzaron hacia el otro lado de su destino.

La pareja encontró refugio de la lluvia bajo un balcón. Con los cuerpos pegados, el chico le rozó la piel a la chica con sus dedos para sacarle el cabello mojado de la cara. La mirada brillante de la chica pedía un beso. Y cuando por fin labios chocaron con labios se selló un destino con dulzura.

Pero, como el Yin y Yang, todo requiere un balance. Por cada cosa hermosa en este mundo, el universo requiere algo igualmente oscuro. El Viejo San Juan no es la excepción. Mientras una pareja joven se enamoraba poco a poco bajo un balcón, una turista perdida intentaba buscar refugio en otra parte de la ciudad. Corriendo en un mundo desconocido, el laberinto que para algunos es hermoso, para ella se convirtió en una pesadilla. Tropezó, y cayó rendida ante los pies de un animal.

—Pero qué ricura esta rubia —dijo la criatura desconocida—. Oye, mami, ¿cuánto llevas en esa cartera?

La turista comenzó a levantarse cuando sintió un ardor en sus rodillas. La caída le había raspado la piel, y ahora sangre bajaba por sus piernas.

—I'm sorry. I don't understand what you're saying —respondió la rubia nerviosa, dudando que ese espectro que le hablaba podía ser en realidad una criatura humana.

A causa de tanta lluvia y sudor, el trajecito blanco que llevaba puesto la turista comenzó a pegarse a su figura. Ella comenzaba a temblar, aunque en Puerto Rico no hacía nada de frío esa noche. A pesar del sudor, a pesar de la sangre y del maquillaje regado, el animal solo se fijaba en los pezones que se asomaban a través de la tela del traje mojado de la chica.

—Quizás me puedes dar algo más que solo unos billetes —dijo el animal, acercándose más a su pobre presa.

—Please... —comenzó a rogar la rubia—. Stay away.

Aléjate.

Los ojos del animal. La estructura de su boca. La manera en que caían las sombras sobre su cara. No, no. No era posible que él pudiera haber sido un ser humano.

Dando un paso atrás, la turista miraba hacia todos lados tratando de encontrar alguna salida, para solo darse cuenta de que andaba atrapada contra una pared.

—Tú no te me vas hasta que me des una probadita —siguió el animal.

Su pulso se aceleraba, listo él para cazar. El pulso de la rubia, en cambio, se multiplicaba. Ella, deseando con todas sus fuerzas poder aprender de la nada a volar y largarse de ese lugar para siempre.

—Don't touch me —dijo la rubia cuando las manos curiosas del depredador comenzaron a explorar su cintura—. Help! —gritaba, desesperada.

—Aquí nadie te va a ayudar —el animal le dijo riéndose, arropándola ya con el resto de su cuerpo.

—¡AYUDA! —gritó la rubia una última vez, recordando el poco español que en algún momento pudo aprender.

El animal operaba en un mundo oscuro. Muy oscuro. Vivía en el reino ese que les pertenece a las drogas, y él estaba encargado de hacer una entrega de cocaína. Desafortunadamente para la turista, el animal, adicto a su droga y adicto al dolor de una pérdida que lo llevó a ella en primer lugar, había decidido consumir todo el producto él mismo. Eso presentó un problema porque, de todos modos, el jefe iba a querer el dinero que ahora el animal le debía. Cuando el animal vio a la rubia perdida en una parte oscura del Viejo San Juan, vio una oportunidad para conseguir ese dinero.

Todas estas cabronas gringas tienen chavos, pensó él. Y así fue como la siguió a escondidas. Pero cuando ella tropezó frente a él y este vio las curvas femeninas bajo la lluvia, al animal le dio hambre de otra cosa. Con cada uno de los gritos de la turista, él se pasaba la lengua por los labios. Con ojos reptiles, él la observaba, acercándose lentamente hacia ella, sabiendo muy bien que la rubia no encontraría alguna salida. Y cuando no pudo aguantar más el hambre, con una sonrisa, atacó a su presa como una serpiente.

Ella gritó y gritó, pidiéndole ayuda al universo, pero la salsa en el Viejo San Juan sonaba más fuerte que ella. Las risas de los boricuas se mezclaban con el sonido del mar, y los últimos suspiros de la gringa fueron enterrados entre todo aquel caos. La brisa se llevó su aliento, y el viento terminó sonando una música diferente esa noche. La oscuridad se tragó a la gringa por completo, y fue de esa manera como nadie supo más nada sobre ella. O al menos así lo fue por un tiempo...

Ese animal. *Puto parásito.*

DOS

En otra parte de San Juan, un hombre salía en avión para Nevada. Iba a una despedida de soltero que se convertiría en una despedida de un destino. Sería su primera vez visitando Las Vegas, pero de seguro no sería la última. El hombre viajaba para celebrar a un amigo. Bueno, era un *pana* por decirlo así. No eran cercanos, pero cuando el hombre recibió su invitación para el viaje, pues, ¿qué más hay que decir? ¿Desde cuándo hay que convencer a un puertorriqueño para festejar?

Se montaron todos los invitados en ese avión y lo primero que hicieron fue ordenar unos tragos de tequila. Cuando aterrizaron por fin en los Estados Unidos, todos supieron quiénes eran los boricuas porque fueron los únicos que aplaudieron. Cuando bajaron del avión, el grupo no perdió tiempo y pararon en una de las tiendas libres de impuesto en el aeropuerto para comprar todo el alcohol que iba a ser necesario ese fin de semana. Es más barato comprarlo allí y no en una tienda de la ciudad. Y es mucho más barato tomar en la habitación del hotel antes de salir para llegar ya jodido a la discoteca y no tener que gastar dinero innecesario en alcohol demasiado caro. La regla es simple: si compras alcohol en la barra es porque has bailado tanto y tanto que ya se te está yendo la *nota* y necesitas un trago más para mantener la embriaguez.

Los muchachos llegaron al hotel, dejaron sus maletas, empezaron a tomar y comenzaron el día en la piscina.

—Si llego a saber que había tanta mujerota por acá, hubiese visitado Las Vegas hace rato —dijo uno de los muchachos mientras se ligaba a una mujer caminando en bikini al otro lado de la piscina.

La gringa se dio cuenta que la miraban, y desde lejos sonrió. Le tiró una guiñada al hombre y se fue caminando con un vaivén que mataba.

—Puñeta —dijo el muchacho con un suspiro.

El hombre que viajó para Nevada por primera vez regresó a la habitación del hotel y llamó a su novia para dejarle saber que todo andaba bien.

—Tranquila, mi amor —le aseguró antes de enganchar la llamada.

Se tomó otro trago y salió para explorar el resto de Las Vegas con los muchachos. Visitaron algunos de los hoteles más famosos de la ciudad. El MGM Grand. Caesars Palace. El Bellagio. De hecho, en uno de ellos había una pequeña exhibición de Muhammad Ali. El grupo entró a la galería para aprender de la historia de ese personaje tan famoso, y al rato salieron todos preguntándose qué hubiese sido de sus vidas si hubiesen sido boxeadores tan gloriosos como lo fue él. Pero ninguna de ellos lo era. La vida es así.

Todos entonces regresaron a la gran habitación del hotel donde esa noche algunos dormirían y donde se había guardado todo el alcohol que compraron. Se tomaron unos tragos. Se bañaron y se cambiaron de ropa para ir a una presentación de esas de Cirque du Soleil antes de salir a bailar el resto de la noche. De un piso dieciséis bajaron al quince. Luego al catorce, y entonces al doce. Por ahí el ascensor siguió hasta llegar al primer piso. No hubo un piso trece. Muchos hoteles evitan ese número. Será superstición. Mala suerte, quizás. El grupo siguió con su noche, y durante la presentación, uno de los muchachos preguntó:

—¿Cómo carajos esa acróbata se dobla así?

La presentación terminó y el grupo de muchachos regresó de un mundo de fantasías al mundo real.

—¡Cabrones, disfruten porque este es mi último fin de semana como soltero! —dijo el anfitrión de la noche.

Subieron una vez más para tomarse juntos sus últimos tragos, y bajaron de nuevo para ir a la discoteca del otro hotel que les quedaba al lado. Había tres niveles diferentes con tres pistas de baile para variar la música. En un nivel sonaba *hip hop*. En otro sonaba música electrónica. Pero en el último nivel era donde realmente se encontraba la fiesta. Los muchachos bailaron un rato en los primeros dos niveles, pero cuando llegaron al tercero, escucharon el sonido familiar de la música latina.

—¡Ahora es que es! —gritó uno de los boricuas. Había un grupo de brasileras bailando en la pista. Solteras todas. Sus caderas y sus nalgas se movían en perfecta sincronización con las vibraciones del ritmo del reguetón. Las muy coquetas se acercaron a los muchachos, y entre todos comenzaron a perrear juntos.

—¡Hijo de puta! —gritó unos de los muchachos riéndose—. ¿Estás seguro de que te quieres casar?

El prometido estaba pegado cuerpo con cuerpo a una de las brasileras, bailando juntos frente a frente. Con cada choque de sus muslos, ella podía sentir en su pierna la erección del prometido.

—¡De esta noche no hablamos! —le contestó el prometido a su amigo.

Mientras tanto, el hombre que viajó a Las Vegas con el grupo por primera vez andaba perreándose a otra brasilera. Sudados y pegados se comenzaron a besar, pero no fue hasta que ella le preguntó si quería regresar a la habitación que entonces él se sintió culpable.

—No, no puedo —le contestó a ella, despegándose mientras ella le preguntaba por qué no, con su español mezclado con un acento portugués.

El muchacho se fue, dejando a sus amigos en la fiesta y a la chica en la pista sola. De seguro no le tomaría mucho tiempo a ella encontrar un sustituto. El chico salió de la discoteca, y para matar el tiempo esperando a sus amigos buscó una silla vacía en el casino del hotel. Sintiéndose culpable, comenzó a mirar las fotos de su pretendiente en su teléfono.

La cagué, pensó.

Guardó su teléfono y alzó la mirada para darse cuenta de que andaba sentado frente a una de las máquinas de apuestas. Eran las tres de la mañana y estaba frente a la máquina número trece.

—Que se joda —murmuró el muchacho—. Vamos a matar el tiempo.

Apostó cinco dólares y terminó ganándose cien. Sintiéndose bien, apostó los cien, y se ganó un poquito más. Así siguió el resto de la noche sin darse cuenta de que sus amigos ya habían salido de la discoteca y habían regresado a sus respectivas habitaciones.

—El chico de oro —se decía él mismo cuando comenzó a ganar miles en la misma máquina trece. Sintiéndose bien de nuevo, decidió apostarlo todo. Y así mismo como lo apostó todo, así mismo lo perdió.

—No, no puede ser así —se dijo, incrédulo.

El día siguiente visitó un banco para retirar sus ahorros antes de salir de nuevo con los muchachos. Y a la noche, regresó a la misma máquina trece.

—Me vas a devolver lo que me quitaste, hija de puta —le dijo a la máquina. Lo apostó todo, y de nuevo quedó el hombre sentado. Incrédulo.

Lo que pasa en Las Vegas… bueno, ya se conoce cómo termina el refrán. Pero no todo sigue las reglas en esta vida, y mucho menos ese decir. Hay cosas que te siguen al salir de esa ciudad del pecado. Cosas así como una asquerosa enfermedad de transmisión sexual. Afortunadamente, ese no era el caso del muchacho que acababa de perderlo todo. Pero, en algunos casos, hay otras cosas que te siguen fuera de Las Vegas que, para algunos, resulta ser peor aún. Cosas así como una deuda.

Sintiéndose culpable, el hombre miró al teléfono que le sonaba. Contestó sentado aún en esa maldita silla del casino, y su novia le preguntó cómo iba su viaje.

—Todo bien —él le contestó—. Tranquila, mi amor.

TRES

En algún hospital de Puerto Rico, una enfermera recibe una entrega de rosas y tulipanes de parte de un admirador secreto. Mientras tanto, dos amantes hacen el amor lento en una cabañita frente al Lago Carite en Guayama. Y en el hermoso Viejo San Juan, una chica se encuentra con un viejo amigo para tomarse un café juntos por quinta vez ya esa semana. La pareja en la cabañita encuentra la gloria mañanera, y al terminar salen juntos para bañarse en una duchita al aire libre. Humildes, se abrazan bajo un chorrito frío y bajo un sol muy caluroso y muy, muy puertorriqueño.

La enfermera en su hospital se esconde unos minutos en una oficina vacía para llorar de felicidad. Ella sospecha quién envía las flores. Y mientras tanto, la chica en San Juan le va diciendo a su viejo amigo que su prometido trabaja muy lejos. Demasiado lejos. La enfermera llama a su mamá para contarle emocionada de la sorpresa que le dieron en el trabajo. Y los amantes en Guayama por fin terminan de bañarse juntos. La chica sale corriendo de regreso a la casita de madera, riéndose al robarle a su novio la toalla. Desnudo, el chico corre en busca de su querida, y ella grita y ríe de alegría al ser más ágil que él. Evadiéndolo, ella le grita: «¡Atrápame!» Los pajaritos vuelan en el cielo, y esas aves, junto a Dios, son los únicos testigos del juego de esas dos criaturas felices en su rinconcito en la montaña al lado del lago.

El viejo amigo de la chica en San Juan la acaricia con sus ojos. Ella en cambio mira su propia mano mientras toca con sus dedos el anillo de compromiso que lleva puesto.

—Dice que no me puede hablar de su trabajo —ella le dice al amigo—. Pasa más tiempo al otro lado del mundo, que aquí conmigo.

El viejo amigo de la chica extiende su mano sobre la mesa donde andan sentados y encuentra con sus dedos los de ella. La chica alza la mirada, y al encontrar la de él, una pequeña chispa escondida se enciende detrás de los mares oscuros que son sus propios ojos.

La enfermera pasa el día cantando en el trabajo. Sus compañeros la molestan por actuar como una niña enamorada, pero a ella no le importa. Los dones y las doñas, que forman la mayoría de sus pacientes, le dicen que hoy sus ojitos brillan un poco más. Le dicen que su sonrisa hoy se ve más alegre de lo usual. Y algunos le dicen que hoy hasta su piel tiene una incandescencia especial. Entre cada una de las citas médicas, la enfermera se pasa oliendo las flores de su admirador.

El chico que corre desnudo en Guayama por fin atrapa a la chica en toalla frente a la entrada de su cabañita, y así termina el juego de ambos. La chica, riéndose, se esconde en el abrazo fuerte de su novio, y mientras él la agarra por la cintura, ella, muy juguetona, lo muerde en el pecho.

—¡Auch! —reacciona el chico.

Y como cachorrita inocente, la chica alza su mirada hacia él. Los ojos de ella: grises como nubes que esconden detrás del vapor a mil soles.

—Dame un beso —ella le dice al chico.

Y cuando él se le acerca para acariciarle los labios, la chica le pasa la lengua por la cara.

—¡Te cogí! —le grita ella, escapándose del abrazo y riéndose como si fuera la mente maestra de un acto maquiavélico.

Ella suelta la toalla y se va a correr de nuevo, y así mismo deja que su pelo negro baile con el viento mientras el sol besa su piel blanca. El chico otra vez persigue a la chica, y así es que pasan el día dos enamorados: disfrutando y jugando desnudos en un campo escondido en una isla del Caribe.

El amigo y la amiga en el Viejo San Juan terminan el café y deciden caminar juntos por las calles de esa mágica y antigua ciudad. Ven un vendedor de helados cruzando la calle, y la campana atada al carrito suena cada vez que brinca sobre los adoquines y las grietas desparejas de la calle. Así, el don vendedor anuncia que muy cerca hay dulzura.

—¿Quieres un mantecado? —el chico le pregunta a la chica.

Ella lo mira, sonríe, y le responde:

—Sorpréndeme.

El chico corre al otro lado de la calle a donde había cruzado el don, y como no sabe si la chica prefiere el sabor de parcha o coco, se lo compra mezclado.

—Perfecto —la chica dice cuando el chico regresa y le entrega el mantecado. Él se compró uno igual, y así juntos caminan hacia El Morro para comerse ese postre en los banquillos frente al gran castillo. Al sentarse juntos, la chica decide acercarse un poco más a su viejo amigo. El traje azul que lleva puesto ella resalta los mares oscuros de sus ojos que, poco a poco, y junto a su viejo amigo, andan convirtiéndose en cielos claros y libres. Y así mismo fue olvidando poco a poco que ese azul de su traje también resalta el azul de los zafiros que rodean el diamante en el anillo de compromiso que aún lleva puesto.

La enfermera termina su turno en el trabajo, y al

salir de la oficina, todos sus compañeros le gritan en coro: —¡Adiós, cosita linda!

Feliz, ella baja en un ascensor abrazando el ramo de flores que le regalaron en la mañana. Ella encuentra su carro, y antes de montarse, la enfermera mira al cielo sonrojada y sonriendo, y susurra:

—Ay, Dios mío.

Al abrir la puerta de su carro y sentarse adentro, se encuentra con aproximadamente trece mil botellas de agua regadas por todo el interior. Algunas vacías. Algunas llenas hasta la mitad aún.

—Tengo que limpiar este carro —murmura mientras marca en su teléfono el número de una amiga. Cuando le contesta, ella le dice:

—¡Oye, loca! Tengo que contarte algo. ¿Quieres salir a la noche a tomarnos algo?

Mientras tanto, los chicos salvajes perdidos en el campo de Guayama por fin se cansan de tanto correr uno detrás del otro y deciden regresar desnudos a la cabañita. La chica busca un trajecito suelto y corto, de esos para estar en la casa, y el chico se pone un pantalón viejo y se queda sin camisa. En una pared cuelga un sombrero de paja que el chico se pone a veces para ir a la playa, y la chica lo toma en sus manos para llevárselo a él.

—Póntelo —ella le dice, riéndose.

Él intercambia las risas de ella con algunas

propias, y así le pregunta:

—¿Por qué quieres que me ponga esto ahora? Estamos adentro.

—Dale, dale. No preguntes tanto —ella le responde rápido, dándole el sombrero—. Póntelo y siéntate ahí.

El chico se pone el sombrero, y de una gaveta, la chica saca una cámara vieja.

—¡Sonríe! —ella dice, y así le toma una foto al chico con su sombrero puesto y sin camisa.

Ella comienza a reírse de su segundo acto maquiavélico, pero enseguida su rostro cambia, y ahora mira al chico con ternura. Mirando al chico sentado, ella le dice:

—Mi jibarito hermoso.

La chica devuelve la cámara a su gaveta y luego regresa hacia el chico. Ella se sienta sobre los muslos de él, y el jibarito la agarra por la cintura para que no se caiga. Lentamente ella le quita el sombrero y lo deja caer al suelo. Con sus manos de- licadas, le toma la cara al chico. Sus dedos le soban los cachetes.

—Tienes café en los ojos —ella le susurra.

Poco a poco, se pegan uno al otro, y ahí en su cabañita, un jibarito choca sus labios por fin con los de una princesa. Muy dulce y suavemente, ella le da el beso al chico que tanto él anhelaba y que tanto ella le había negado durante el juego del día.

En el Viejo San Juan el cielo atardece, y así como baja el sol, también baja la temperatura. Muy atento a la chica, el chico nota el escalofrío en los brazos de su amiga, y con su propio brazo, arropa los hombros de ella. Más pegada ahora que antes a su viejo amigo, la chica siente las palpitaciones aceleradas de un corazón ajeno.

Así, en ese banquillo frente a El Morro, la chica le sigue contando:

—Yo sé que él me ama con todo su corazón.

La chica toma una pausa para acomodarse y recuesta su cabeza en el hombro de su viejo amigo.

—Él me ama como nadie en esta vida me ha amado. Pero es ese mismo amor el que tanto me intimida.

La chica alza su mirada y mira a su amigo a los ojos y le dice:

—Pero, aun así, a veces siento que ni lo conozco. —Y con un suspiro, ella termina su desahogo—. Solo quisiera que él hablara más.

Mirándola a los ojos profundamente, el chico comienza a acariciarle el brazo.

—Es difícil, imagino —él le responde.

En esos momentos el sol cae por completo, y el chico le pregunta a la chica:

—¿Nos vamos?

Ambos se paran del banquillo y comienzan a

bajar juntos de la colina donde queda el castillo. Cruzan la calle al llegar al final del camino y ahí el chico abraza a la chica muy fuerte. Un abrazo muy largo. Un abrazo muy pegado. La chica entierra su cara en el pecho del chico, y así ella por fin siente el calor y el olor de otro cuerpo humano. El chico esconde su cara en el cabello de la chica, y con sus manos la agarra fuertemente por la cintura, sus dedos se encuentran flotando a meros centímetros sobre las nalgas de ella. Quedan ellos ahí por una eternidad, o al menos así lo sienten él y ella. Porque es así en el Viejo San Juan, ¿no? Esa ciudad tiene una manera de parar el tiempo, de hacer que solo importe lo que tiene que importar en esta vida por al menos unos pocos momentos.

Los amigos se despegan por fin y se despiden. El chico se desaparece entre los callejones del hermoso laberinto puertorriqueño, y la chica queda ahí, en la placita frente a El Morro. Ella comienza a caminar para regresar a su carro, pero en ese momento la lluvia empieza a caer. Quizás por el viento o quizás por la inquietud la chica se da vuelta para mirar el camino andado. ¿Qué sabría ella que en algún otro tiempo, o en alguna otra dimensión o en alguna otra de sus vidas, cruzando esa misma calle, un chico y una chica muy inocentes se agarrarían de la mano por primera vez?

—

La enfermera llega a su casa y le pide la bendición a su mamá. Aún vive con ella.

—¡Mami, mira las flores!

La enfermera le entrega el ramo a su mamá y le pide que se las ponga en agua.

—¡Muchacha! —la mamá le contesta a su hija—. ¡Si no te casas tú con él, me caso yo!

Ambas se ríen juntas.

—Ay, mami —la enfermera responde—. Aún ni estoy segura si son de parte de quien pienso.

La enfermera suelta todo lo que lleva en la mano, deja su cartera en la sala, y se dirige a su cuarto.

—Chica, tú y yo sabemos muy bien que sí son de quien pensamos —la mamá dice—. Y, oye, ¿por qué andas con tanta prisa? Acabas de llegar, *mija.*

Quitándose la ropa y preparándose para bañarse, la enfermera le responde a la mamá:

—Voy a salir con una amiga. ¡Quiero contarle!

Acomodando las rosas y los tulipanes en un florero, desde la cocina la mamá le grita a la enfermera:

—¡Está bien! Ten cuidado y llévate una botella de agua por si te da sed de camino.

Ya desde el baño y prendiendo la ducha, la hija le contesta:

—¡Vale!

La enfermera termina de bañarse, se seca, se viste, se maquilla (por si de casualidad se encuentra con su admirador esa noche), y se lleva con ella la botella de agua antes de salir a su cita con su amiga. Otra más para la colección...

La enfermera llega a la barra donde se iban a encontrar ella y la amiga. Mientras le cuenta lo de las flores a la muchacha, el jibarito en Guayama comparte una botella de vino con su princesa. Esa noche jugaban un partido de dominó.

—Si me ganas, te diré «doña» el resto de la noche.

—El chico empezó diciendo—. Porque los únicos que saben jugar esto bien son los viejos.

Muy seria, la chica con la botella de vino en la mano mira al jibarito y pregunta:

—¿En serio me vas a decir que de chiquito nunca jugaste dominó en tu casa? ¿Nunca aprendiste con tus abuelos?

Bromeando y mintiéndole a la chica, el jibarito le contesta:

—No. Para nada. Pero antes de que se me olvide, ¡toma esto!

El jibarito, con el vino corriendo por sus venas, deja caer su última ficha en la mesa como un relámpago y le grita a su princesa:

—¡Capicú!

La chica del susto por poco deja caer la botella de vino al piso y le grita al jibarito:

—¡Mira!

Ambos comienzan a reírse, y la música que tienen puesta de fondo poco a poco va convirtiéndose en un *jazz* lento. La chica toma un último trago de la botella y se la pasa a su novio. Con un suspiro, ella dice:

—Ay... me encanta esta canción.

Ella se para, y mientras el chico toma su último trago de la noche, ella extiende su mano hacia él.

—¿Bailamos? —ella le pregunta sonriendo y sonrojada.

Y fue así como pasaron la noche un jibarito y una princesa en una cabañita de Guayama: bailando lentamente a la música de un *jazz* mezclada con el cántico de un coquí escondido. Así bailaron juntos, embriagados por el vino. Pero más aún, embriagados de amor.

Esa noche, el jibarito y la princesa durmieron enamorados. La enfermera, cuando regresó a su casa, durmió feliz. Pero la chica del Viejo San Juan esa noche no pudo ni cerrar los ojos. Se encontraba dando vueltas en la cama pensando más en su viejo amigo que en su prometido.

Los días pasaron y la pareja de la cabañita seguía en una fantasía de campo. La enfermera recibió otra sorpresa al hospital. Esta vez, una notita. La chica de San Juan se encontró con su viejo amigo de nuevo para tomarse otro café, y esta vez se le olvidó ponerse su anillo de compromiso. La pareja en

Guayama tomó el día para explorar el Lago Carite en kayak, y la enfermera tomó cada minutito libre en su trabajo para enseñarle a sus compañeros la notita secreta que le dejaron.

Al caer la noche, la chica de San Juan se perdió en otro abrazo eterno antes de despedirse de su amigo. Cuando se despegaron, una mirada prolongada los llevó a ambos a un beso prohibido. Y fue así mismo como, en un segundo, la prometida dejó explotar un destino en mil pedazos para comenzar a vivir uno diferente. La pareja en Guayama regresó de su excursión y tomaron la noche para descansar. La enfermera salió con su amiga de nuevo para enseñarle la notita del día. Y, claro, se aseguró de agarrar otra botella de agua de la nevera antes de salir de la casa. La chica de San Juan regresó a su casa, y al llegar al cuarto su teléfono recibió un mensaje de parte de su viejo amigo, que decía:

Se lo tienes que decir.

La pareja en Guayama se quedó dormida, y así descansaron pegaditos uno al lado del otro mientras comenzaba a llover por todo Puerto Rico.

La enfermera emocionada le contó todo a su amiga cuando llegó a la misma barra de antes. La chica de San Juan le contestó a su amigo:

Lo sé...

Mientras tanto, un trueno despertó a la pareja en la cabañita. Con el sueño interrumpido, terminaron haciendo el amor de forma lenta, dulce y vaga, junto al sonido de la lluvia. La enfermera se despidió de su amiga y comenzó a guiar de regreso a la casa bajo los llantos del cielo. La chica de San Juan comenzó a escribirle una última carta a su prometido.

Cuando un relámpago cayó del cielo y tocó la tierra para alterar finalmente el destino del universo, la gran explosión escondió el sonido de las lágrimas cayendo sobre el papel que guardaba la despedida de la chica del Viejo San Juan. A la vez, un jibarito y una princesa llegaban a la cima de su amor, y una enfermera se aproximaba a una luz de tránsito en la que no pudo parar a tiempo. Esa noche, la pareja en la cabañita se quedó dormida nuevamente mientras la chica de San Juan lloraba y recibía otro mensaje de su viejo amigo. Ella tenía sus propios secretos, y el viejo amigo también tenía los de él. A través de algunos viajes de su pasado, él entendió que, para algunos, estar comprometido no significa un carajo. Y quizás por esa razón fue que decidió aprovechar c invadir una relación ajena. Así, a la medianoche, él le envió ese otro mensaje a su amiga que decía:

Todo estará bien. Tranquila, mi amor.

También, justamente a la medianoche, la enfermera que no pudo parar a tiempo en la luz de tránsito fue chocada por un camión. Murió al instante.

La enfermera se había tomado solamente dos cervezas con su amiga esa noche y esperó antes de conducir de nuevo. No estaba intoxicada. De todos modos, la investigación que culminó unos días después le atribuyó la muerte a que estaba guiando borracha. Eso, mezclado con la lluvia, era un escenario bastante fácil de creer y los investigadores no querían pasar más tiempo y trabajo tratando de descubrir lo que realmente pasó allí.

Lo que sucedió fue que una de las trece mil botellas de agua que llevaba la enfermera en su carro por no limpiarlo quedó atorada bajo el pedal de los frenos. No pudo parar cuando llegó a la luz roja, pero los investigadores jamás en la vida iban a imaginarse que esa era la pura verdad. Solo los familiares, quizás por alguna conexión sobrenatural, sospecharon que había un detalle que faltaba en ese escenario.

Desafortunadamente, en la investigación del caso, las únicas preguntas que quedaría sin responder serían: ¿de parte de quién era la notita que encontraron en el bolsillo del cadáver que decía: *Te quiero desde siempre...*? ¿Por qué carajos la chica no pudo sacar tiempo para botar las trece mil jodías botellas de su carro? Y, finalmente, ¿a dónde había desparecido el camionero poco después?

Mientras tanto, en alguna parte exótica del mundo, el prometido de la chica de San Juan (o, mejor dicho, exprometido, pero eso él no lo sabía aún) andaba trabajando. Para él, ella seguía siendo el amor de su vida, y lo único que deseaba en esta vida era no tener que pasar ni un solo minuto más lejos de ella cuando por fin regresara.

Él estaba metido en una jungla desconocida y

acababa de encontrarse con un millón de mariposas salvajes. Todas salieron volando, formando a su alrededor un tornado de alas subiendo hacia el cielo. Fue ahí, en ese lugar secreto del cual él anhelaba poder contarle a su prometida, que recordó algo que alguna vez en su juventud escuchó: el aleteo de una sola mariposa en una parte del mundo puede causar un huracán en la parte opuesta del planeta. ¿Qué hubiese sabido él que el universo de verdad estaba tan y tan intricadamente cosido, y que cualquier jalón de un hilo puede deshacerlo todo en un abrir y cerrar de ojos? Para su prometida, él se iba convirtiendo poco a poco en un recuerdo, y él, perdido en su aventura, no tenía ni la mínima puta idea de que la teoría del caos no cae tan lejos de la verdad.

Mientras el mundo de algunos explota instantáneamente y sin aviso alguno, para otros el mundo se le va desintegrando poco a poco, y no se dan cuenta hasta que es muy tarde. Algunos prometidos pasan sus últimas noches de soltería siendo infieles en ciudades de pecado. Algunos otros pelean contra el mundo y la naturaleza para regresar a sus hogares y poder por fin hablar de una aventura con las personas que aman. Pero para algunos pocos... para algunos muy, *muy* pocos, el universo les reserva un pequeño espacio donde todo cae perfectamente en los lugares correctos. En alguna parte del mundo, mientras todo lo demás parece que está llegando a su final, un humilde jibarito anda abrazando a una princesa, dándole gracias a Dios

por una vida simple, y dándole gracias porque nunca
anda escaso de amor.

CUATRO

Los corazones latían juntos en la oscuridad de la noche.

La mañana llegará, pensó un hombre mientras corría junto a otros sobre el agua del mar, la espuma y la niebla marina salpicando en sus caras mientras sus botes navegaban el océano infinito.

La mañana llegará, pensó otra vez mientras se aguantaba fuertemente a la soga que lo mantenía adentro del bote y que lo salvaba de rebotar contra el suelo metálico de aquella pequeña embarcación. Y así mismo, la soga lo mantenía vivo y fuera de las olas violentas que rodeaban al grupo. Cada vez que chocaban con el oleaje, el cuerpo del hombre chocaba con el hierro debajo de él. Y al igual, cada vez que pasaba, él pensaba: *Esto me va a romper.*

La mañana llegará. Tiene que llegar.

Eran una compañía de hombres escondidos en el mar. El frío y el riesgo de hipotermia se les acercaba, la temperatura baja vistiéndolos como si fuera eso para ellos tan solo otra capa de piel. Pero, aceptaban la incomodidad extrema como si fuera tan solo otra insignia para decorar sus uniformes militares una vez que terminaran ellos su trabajo allí. ¿Quiénes más soportarían las aguas oscuras de la noche, el hielo derretido de alguna parte del Pacífico goteando repetidamente por sus espaldas?

¿Quiénes más se mantendrían tan callados como ellos, soportando ese único dolor sin demostrarle ni por un segundo al universo que en sus profundidades son tan humanos como cualquier otra persona?

Dieciocho botes pequeños pararon su carrera a la vez, y el hombre dejó caer una boya improvisada al mar. La boya había sido construida con dos contenedores plásticos y una cuerda gruesa. Un contenedor se había llenado completamente de arena y de piedras. Ese era el ancla. El contenedor lleno de arena y de piedras estaba atado con la cuerda al otro contenedor. Ese, en cambio, se mantuvo vacío con la excepción de algunas barras luminosas que le había insertado el hombre anteriormente. La cuerda estaba medida perfectamente para que el ancla tocara fondo mientras su contraparte flotaba justamente sobre la marea. Esa boya era el guía del grupo.

Aquí nos quedaremos hasta que recibamos la señal. Esta pequeña luz perdida en el negro del mar nos mantendrá juntos.

Ordenes susurradas guiaban el grupo de botes por lo que pareció ser horas, por lo que pareció ser una eternidad flotando a la deriva de la boya.

—Empuja hacia adelante. Hala hacia la izquierda. Empuja a la derecha. Neutral. De nuevo, hacia adelante —susurraban los comandantes de cada bote.

Dieciocho botes rodeaban la pequeña luz que subía y bajaba junto al oleaje del mar. Dieciocho botes rodeaban esa pequeña luz mientras esperaban la señal de una mayor. Entre las órdenes susurradas, el castañeteo de dientes y el temblor de los cuerpos fueron los únicos otros sonidos que se perdían en el silencio del mar. Cada hombre aguantaba la soga de algún otro bote cercano para mantener el grupo junto contra la corriente, y así comenzaron a sentir cómo sus manos heladas poco a poco se convertían en otra pequeña parte de las embarcaciones. Los dedos se entrelazaban como las fibras de las mismas sogas que sostenían, y al mirarlos, se hacía difícil diferenciar dónde terminaban los botes y dónde comenzaban las extremidades de esas criaturas humanas. Junto a sus máquinas silenciosas, se convirtieron todos en un solo cuerpo. Era un hogar poco convencional. Un hogar que nadie en la compañía pudiera haber dicho que escogió a propósito. Pero, a pesar de la incomodidad, de ese hogar estaban muy, muy orgullosos.

—Ahí está la señal —susurró el hombre, apuntando con su mano enguantada hacia la costa, temblando aún. Él era el navegador principal de la compañía.

Los más valientes del grupo fueron los que se tiraron de los botes hacia el abismo helado que tenían debajo, después de que el navegador tiró la boya al mar. El navegador vio criaturas humanas convirtiéndose en criaturas del mar, pequeños dragones que entonces se convertían en pequeñas sombras hasta que desvanecieron por completo entre las olas. Nadaron encubiertos por la oscuridad hasta encontrar la arena bajo sus pies, y entonces así salieron de las profundidades como salvajes y míticas creaciones de guerra. Al llegar a la playa y asegurar el terreno, a lo lejos les dejaron saber a los botes que estaban listos para recibirlos. La eternidad en la que todos los demás andaban atrapados por fin culminó.

—Ahí está la señal —el navegador repitió—. Estamos autorizados para entrar.

Los cuerpos del grupo sonaban mientras los dedos de todos se soltaban de cada soga ajena; los huesos de cada uno se acomodaban nuevamente mientras los botes cambiaban su dirección junto a la corriente. Cada bote era parte del cuerpo, y los hombres todos juntos eran la mente colectiva. La luz de los dragones en la costa los llamaba, y desde un principio, ellos todos andaban deseosos y ansiosos por responder.

La mañana pronto llegará, pensó otra vez el hombre.

El grupo se puso en posición. El navegador sabía lo que estaba a punto de pasar. Lo habían ensayado muchas veces ya.

—¡Mano arriba! —el comandante de cada bote gritó, y así, los hombres posicionados en la punta de sus respectivos botes alzaron una mano hacia el cielo.

Comenzaron su carrera hacia la playa. Una legión nacida del mar. Una compañía de hombres que sentían que eran algo más que tan solo hombres. El motor de cada bote rugía, acelerados en esos momentos más que nunca hasta que llegaron a donde rompía el oleaje. Disparados sobre la superficie del mar, el grupo se movió como un rayo junto a la última ola. Cuando estaban lo suficientemente cerca para tocar fondo, todos los navegadores bajaron sus manos con la rapidez de una estrella fugaz como señal para que apagaran en sus botes el motor.

—¡Todos fuera! —gritó el comandante del bote medio segundo después de recibir la señal.

Cada hombre brincó hacia el abismo negro sin vacilación. Sabían que nada que existiera en esas profundidades les podría hacer daño. Cada hombre se familiarizó nuevamente con el frío instantáneo que arropaba sus piernas y que subía a cada una de sus barrigas y pechos. Todos comenzaron a temblar más fuerte aún al tirarse a las aguas heladas, pero no perdieron el enfoque de la misión. Aguantaron los botes por las sogas atadas para así no dejar que las olas violentas voltearan sus pequeños hogares. Cada equipo de su bote respectivo halaba su embarcación, y para todos fue como tratar de arrastrar a un caballo muerto hacia la tierra. Cuando por fin llegaron a la arena, cargaron pulgada por pulgada cada bote fuera de la marea.

Nadie hará esto mejor que nosotros.

En cuestión de segundos, sus rifles y radios fueron sacados de bolsos a prueba de agua y estaban listos para asaltar su objetivo. Mientras cada bote surgía desde las oscuridades del mar, el navegador principal solo podía imaginar cuán horroroso sería haber nacido en el lado opuesto de esa escena que veía de frente. Solo podía imaginar el terror que sentiría si los espíritus que en esos momentos él veía saliendo de las aguas negras no eran sus amigos y en cambio fueran sus enemigos.

El navegador principal también era el que estaba encargado del primer pelotón de la compañía. Cuando todos llegaron a la arena, él fue en busca de los que estaban a cargo de los otros dos pelotones.

—Probaremos nuestros radios antes de empezar —les dijo el navegador principal al líder del segundo pelotón y al líder del tercero—. Jinete Pálido, este es Fantasma.

—Te escucho. —El líder del segundo pelotón respondió—. Martillo de Guerra, este es Jinete Pálido.

—Los escucho a ambos —contestó el líder del tercer pelotón mientras se acomodaba el auricular en su oído.

—Yo también —contestó el navegador mirándolos a ambos y tratando de esconder una sonrisa. Ellos, más que compañeros de guerra, eran todos hermanos.

—Entonces —comenzó a decir el navegador principal, al que también conocían como Fantasma—. Comencemos la operación.

Una compañía de hombres con sangre heredada de los dragones de mar. Una compañía de hombres con la habilidad de luego convertirse en bestias de la tierra. Cada *hombre* tomó su asignada posición y comenzaron todos a correr hacia su lugar de fuego, su lugar de explosiones y sonidos que fueron rivales a los truenos.

Una compañía de tierra y de llamas, de cielo y de mar. Se adaptaban a cualquier espacio a donde los tiraban, a regañadientes a veces, pero, sin duda alguna, siempre efectivamente, cumpliendo la misión asignada. Llegaron como fantasmas del mar para crear una tormenta sobre la tierra, y era en ese mismo caos que creaban y controlaban donde más prósperos eran.

Y así, se fueron tan rápido como llegaron. Tanto que, si un espectador hubiese pestañado en el momento incorrecto, los hubiese perdido de su vista por completo. Se convirtieron en una leyenda. Para algunos, ellos eran la salvación. Para otros, eran monstruos. La guadaña del ángel de la muerte. Para todos, eran fantasmas. La desaparición rápida del grupo hizo parecer como si el mundo de su objetivo hubiese implosionado, y era más que suficiente para hacerle dudar al mundo si en algún momento la compañía realmente había estado allí.

Todos juntos, los botes atravesaron las olas de nuevo, pero esa vez de regreso a un lugar de descanso en el mar. Ahí se formó otra carrera más hacia lo desconocido. El grupo de botes viajó en formación de cuña, y desde el cielo parecían como una flecha disparada sobre el océano. Las aguas negras poco a poco se convertían en el color de los zafiros mientras el abismo sobre ellos lentamente abría las cortinas del alba.

El Fantasma vio pequeñas sombras nadando junto a los botes bajo el agua, criaturas con espíritus nacidos del mismo lugar que los hombres dragones de la compañía. El cielo por fin se agrietó, y en el horizonte el sol vago se levantaba como una linterna que surge lentamente sobre el mar. Las sombras veloces junto a los botes saltaron desde las profundidades de donde nacieron, y todos vieron que, a solo unos pocos metros de distancia, eran delfines los que participaban también de la carrera. El Pacífico y cada criatura nacida de él formó una parte de esa formación militar en esos momentos.

Poco sabe la gente que el asombro a veces cae sobre las caras de algunos fantasmas también. Risas rompieron el silencio y la disciplina que tenía el grupo para no ser ruidosos en los botes, y todos extendieron sus manos para tocar a los amigos acuáticos que nadaban fielmente junto a ellos. Cada vez es un poco diferente cuando ese grupo mítico de hombres es llamado para dejar su marca sobre la tierra. Cada vez es un poco diferente cuando son llamados para regresar al mar.

—¡El mejor trabajo del puto planeta! —gritó Jinete Pálido desde el bote a la derecha del navegador principal.

—¡No lo cambiaría por nada en el mundo! —

contestó Martillo de Guerra desde el bote de la izquierda.

Mirando hacia al horizonte, aunque el Fantasma en el fondo secretamente extrañaba a su cantito pequeño de una isla en el Caribe lejano, riendo les contestó:

— ¡Ojalá nunca acabe!

Las risas se convirtieron en calor, y poco a poco, el mar comenzó a sentirse no tan frío. La mañana por fin había llegado.

Poco sabía el Fantasma que, en alguna parte del universo, los cosmos andaban con ganas de fastidiar. Muchas veces, cuando uno se dedica fielmente a algo, y uno tiene un deseo profundo, el universo tiene una manera cómica de cumplirlo. Pero, la mayoría de las veces, ya sea por aburrimiento o alguna otra razón, el universo comienza a diseñar trece mil escenarios diferentes para cambiarle el destino para siempre. Y es por esa razón por la que uno siempre debe tener cuidado con las cosas que dice y pide en voz alta. Con el pasar del tiempo, muchas vidas fueron cambiadas de maneras muy raras, de maneras muy complicadas. Muchas de ellas fueron en Puerto Rico, y algunas de sus historias resultaron estar entrelazadas. Fue tanto así que una islita pequeña del Caribe pareció ser el centro de control de todas las galaxias.

Una eternidad

(o diez años,

más o menos)

después…

CINCO

Todos mueren al final. Esa es la verdad de cada historia que muchos no dirán. Lo que pasa es que algunos cuentos terminan antes de llegar a la muerte. En otros casos, algunas personas tienen la desdicha de morir antes de tiempo, y sus muertes son grabadas en las historias que la gente cuenta de ellos. Otros mueren después del final feliz. Pero la verdad es esta: todos morimos en nuestra propia manera, que es única, en algún momento. Algunos mueren satisfechos, pero la mayoría mueren, pensando:

¿Qué hubiese pasado si hubiese vivido la vida diferente?

Y qué triste es eso, ¿no? Algunos dicen que hacen cosas para matar el tiempo cuando realmente es el tiempo que nos mata a nosotros. Es por esa razón que el único trabajo que realmente nos toca en esta vida es asegurarnos de que ese poco tiempo entremedio valga la pena. Y si en medio de la narración de nuestra historia la muerte quiere interrumpir, pues... lo único que podemos hacer entonces es asegurarnos de que esa muerte sea la puta hostia más grandiosa que contarán de nosotros.

Esa mañana desperté de un sueño en el que me caía sin alas desde una gran altura. Desperté antes de llegar al precipicio y antes de que los ángeles pintaran el cielo de ese nuevo día con sus carretas de fuego y de luz. Escondido bajo los árboles de la primavera, y aún en la oscuridad, comencé a desmontar y guardar en mi bulto la carpa pequeña donde dormí esa noche para entonces empezar una caminata muy larga. Estaba en el Parque Nacional de Yosemite, en California. El parque cubre un área de aproximadamente tres mil ochenta y un kilómetros cuadrados, y se extiende a través de la cadena montañosa de Sierra Nevada. Ese día iba a hacer la caminata famosa del «Half Dome», o Medio Domo, yo solo. Era una caminata de casi veintitrés kilómetros de distancia, ida y vuelta, para llegar a una cima total de casi dos mil setecientos metros de altura sobre el mar. Para algunos, una caminata así es un poco extrema, pero para mí, una juventud en la milicia me acostumbró a hacer caminatas de la misma distancia con bultos mucho más pesados. Pero eso fue hace tiempo. Después de terminar ese pasado violento, decidí estudiar arquitectura, y por mucho tiempo anduve inmerso en ese trabajo nuevo. Pero ya hacía falta un respiro. Hacía falta desaparecerme entre la naturaleza para ayudar a mi mente a poder olvidar el pasado. Y así, quizás, también encontraría los restos de mi alma que alguna vez dejé perdidos. Al recoger mis pocas pertenencias, prendí mi pequeña lámpara de cabeza y comencé mi caminata hacia un rumbo desconocido.

El miedo que tienen muchos aventureros en Yosemite es hacia los osos que habitan las áreas silvestres del parque. Pero muchos no saben, o al menos no entienden, que mayormente la especie de oso que habita esas partes es el oso negro. Y, a diferencia de otros osos, como el grizzli, los osos negros evitan confrontarse con humanos siempre que puedan. Si atacan, es mucho más probable que sea por hambre y no por territorio. Y es por esa razón que, al confrontarnos con un oso negro, tenemos más probabilidades de vivir si intentamos pelear contra él, en vez de pretender que ya estás muerto. En todo caso, tirándonos al suelo sin movernos solo le estaría haciendo el trabajo más fácil al animal. El otro miedo que tienen los aventureros, son los pumas, pero, estos, también, rara vez atacan un humano. O al menos, eso es lo que se cuenta en esa área del parque.

Caminar en lo que parece ser un bosque infinito cuando el sol aún no ha salido suena como una mal idea, especialmente si andas solo, pero yo había decidido levantarme temprano para terminar la mayor parte de la caminata antes de que el día se pusiera caluroso. Así también me daría menos sed y podría conservar más agua. Caminando por la oscuridad, el pequeño rayo de luz que emitía la lámpara de mi cabeza seguía un camino de tierra que resultaba ser poco descifrable y andaba invadido por las raíces de las secuoyas gigantes que me rodeaban.

Comencé a escuchar un rugido en la distancia, y al seguir el camino, el sonido se hacía más ruidoso. Era el sonido de agua viva, y supuse que me estaba acercando a uno de los ríos del parque. Pensé que había llegado al final de un camino incorrecto y sin salida cuando llegué frente a una enorme roca justamente en medio del camino.

—¡Mierda! —murmuré, pero había llegado tan cerca del río que no pude ni escuchar mi propia voz. En la oscuridad, aún no podía ver exactamente dónde quedaba el río, pero sabía que estaba cerca de este, por el sonido y porque comenzaba a sentir las partículas de agua pintando mi cara como una leve lluvia mañanera. Después de pasar unos minutos maldiciendo y debatiendo si irme de vuelta en busca de otra ruta, entre la neblina y la pequeña luz de mi lámpara, me di cuenta de que la roca tenía una formación rara. No era natural. Al acercarme, descubrí unas escaleras esculpidas en la pared que formaban el resto del camino. Sonreí, y al darme cuenta rápido de que las escaleras eran resbalosas, me pegué lo más que pude a la roca mientras subía como tortuga escalón por escalón. Me reía a pesar de que iba a un paso muy lento, y aun sabiendo que luego me tomaría caminar más tiempo bajo el sol.

¡Qué emocionante era esa aventura!

Poco sabía yo que, al cruzar las escaleras, lo que yo pensaba que era solo un río ruidoso, en realidad era una cascada furiosa. Solo se necesitaba un traspié para que nadie más supiera de mí hasta que encontraran un cadáver flotando por las aguas de alguna parte de ese parque nacional. Paso a paso seguí subiendo, mientras un viento frío me soplaba la cara. Lágrimas se formaban en mis ojos, difuminando así el camino que tenía de frente y los escalones que aún me faltaban por cruzar. Comencé a recordar la última vez que andaba perdido en un bosque, excepto que, esa vez en ese otro bosque, hacía mucho, mucho más frío.

—

En el norte de la montaña Fuji en Japón queda el bosque nombrado Aokigahara. A diferencia del Parque Nacional de Yosemite, Aokigahara solo cubre un área de aproximadamente treinta kilómetros cuadrados. Aun así, el bosque también es conocido como El Mar de Árboles, por la densidad de la vegetación en él y por el sentimiento de soledad que le causa inmediatamente a todos sus visitantes. Y quizás sea por esa misma soledad que muchos viajan a ese lugar para despedirse eternamente de este mundo. Es también por esa razón que Aokigahara, o el Mar de Árboles, es conocido por algunos por un nombre más siniestro aún: El Bosque del Suicidio. Por mil años, quizás más, mitos e historias japonesas hablan de los espíritus malignos y los demonios que habitan ese maldito lugar. Hasta los mismos árboles nacen allí con sus raíces y ramas torcidas, como si fueran cuerpos antiguos esperando en silencio para agarrar a sus víctimas en la soledad.

Durante un invierno de mi juventud, andaba caminando por una carretera sin tráfico al norte de la montaña Fuji junto a dos amigos. Caminamos por lo que pareció ser una eternidad, y ni un solo carro nos pasó por el lado. Al fin, después de algunos kilómetros de nuestra caminata, encontramos una pequeña y solitaria entrada a un lado de la carretera. Dicha entrada abría paso a un desolado camino hacia las profundidades del Mar de Árboles. Jóvenes, curiosos, y muy, muy estúpidos, decidimos entrar y explorar aquel bosque misterioso.

Nadie me creería si cuento que, al pisar ese bosque, sentí esa rumorada soledad que tantos describen. Había pequeños letreros regados desde la entrada del bosque por el camino que decidimos navegar. Suponíamos que eran esas infames señales de advertencia para aquellos que escogían desviarse de los caminos marcados con el propósito de acabar con sus propias vidas. El problema era que habíamos decidido viajar a ese lugar durante el invierno, y la nieve que había caído recientemente había cubierto todos los caminos marcados allí. Era difícil descifrar cuáles eran las rutas establecidas por los pocos guías turísticos que se atrevían pisar ese lugar y cuáles eran las rutas creadas por los demonios escondidos que vivían allí para engañar a todo aquel que estuviera perdido en ese bosque.

Seguimos caminando en busca de algún otro letrero que nos dirigiera hacia unas conocidas cuevas de hielo que quedaban al otro lado del bosque. Cuando llegamos a uno por fin, sacamos todos nuestros teléfonos para ver si podíamos buscar información en la internet para traducir las letras japonesas del letrero. Ninguno de los teléfonos prendía. El terror comenzaba a adentrarse profundamente en cada uno de nosotros. Miramos todos hacia el lugar de donde vinimos, y nada parecía familiar. Estábamos perdidos.

—No nos toca más que seguir el camino —recuerdo decirles a los muchachos mientras los dos, frustrados, murmuraban que el puto camino ni se veía.

—We're fucked —dijo uno.

Estamos jodidos.

Seguimos entonces caminando en silencio, y los árboles poco a poco se iban acercando a nosotros cada vez que el camino se hacía más estrecho. Llevábamos rato subiendo una colina y pensábamos que era irónico que lo que parecían ser las escaleras hacia el cielo estaban en un lugar tan familiarizado con el infierno. Cuando llegamos a la cima, las ramas de los gigantes que nos rodeaban se abrieron para enseñarnos el inmenso Mar de Árboles que teníamos de frente.

—Joder —susurró uno—. That's a long walk.

Estaremos caminando un rato.

Seguimos el transcurso de nuestra ruta adivinando cuáles caminos tomar y tratando entre todos, pero mayormente yo, a mantener algún sentido de dirección. Bajando la colina al otro lado, las ramas se abrieron de nuevo para revelar un espacio libre de árboles en la distancia debajo de nosotros. En el espacio había un granero viejo de madera que parecía estar cayéndose en cantos. Junto al granero había un patio grande cercado. En el centro de ese patio, vimos todos una figura encapuchada. Su vestido era negro y desde lejos pudimos notar que la tela andaba rasgada. La figura se mantenía tan quieta como los árboles pacientes y vigilantes que nos rodeaban. Un caballo oscuro corría en círculos dentro del patio, alrededor de la figura encapuchada. Corría y corría y nunca paraba. Los tres pensábamos que la figura era un espantapájaros y seguimos pensándolo mientras continuábamos el camino que nos guiaba hacia el borde del granero. Y así seguimos hasta que de momento uno de los amigos se paralizó mirando a la distancia. Cuando nos dimos cuenta, el otro amigo y yo miramos en esa misma dirección. En el centro del patio cercado que estaba junto al lado del granero viejo, la figura encapuchada de negro levantaba su brazo con un dedo flaco y largo hacia al frente. Y delante de la figura encapuchada, el caballo oscuro había parado de correr. Ambos se miraban tan quietos como estatuas, y la figura seguía apuntando al caballo.

—¡Pal carajo eso! —intenté susurrarles a mis amigos—. Le daremos la vuelta.

Como si me hubiese escuchado, la figura encapuchada volteó lentamente su cabeza hacia nosotros. Hasta el día de hoy, no sé si la capucha escondía una cara, o si en realidad lo que existía ahí dentro era un abismo donde debió haber existido una cabeza. Hasta el día de hoy, no sé si la figura me escuchó. No sé si fue casualidad que moviera su mirada hacia nuestra dirección. No sé si realmente nos vio. Lo único que recuerdo es que los tres cambiamos inmediatamente la dirección en la que caminábamos, y comenzamos a correr. Corrimos y corrimos hasta que cayó la noche. Nuestras respiraciones agitadas y el sonido de la nieve empacándose debajo de nosotros con cada uno de nuestros pasos eran las únicas cosas que rompían el silencio en ese bosque. Ni pájaros había allí, y estoy seguro de que era porque esas aves eran más inteligentes que nosotros y no se atrevían ni tan siquiera a volar sobre ese maldito lugar. Cuando pensábamos ya que permaneceríamos perdidos en ese bosque para siempre, milagrosamente encontramos una muy pequeña y solitaria salida.

Gracias, Dios.

—

Pintado por las partículas de agua, azotado por el viento continuamente, y pensando en aquel bosque maligno aún, me dio un escalofrío que por poco me tumba hacia la cascada feroz que había detrás de mí. Pensé en ese efímero momento en que las garras del Aokigahara hambriento se extendían mucho más de lo que yo pensaba y que por fin me habían encontrado al otro lado del mundo. Me pegué violentamente a la roca de nuevo, y con unos pocos pasos más, llegué al final de las escaleras y al comienzo de otro camino de tierra. Me alejé de la cascada, y cuando sentí por fin que ya estaba fuera del peligro, solté mi bulto y me senté unos momentos para tomar un suspiro. Abrí el bulto y de él saqué un bastón de madera que se enroscaba junto a tres partes diferentes. Al terminar de construirlo, seguí navegando por el bosque como un pastor que guiaba a sus ovejas invisibles. En Yosemite, mi miedo no era encontrarme con algún demonio o algún fantasma. Mi miedo era pisar sin querer la mierda de un oso y pasar el resto de la caminata apestando más de lo que ya apestaba. El bastón, aparte de ayudarme a no caerme en algunas partes complicadas de la caminata, me avisaría en la oscuridad de cualquier sorpresa intestinal que hubiera dejado alguna bestia en mi camino, y así también podría yo evitar pisarla.

El cielo comenzó a aclararse, y después de unas horas, encontré otro río en donde decidí sentarme al lado para descansar y almorzar. Ese otro río era mucho más tranquilo. Su agua fluía tan lenta y clara que su superficie reflejaba todos los árboles que lo bordeaban. Me acerqué para sentir con mis dedos la temperatura del agua. Descubriendo que el río estaba a una temperatura perfecta, me quité los zapatos y las medias para descansar mis pies en él. Rompí, así, con el movimiento abrupto, su reflexión cristalina. Saqué un sándwich de los que había preparado el día anterior, y mientras comía, sentía energía nueva entrando a mi cuerpo a través de los dedos de mis pies en el agua. Cuando terminé de comer, guardé la basura en mi bulto y me quedé descansando unos minutos más.

Paz, pensaba yo.

En ese bosque si había pájaros, y los escuchaba cantar todos sobre mí. Podía sentir la pequeña sonrisa que llevaba en mi cara. Al otro lado del río escuché un movimiento entre los arbustos, y rápidamente me vino otro recuerdo de un pasado muy lejano a la mente.

¿Otra legión de mariposas? pensé.

Mirando hacia el lado opuesto del río y descubriendo lo que estaba causando aquel sonido, sentí cómo mi sonrisa abandonaba rápidamente el lugar donde vivía hace unos pocos segundos. Me quedé quieto. Muy quieto. Una osa negra con su cachorro se había acercado al río para tomar agua. Ella bebió tranquilamente, pero de momento empezó a oler curiosamente su alrededor. Mi pulso aceleró. La osa negra siguió oliendo y oliendo hasta que volteó su cabeza hacia mí.

Fuck, fuck, fuck, fuck, pensé. *El puto sándwich.*

La osa comenzó a adentrarse al río en dirección hacia mí, y no me tocó más que quedarme quieto, porque, joder, tampoco quería asustar y provocar a la bestia. Sentía que mi corazón iba a explotar.

No tengo ni los jodíos zapatos puestos.

Cuando ya pensaba que iba a tener que salir corriendo descalzo, la osa miró hacia atrás para ver a su cachorro esperándola aún en la tierra. La osa me miró una vez más y, después de rugirme, se volteó. Dándose cuenta de la profundidad del río, supuse yo, la osa regresó a su cachorro, y juntos se desaparecieron nuevamente en el bosque. Inmediatamente me vestí los pies, recogí mi bulto y mi bastón, y me fui a correr lejos, muy lejos, de ese río.

Tengo que llegar a esa puta cima ya.

Después de correr y luego de caminar otras horas más, por fin llegué a la base del Medio Domo. Ya se podían ver desde esa altura las montañas lejanas arropadas por nieve y los ríos serpentinos que exploraban el valle abajo. No podía imaginar cuánto más grandioso sería la vista desde el tope al que tanto anhelaba llegar. Lo único que faltaba era escalar la última parte de la roca empinada, y eso sería a través de un camino muy estrecho en el que uno tenía que sostenerse con cuerdas para no resbalar.

Ya casi llego.

Cuando llegué al comienzo del camino, me puse unos guantes negros de cuero que llevaba en el bulto para poder aguantarme bien de las cuerdas metálicas. Cualquier paso en falso y me iría rodando por la colina y, de seguro, me rompería cada hueso posible en la caída. Comencé a subir.

En el transcurso de la vida, inevitablemente existen momentos en los uno tiene que lidiar con una variedad de individuos quienes solo existen para provocar problemas y llenarnos de situaciones difíciles y muy desagradables. Después de veinte o treinta minutos, estaba llegando al final del camino cuando una pareja venía corriendo hacia las cuerdas sin darse cuenta de que yo aún estaba escalando la roca. Pendientes uno al otro y perdidos en un juego de *¿Quién llega primero?*, la chica ganó su carrera al agarrar la cuerda violentamente antes que el chico, hamaqueándola desde arriba y haciéndome resbalar peligrosamente. Si no hubiese sido por los guantes que llevaba puesto, de seguro mi agarre no hubiese soportado la fricción repentina de mi piel contra el hierro, y me hubiese hecho volar sin alas al precipicio.

—¡Oye! —les grité a la pareja, sabiendo muy bien que no entenderían mi español.

Imbéciles.

—Watch what you're doing! —les grité, recuperándome en las cuerdas y, con una mano, señalándole a la pareja el lugar del que se habían agarrado repentinamente.

¡Miren lo que están haciendo!

Supuse que ellos se habían despertado mucho más temprano que yo si habían llegado a la cima y ya estaban de regreso. Me miraron sorprendidos al ver que ya había otra persona en las cuerdas.

—Sorry! —gritaron, disculpándose con un acento desconocido.

¿Alemán? No, es otra cosa. No sé, pero definitivamente europeo.

Al dejarme llegar a la cima, la pareja inquieta continuó su carrera hacia el comienzo de su caminata. Al pasarme por el lado, sus hombros chocaron con los míos, y siguieron de prisa uno detrás del otro. Noté que ambos tenían pulseras rojas con un símbolo de infinito como colgante en sus muñecas.

—Bye! —me gritaron con una sonrisa cada uno.

Pero lo único que pude contestarles cuando se habían alejado bastante fue:

—¡Ojalá se caigan, estúpidos!

No me había dado cuenta de que no tan lejos de mí, otro grupo de turistas estaba casi pisándome la cola. No me quedaba mucho tiempo entonces para aprovechar a tirar fotos antes de que se llenara la cima de gente. Esperaba que la pareja inquieta pudiera al menos atrasar el grupo que ahora tenían de frente aunque fuera unos pocos minutos. Encontré la última roca en el lugar más alto del Medio Domo, y desde mis entrañas, y con los puños levantados hacia el cielo, solté un grito feroz de victoria hacia todo el valle. El eco viajó con el viento por cada rincón de Yosemite para dejarle saber a cada criatura que yo por fin había conquistado la montaña. Después de apreciar la vista un rato, saqué mi teléfono para comenzar a tirar fotos. Justamente cuando estaba a punto de tirar la foto perfecta y antes de que llegara más gente a la cima, entró una llamada al teléfono.

Que conveniente, pensé, virando los ojos en frustración.

—¿Vicente? —contesté—. ¿Todo bien?

—¿Por qué no contestabas el teléfono? —respondió la voz entrecortada.

—No tengo mucha señal aquí —comencé a responderle—. Llevo caminando las últimas seis horas. Estoy en Yosemite y no pude recibir nada en el valle. Pero ya estoy en la cima del Medio Domo. La vista está hermosa. *The view is amazing.*

—Adrián —el interrumpió—. Lo encontré.

—¿Qué? —respondí, tapándome los ojos del sol con mi otra mano mientras seguía observando el valle—. ¿Qué encontraste?

—¡Al hijo de puta! —Vicente respondió con coraje—. *Que encontré al hijo de puta que la mató.*

Miré a mi alrededor para asegurarme de que no había nadie cerca escuchando mi conversación. El grupo de turistas que andaba siguiéndome ya había llegado a la cima también, y uno de ellos, que era bastante gordito, intentaba treparse a la misma piedra en la que yo estaba parado. Me bajé de la roca, sonriéndole a los turistas y apuntando con la mano hacia donde estaba parado como señal de que ya había terminado de tirar todas las fotos que quería tirar allí.

Pues, joder, ya perdí mi oportunidad, pensé.

Respiré profundamente para calmarme y no tirar el teléfono con todas mis fuerzas hacia el vacío.

—¿A quién más has llamado? —le pregunté.

—Just you —respondió la voz—. Solo tú por ahora.

—Bueno —contesté, pensando ya en todas las posibilidades de un futuro nuevo que estaba a punto de comenzar—, regresaré a mi casa primero. Tengo que recoger unos planos allí que aún estoy trabajando, y entonces salgo para Puerto Rico. Llamaremos juntos al resto del equipo. ¿Quiénes de ellos quedan?

Hubo un vacío, y en el silencio pensé que había fallado la llamada.

—Mierda. ¿Estás ahí? —dije mirando el teléfono para verificar si aún tenía señal.

—Burro —contestó la voz después de otra pausa larga.

Okay, pensé.

—¿Quién más? —pregunté.

—Solo él —contestó—. Solo el Burro.

Se me cortó la respiración por un momento, y con un suspiro seguí la conversación.

—Vince, this is... —Vicente interrumpió de nuevo.

Esto será imposible, pensé.

—Adrián, tengo que hacer esto —contestó, sin poder ocultar la desesperación—. Tengo que hacerlo.

—I know —le contesté a mi amigo, mi mano ahora tapándome la cara por completo—. Lo sé. Espérame y no hagas nada hasta que yo llegue.

Di un suspiro más, y dando la vuelta miré una última vez al hermoso valle que tenía de frente y a las montañas lejanas pintadas por nieve en sus picos.

—We're going to *kill* this fucker —contesté, y enganché la llamada.

En el transcurso de la vida, inevitablemente existen momentos en los uno tiene que lidiar con una variedad de individuos quienes solo existen para provocar problemas y llenarnos de situaciones difíciles y muy desagradables. Vicente efectivamente acababa de presentarme con una de esas situaciones.

Al enganchar la llamada, me dirigí de regreso al comienzo de mi caminata. En meros segundos calculé todos los objetivos que íbamos a tener que cumplir en la planificación para matar a ese hijo de puta que por tanto tiempo andábamos buscando. Mi mente no paraba de pensar, y solo fue interrumpida por los gritos repentinos que se escuchaban desde algún lugar cercano. Al regresar a las cuerdas y mirar hacia abajo, otro grupo de turistas se veía en un estado de pánico. Parece ser que, al llegar a la base del Medio Domo, se encontraron con los cadáveres de una pareja europea, sus cuerpos sangrientos y doblados de formas muy peculiares. Supongo que, cuando regresaron con prisa, resbalaron y rodaron por la colina empinada hacia un abismo inesperado, chocando en su camino con cada tubo de metal que aguantaba las cuerdas para subir la roca. Allí encontraron luego algunos dientes regados por la superficie de la tierra, y la chica, los huesos de una pierna se rompieron tan violentamente que le cortaron una extremidad por completa. El grupo aún buscaba a donde esa parte se le había caído a la chica. Las costillas del hombre, en cambio, explotaron por dentro y tenía uno de sus propios huesos perforándolo por la garganta.

Joder, pensé. *¿Quién terminó ganando esa carrera?*

Comencé a bajar cuidadosamente por las cuerdas para no encontrar un final parecido. Qué pendejo sería de mi parte morir después de haber conquistado por fin la montaña, ¿no? Al llegar a la base de nuevo, me acerqué lo más que pude a los cuerpos de la pareja. Eran irreconocibles. Los cráneos de ambos se habían agrietado, y los dos tenían una línea que dividía sus caras justamente por la mitad. En las muñecas de ambos cuerpos, llevaban puestos unas pulseras rojas.

Pobres malparidos. Quizás fueron un amor eterno. O quizás tan solo fueron, de ambas partes, una mala compañía. En todo caso, al menos ellos pudieron morir juntos. Seguí con mi caminata ese día, pasando de regreso por los ríos y las cascadas que ya había conocido. Al irme del bosque, miré una última vez hacia ese mar de colinas y árboles infinitos. Miré una última vez, curioso quizás, de ver si alguna osa con su cachorro o alguna tormenta causada por una legión de mariposas me andaban siguiendo. Al no ver ninguna de estas, seguí mi camino hacia un rumbo desconocido, sintiéndome, sorprendentemente, un poco decepcionado. Mientras daba mis últimos pasos en Yosemite, pensaba que quizás a veces los sueños no tienen ningún significado. Pero, pensaba también que, muchas veces, los sueños quizás son un producto del arrepentimiento del universo después de haberte jodido la vida sin haberte consultado, y esos sueños son su forma de avisarte y darte una señal de que por más que quisiera, el futuro ya está escrito y nunca más lo podrá volver a cambiar.

En esos momentos, el cielo comenzó a llover.

SEIS

Soñé que estaba atrapado adentro de un zoológico. Me encontraba parado en el centro, y todas las jaulas estaban alineadas en un círculo alrededor de mí. Plumas negras comenzaron a caer lentamente desde el cielo, y cada vez que tocaban el suelo, se convertían en cenizas. Cuando tocaban mi piel, me quemaban. Tratando de buscar alguna salida, miré a mi alrededor. Ahí vi que, una por una, las jaulas se abrían todas con un chillido. Todas por dentro estaban oscuras, y no podía ver las bestias que se escondían en sus propias tinieblas. Solo escuchaba las respiraciones salvajes de aquellas criaturas desconocidas. Me quedé quieto, achicando mis ojos e intentando descifrar qué escondían esas sombras profundas. Pero cuando una pata peluda comenzó a salir de lo negro, como un terremoto, mi mundo entero se hamaqueó.

—Hay un poco de turbulencia —sonó la voz del capitán por todo el avión—. No se preocupen. Estamos a punto de aterrizar ya.

Desperté con un brinco y con el pulso acelerado, asustando de paso a la auxiliar de vuelo que pasaba por mi lado recogiendo la basura de la cabina con su carrito.

—Sir —me comenzó a preguntar con los ojos muy abiertos—, are you okay?

—Yes, yes —le contesté, acomodándome de nuevo en el asiento—. I'm fine, thank you.

Verifiqué el pasillo para ver si estaba libre de gente y si podía caminar hacia el baño, pero en la otra dirección había otra auxiliar de vuelo también bloqueando el camino. Iba a tener que esperar. Miré hacia mi lado para darme cuenta de que había una señora muy mayor sentada en el asiento de la ventana. Ella me miraba con ojos muy abiertos también, o quizás solo se veían así por el aumento de sus lentes exageradamente gruesos. Su piel arrugada con la vejez había perdido su color y ya casi se veía gris, pero sus ojos eran tan claros y azules como el cielo. Llevaba puesto un chal oscuro, y se lo amarraba por sus hombros y su cabeza como una capucha. Muy quieta ella me miraba con una dulce y delicada sonrisa. Mi inquietud por el sueño y mi pulso acelerado me tenía dándole golpecitos de pies al piso. Mi pierna brincaba sin cesar. Miré de nuevo hacia el pasillo, y al ver que ya no estaban ninguna de las auxiliares de vuelo allí, fui un momento al baño para orinar. Antes de salir, me eché agua en la cara y respiré profundamente. Caminando de regreso, vi que la señora miraba ahora por su ventana. Al sentarme de nuevo a su lado y soltar un largo suspiro, ella se volteó hacia mí con una sonrisa.

—Todos morimos al final, hijo —me dijo, enseñado sus dientes postizos al hablar y regando con su voz un mal aliento—. No hay por qué preocuparnos de eso.

Al tomarme completamente por sorpresa, me quedé con la boca abierta pensando, *¿Qué carajos me acaba de decir esta vieja?*

Hay cosas que uno simplemente no les dice a otras personas en medio de un vuelo. Lo que dijo ella era el equivalente a uno ir a un aeropuerto lleno de gente y gritar en medio de todos: *¡Tengo una bomba!* Ella no había despegado su mirada de mis ojos y aún seguía sonriendo. Quise darle con el codo en la nariz y ver cómo, al chocar su cabeza con la ventana, se ensangrentaría por completo su chal. No me había dado cuenta de que estaba aguantando mi propia respiración. Solté el aire de mis pulmones con otro suspiro, y mientras en mi mente imaginaba mil escenarios diferentes en los que la vieja moría ahí al lado mío, con una sonrisa sarcástica le contesté:

—Lo que usted diga, doña.

Al escuchar mis palabras, su sonrisa se estiró un poco más sobre su rostro, y fue tanto así que por un momento pensé que su forma no era natural.

—Así es, hijo —dijo ella calladamente, sonriendo aún—. Así mismito es.

Viró su cabeza, y de nuevo se puso a mirar por

la ventana. Ya estábamos aterrizando en Florida. Me bajé del avión antes que la doña y fui caminando lo más rápido posible al área de recogida de equipaje. Esperé un rato. Veía cómo poco a poco los pasajeros recogían sus maletas y se iban, y yo, comenzando a irritarme ya, pensaba: *Qué jodienda.*

Cuando viajaba llegaba temprano al aeropuerto. Demasiado temprano. Supongo que, si no era el primero en entregar la maleta, al menos era uno de ellos. Imaginaría yo que premiarían a uno por llegar con tanta anticipación al aeropuerto, pero no. Nunca es así. Aunque, pensándolo bien, quizás por entregar mi maleta antes que los otros pasajeros, los que guardan el equipaje en el avión guardarían entonces mi maleta primero también. Y si terminaba guardada en la parte de atrás del avión por ser la primera en entrar, pues suponía que terminaba siendo la última en salir al llegar. No sé. Nunca le había preguntado a nadie cómo funcionaba eso. Tenía sentido, pero, de todos modos, *Qué jodienda, mano.* Después de esperar otro rato más, por fin salió el bulto verde militar que tanto esperaba sobre la correa.

Por fin.

No me había llevado mucha ropa para el viaje, pero sentí el bulto pesado al levantarlo por todo el equipo de acampar que guardaba adentro y que me había llevado para Yosemite. Me lo tiré en la espalda, y después de balancearme y asegurarme de que no me iba a caer, empecé a caminar hacia la salida del aeropuerto. Cuando llegué a la última puerta, paré de caminar. Me volteé para mirar hacia el área de recogida de equipaje una vez más. Me di cuenta después de unos segundos de que, inconscientemente, estaba buscando a ver si la doña del avión estaba allí. Nunca la llegué a ver recogiendo sus maletas. Al lado de la correa solo quedaba una familia con los dos hijos. Los niños estaban corriendo y trepándose encima de la correa, y la mamá estaba tratando de bajarlos mientras el papá observaba el evento con su mirada sobre sus espejuelos caídos y tomándose un café humeante. La doña nunca apareció por el área, y jamás en la vida la volví a ver. O al menos, en esta versión de mi vida jamás la volví a ver...

Me fui del aeropuerto y llegué a uno de esos estacionamientos donde uno paga para dejar el carro guardado, tiré el bulto en el baúl después de encontrar mi vehículo, y comencé a guiar hacia mi casa. Vivía en las afueras de la ciudad de Miami. No me agradaba tanto el área, mayormente por el tráfico, pero, como era arquitecto, ¿no sería inteligente vivir cerca de donde se pasa la gente rica? Nunca estaba escaso de trabajo porque, si no me contrataban para diseñar una casa localmente, algún hijo de puta millonario del área de seguro me contrataba para diseñarle una mansión en alguna otra parte del mundo. Además, vivir en Miami me daba la oportunidad de viajar fácilmente a Puerto Rico en momentos específicos e inesperados como, por ejemplo, el de ahora, en el que iba a ir a ayudar a un amigo a matar a un cabrón.

Tengo sed, pensé.

Estaba atrapado en una carretera al lado de una zona bajo construcción. Estaban construyendo otro edificio alto, que terminaría pintando el horizonte para los navegantes que miraban desde el mar hacia la ciudad. Parado casi por completo en el tráfico, tomé un momento para revisar el interior de mi carro y ver si había dejado alguna botella de agua para poder tomar. Al no encontrar nada y ver que había dejado el interior inmaculado antes de mi viaje, recordé que desde hace mucho tiempo comencé a pensar que dejar botellas tiradas por el carro trae mala suerte. Escuché el sonido de una bocina incesante, y al mirar hacia el frente, vi que ahora era yo el que estaba congestionando el tráfico.

Está bien, desesperados, ya paren, pensé, mirando por el retrovisor.

Dejé la búsqueda, aceleré el carro, y seguí el camino hasta llegar a mi casa. Cuando por fin llegué, saqué mi bulto del carro y me dirigí a los escalones de la terraza donde quedaba la entrada. Vi un gato negro descansando en la sombra sobre uno de los escalones. Cuando me le acerqué, mirándolo, y con una mano señalándole hacia el patio para que se largara del camino, le dije, «Sal». El gato vago alzó su mirada, y con sus ojos amarillos se me quedó mirando sin moverse.

—Que salgas te dije —le repetí al gato, sudando por el peso del bulto en mi espalda.

El gato empezó a mover su cola mientras me miraba, pero no se movía del escalón. Miré hacia el cielo pensando, *¿Por qué nada puede ser fácil?*, y entonces le devolví la mirada al gato. Con un suspiro, me doblé para cogerlo y sacarlo del medio. Doblé mis rodillas lentamente, tratando de evitar que el peso del bulto me tumbara al doblar la espalda, y me le acerqué más al gato. Cuando lo tuve cara a cara, él tranquilamente maulló y dejó que lo cogiera entre mis brazos.

Deberías dejar de comer tanto, pensé.

Pesaba mucho más de lo que aparentaba, y pensé yo que quizás se había tragado algún ratón hecho de hierro. O quizás dos o tres. Lo moví al lado de los escalones y dejé que se fuera por el resto del patio. Empecé a subir los escalones hacia la entrada de mi casa, y cuando llegué a la puerta, me volteé para mirar hacia el gato una vez más. Se había sentado en la acera, y me miraba desde lejos con sus ojos amarillos. Mirándonos uno al otro, él alzó una patita y maulló otra vez, y pensé que, en ese momento, quizás me estaba diciendo adiós. Entré a mi casa, y al cerrar la puerta, me fui hacia la ventana y la abrí para ver si el gato seguía en la acera. Se había desaparecido por completo. Solté el bulto por fin en la sala y me dirigí a la cocina. Saqué una botella de agua fría de la nevera, y al bebérmela completa y sin pausa, saqué otra, bebí un poco más, y guardé lo que quedaba para luego.

Subí al segundo piso para bañarme. Al desnudarme, me miré en el espejo. Mi torso estaba más pálido que mis brazos, la cara y el cuello donde el sol me había quemado durante la caminata en Yosemite. Mi cara estaba bronceada, y así con la piel más oscura, los pocos pelos rubios que me crecían naturalmente resaltaban entre el resto de mi corto cabello castaño. Me acerqué al espejo y del cabello bajé a mis ojos. Eran negros casi. Abismales.

—Si fueran café, no tendrían nada de leche o azúcar —murmuré, mirando al espejo.

Me metí bajo la ducha, y sentí el agua caliente quemándome la piel. Me quedé unos segundos bajo el chorro y el vapor, debatiendo si enfriar la temperatura un poco. Decidí esperar. A veces sentir el dolor es la única manera que tenemos de recordarnos que seguimos vivos. Al ya no poder aguantar más, enfrié el agua y comencé a enjabonarme el cuerpo y el pelo. Me limpié completo, y con ojos cerrados, me metí de nuevo bajo el chorro para sacarme el jabón del pelo. Mientras el agua y las burbujas me bajaban por la cara, escuché un sonido detrás de mí, y sentí todos los pelos de mi espalda levantarse hacia el cielo con un escalofrío. Inmediatamente el sonido desapareció, y, paralizado aún, trataba de descifrar lo que acababa de escuchar. Lentamente, al sentir que ya el jabón se me había salido de la cara, comencé a abrir los ojos. Mi corazón latía a mil, pero tuve que encontrar la valentía para virarme y ver qué era lo que estaba parado allí conmigo en esa ducha. Al virarme, encontré nada más que la pared del baño mojada por el vapor y mi difuminada reflexión sobre la loseta.

Joder, pensé. *Me estoy volviendo loco.*

Me sequé antes de salirme de la ducha para así no mojar el piso. Cuando terminé, me paré de nuevo frente al espejo que ahora andaba empañado. Mi pulso comenzó a acelerar de nuevo.

Es solo un espejo.

Le pasé la mano para secarlo, esperando que, al

hacerlo, me encontraría con la pesadilla que se había escapado de la ducha y que, para mi desgracia, andaba ahora parada a mis espaldas. Pero no fue así. Cuando sequé el espejo, lo único que encontré fue mi rostro inquieto y todos los años que se habían acumulado tristemente sobre él. Calladamente me comencé a afeitar. Cuando terminé, salí en toalla hacia mi cuarto, y ahí, de nuevo, escuché el sonido. Paralizado otra vez, me concentré escuchando y me percaté de que el sonido venía desde el primer piso de la casa. Sonaba como un susurro. Despacio y muy callado, me dirigí a mi habitación y luego al armario donde escondía una caja fuerte. Al poner el código y abrirla, saqué un rifle que tenía guardado allí. En toalla aún, me dirigí hacia el pasillo y comencé a bajar lentamente escalón por escalón. Cada escalón chillaba al pisarlo, y yo me cagaba en la madre de cada chillido por dejarle saber a la casa completa por donde andaba. Al llegar al último escalón, estaba seguro de que el monstruo invasor me estaba esperando en la sala de mi casa. Pero cuando llegué por fin al primer piso, vi que no había nadie y que el susurro que escuchaba era el viento entrando por la ventana que había dejado abierta.

—Vete pal carajo —dije en voz alta, incrédulo de que el sonido de la brisa por poco me daba un infarto.

Fui a cerrar la ventana, y al mirar hacia afuera, vi que el cielo se había nublado. Pronto llegaría una tormenta. Busqué en la nevera el resto de la botella de agua que había comenzado a beberme, y, antes de subir de nuevo al segundo piso, en toalla aún y con rifle en mano, me aseguré de que todas las puertas y las ventanas estuvieran cerradas.

Después de subir y vestirme, guardé el arma de nuevo en su caja fuerte, pero antes de cerrarla saqué de ella un teléfono móvil. En ese teléfono solo había un número guardado y lo iba a necesitar para cuando llegara a Puerto Rico. Empecé a empacar mis cosas dentro de una maleta negra más grande que la de mi viaje anterior. No me llevaría mi bulto verde esa vez porque no quería que pensaran que era militar. Si iba a Puerto Rico para la razón que se me había presentado, tenía que evitar toda la atención posible y esconder cada detalle que alguien pudiera usar en nuestra contra para describirnos, en el caso de que nos vieran. Eso incluía pensar en detalles tan pequeños como, por ejemplo, evitar usar un bulto que resaltara entre los otros pasajeros. En el proceso, encontré una vieja chaqueta de cuero, y me la probé, para ver si aún me servía. Me fui al espejo, y al mirarme, dije con una guiñada:

—Ese papi.

Seguí empacando, y antes de cerrar la maleta, recordé que tenía que empacar unos planos arquitectónicos. No se me podían olvidar. Aparte de trabajar en Miami, a través de los años, ayudaba en mi tiempo libre a Vicente con alguno de sus proyectos *extracurriculares*. De sorpresa, le iba a llevar unas modificaciones que estaba planificando hacerle a un proyecto que le había terminado hace unos años.

Me fui al ático de la casa a rebuscar dónde había dejado esos documentos entre todas mis cajas que tenía guardadas allí. Buscando entre las cajas, encontré un cofrecito hecho de madera, y recordé que lo había comprado en Tailandia durante uno de mis viajes. Tenía un elefante grabado sobre su superficie, y al abrirlo descubrí otros recuerdos de otros viajes de mi juventud. Había una figura de jade que conseguí en Birmania, junto a un colgante de ámbar. También unos sellos postales viejos que conseguí en Singapur. Y, regadas, había muchas monedas sueltas que traje de Japón. Cerré el cofre y lo devolví a su respectiva caja, pero al hacer eso, desbalanceé el resto de las cajas que quedaban debajo y se cayeron todas a mi alrededor.

—Sea la madre —me dije a mí mismo, irritado porque ahora tenía que ponerme a recoger mi propio reguero.

Empecé a guardar todo de nuevo y en el proceso encontré los planos y sonreí porque al menos eso fue una pequeña victoria. Me aseguré de que todo estaba recogido y comencé a bajar las escaleras del ático. De momento, escuché un choque fuerte con el piso del ático, di un brinco del susto y pensé: *¿Pero qué mierda es ahora?*

Me volteé para ver que la última caja se había caído de nuevo y que, de ella, el cofrecito había salido disparado y había explotado junto al resto del contenido. Con el corazón pesado, al darme cuenta de que el daño era irreparable, me puse a recoger los restos de ese recuerdo. Entre los pedazos de madera, las monedas y los otros objetos que guardaba el cofre, encontré un sobre que no había visto al abrir el cofre antes. Al tomarlo en mis manos, lo viré para ver si tenía algún nombre, y descubrí que solo tenía escrito sobre él una solitaria C.

No puede ser, pensé. Después de unos momentos hipnotizado por lo que acababa de encontrar, decidí guardarlo en mi chaqueta.

Se lo enseñaré a los muchachos, seguí pensando. *Quizás todos juntos nos podamos al menos reír de mi desgracia.*

Guardé todo por última vez, y antes de irme me quedé como una estatua mirando las cajas para asegurarme de que nada más se iba a caer inesperadamente. Al estar satisfecho, bajé a mi habitación, me quité la chaqueta con el sobre adentro, y empaqué todo junto a los planos. Terminé, y después de acomodar la maleta al lado de la puerta, me acosté temprano sabiendo que mi vuelo a Puerto Rico saldría temprano la próxima mañana. Después de estar despierto por mucho tiempo dando vueltas en la cama, por fin quedé dormido junto al sonido de las primeras lluvias de la fuerte tormenta.

Esa noche soñé de nuevo con el zoológico, y otra vez las plumas negras que caían del cielo quemaban mi piel. Las jaulas también se abrían de nuevo con sus chillidos, pero esa vez no había alguna turbulencia de vuelo en el mundo externo que me despertara. De las sombras de una de las jaulas, vi salir una pata peluda. Curioso, asombrado y paralizado del horror, me quedé firme en el centro de esas jaulas y vi salir a una terrible criatura que jamás en la vida había conocido. Empezó a correr rabiosamente hacia mí, y de su boca salían rugidos parecidos al sonido de los truenos.

SIETE

Después de un viaje turbulento, aterricé en Puerto Rico en el Aeropuerto Internacional Luis Muñoz Marín. Al bajar del avión, recogí mi maleta y me dirigí al área fuera del terminal de llegadas en donde se toman los taxis. Había reservado un carro en un alquiler fuera del aeropuerto para mi estadía en la isla, y necesitaba transportación para llegar allí. La fila para hablar con la representante de la agencia de taxis estaba vacía. Supuse que los demás pasajeros tenían, afortunadamente para mí, familia y amigos que los recogieran directamente al aeropuerto. Caminé entre el laberinto vacío de tubos y cuerdas que dirigían el tráfico de la fila (si hubiera habido una) con mi maleta pesada hasta por fin llegar a la representante que, sentada detrás de su escritorio sonriendo, observaba mi transcurso con mucha curiosidad.

—Hello, sir —me saludó, tratando con su inglés de enmascarar su pesado acento puertorriqueño—. How may I help you?

¿Tan americano parezco?, pensé al escucharla. Acomodé mi maleta al frente de su escritorio, me quité el pequeño bulto negro que llevaba en la espalda y que guardaba mi computadora, y lo acomodé junto a la maleta.

—Buenas —comencé en español para dejarle saber a la chica que yo era tan puertorriqueño como ella—. ¿Cuáles son las tarifas para un taxi?

Abrió los ojos, sorprendida quizás, y me pasó un folleto que enumeraba los diferentes precios. Al decidir que estaban razonables, escribí la dirección a la que quería ir en una notita y se la puse en el escritorio. Ella tomó el papel, y después de mirar la dirección, alzó su mirada hacia mí y dijo:

— I'll call a taxi for you now, sir. It shouldn't be more than ten minutes.

¿Estará bromeando conmigo?, pensé. *Solo tardará diez minutos la espera. Está bien.*

—Gracias —le respondí cogiendo mi bulto y la maleta para irme al lado de la calle a esperar el taxi—. Muy amable.

Ella sonrió, y sus ojos grises resaltaron sobre su piel blanca y su pelo negro.

—You're welcome! —contestó.

De nada.

Me fui a esperar el taxi. Esperé los primeros diez

minutos. Cuando entonces pasaron treinta, y al ver que no llegaba, regresé al escritorio de la representante. Con ella ahora andaba otro chico, y los dos tenían puesto el mismo uniforme.

—Buenos días. ¿En qué le podría ayudar, caballero? —me preguntó de inmediato el muchacho.

Desde su silla aún, la blanquita de ojos grises lo miró y le dijo:

—Ya yo lo atendí. Anda esperando un taxi.

Luego la chica me dirigió la mirada, y con la misma sonrisa de antes, me dijo:

— I'm sorry, sir. There is a bit of traffic. The taxi will be here soon.

¿Será anormal?, pensé.

—Está bien —le contesté mientras su compañero de trabajo la miraba tan confundido como yo.

—Disculpa por la espera —dijo el muchacho. Yo me alejé del escritorio, y alcé mis manos.

Con un gesto sin palabras les aseguré que no se preocuparan. En Puerto Rico siempre hay tráfico. Me fui a esperar al lado de la calle de nuevo, y cuando por fin llegó el taxi, puse mi maleta en el baúl, y le di la dirección al conductor.

— Oye, tigre, ¿uste' es de por acá? — me preguntó el conductor trigueño, mirándome con sus ojos oscuros por el retrovisor.

—Sí —le contesté, mirando por la ventana al cielo azul del Caribe. Las pocas nubes que había eran blancas como la nieve, y fue como si Dios mismo hubiese soplado en ese espacio bajo el sol para formarlas perfectamente allí. Mi isla hermosa. La isla del encanto.

—Soy de Ponce —le dije mintiéndole. Ninguna persona con quien tuviera contacto durante ese viaje podía saber mi información personal. Dejaría menos rastros y menos preocupación. Ya de por sí estaba frustrado porque la compañía de alquiler de carros iba a tener mi información de la tarjeta de crédito guardada. El hotel donde tenía mi reservación también la tendría, pero al menos con el hotel valdría la pena el riesgo. Realmente era de Caguas, pero al vivir tantos años fuera de mi ciudad, me sentía, más que otra cosa, como un gitano sin hogar fijo. Mirando por la ventana aún, le pregunté al muchacho:

—¿Y tú?

—Pos no, yo soy de la República, pero yo... *¡Mielda!*

Su taxi pasó sobre uno de los infames boquetes de Puerto Rico e interrumpió lo que me andaba diciendo. Mientras él miraba por el retrovisor, yo miraba por la ventana de atrás hacia el agujero negro que se había formado con el tiempo en la carretera.

—¡Santa madre! —gritó el conductor—. ¿Cuándo *coño* piensa el gobierno arreglar mis calles?

El muchacho se quedó callado unos segundos y luego de unos suspiros, se calmó y todo volvió a la normalidad.

—Perdona, hermano, es que guio to' los días por

acá y siempre es lo mismo. Siempre, siempre es la misma vaina. Vine para acá de la República por la familia y el trabajo y to' eso. Uste' sabe.

Estábamos llegando ya al alquiler de carros. Acomodándome en el asiento para pronto tener que salir, contesté:

—Sí, entiendo.

Al llegar, me bajé del taxi, y vi que el conductor ya había salido del vehículo y me estaba bajando la maleta del baúl.

—Aquí tenga, hermano —me dijo al pasarme la maleta y mi pequeño bulto.

—Muchas gracias —le dije, y del bolsillo saqué veinte dólares para dárselos de propina.

Al tomarlos en su mano, el conductor dominicano bajó la cabeza y humildemente contestó:

—Gracias, gracias. Cuidase por ahí, hermano, y ¡Dios me lo bendiga!

El taxista se fue guiando con una sonrisa, y antes de doblar la esquina y desaparecer, sacó su mano por la ventana para decirme adiós.

Amén, pensé, y ahí volteé para entrar al alquiler de carros. Durante el papeleo para llevarme el carro, me dijeron los empleados que calificaba para una oferta gratis y podía llevarme en cambio uno de los carros deportivos. Rechacé la oferta, y los empleados se quedaron tan confusos como me había quedado yo con la blanquita del aeropuerto. Terminé llevándome un carrito blanco pequeño en el que nadie perdería ni un segundo de su vida en voltear la cabeza para mirar.

Entre menos memorable, mejor, pensé. No quería llamar la atención.

Al montar mis cosas, salí en camino hacia uno de los hoteles más grandes de Condado. En ese único aspecto fue en el que decidí consentirme porque, joder, tampoco sería algo demasiado irregular querer quedarme en un lugar bonito, ¿no? Al llegar al hotel, dejé el carro con el *valet* y fui hacia el vestíbulo de registro para recibir la llave de mi habitación. Al pasar por las enormes puertas y el atrio que me quedaba de frente, vi que en el área de espera había un letrero que anunciaba: LA CONFERENCIA MÉDICA SE ESTARÁ LLEVANDO A CABO EN LA SALA DE ORO DURANTE LAS PRÓXIMAS SEMANAS. Seguí caminando hasta llegar a la recepcionista, y cuando me vio la chica, sonrió con una dentadura perfecta.

—Bienvenido, caballero —ella comenzó a decir—. Si tiene alguna reservación con nosotros, solo necesito su apellido.

Tenía el pelo largo y muy rizo, y se veía ella como una leona en cuerpo humano. Tenía la piel canela y sus ojos eran marrones, pero brillaban con algo que no se podría describir como nada más que pura felicidad.

—Peña —le contesté sin poder quitarle la mirada a sus ojos.

La recepcionista escribió mi apellido en su computadora, supuse yo, y unos segundos después me preguntó:

—¿Adrián?

Al confirmar con ella, sonrió nuevamente y me dijo que solo tomaría unos minutos en entregarme las llaves del cuarto. En la espera, otro empleado del hotel se me acercó con una copa de champán. Cuando lo miré confundido, la recepcionista se comenzó a reír y me dijo:

—Cortesía del hotel.

Tomé la copa y comencé a beber. Mientras tanto, una pareja estaba bajando las escaleras del atrio detrás de mí, listos ya para irse a explorar San Juan juntos. La pareja se había ido a vivir a Estados Unidos, pero ambos eran boricuas. Había pasado tiempo desde que habían tenido unas vacaciones juntos y ellos, locos por regresar a su islita, decidieron viajar para visitar el lugar en el Viejo San Juan donde se habían agarrado de la mano por primera vez hacía diez años. Cuando bajaron las escaleras y ya estaban en la puerta, a la mujer se le había caído un dinero de la cartera. Al ver esto, la recepcionista salió de la parte de atrás de su escritorio y corrió hacia la pareja gritando:

—¡Permiso!

Al ahora poder verla por completa, vi que la recepcionista de pelo rizo tenía puesto un pantalón de vestir con su camisa del trabajo. Tenía una cinturita pequeña, pero tenía también unas caderas y unas nalgas muy, muy puertorriqueñas. La recepcionista se dobló, tomó el billete del suelo, y se lo entregó a la pareja diciéndole:

—Que tengan un lindo día.

Al regresar, me sonrió y me dijo:

—Disculpa.

—Por nada —le contesté, hipnotizado aún.

Después de otros pocos segundos, de su lado del escritorio sacó un sobrecito que contenía las dos tarjetas magnéticas que servirían de llaves para mi habitación. Terminando de beber mi champán, coloqué cuidadosamente la copa vacía sobre el escritorio de la recepcionista.

— No se preocupe por la copa —me dijo mientras me entregaba el sobrecito con ambas manos—. Nosotros nos encargaremos de ella. Su maleta y bulto deben estar ya en el cuarto. El *valet* se los entregó a otro empleado del hotel para que se los subieran por usted —. ¿Hay algo más en que le pueda ayudar?

Pensé en todas las maneras en las que la recepcionista me podría ayudar, pero solo le contesté—: No, gracias. Has sido muy amable.

Ella se me quedó mirando, y noté que andaba pensando algo.

—¿Lo conozco de algún sitio, señor Peña? — me preguntó curiosamente.

—Creo que no —le contesté sonriendo.

Me fui con el sobrecito en la mano y comencé a subir las escaleras del atrio hacia mi habitación. Al encontrar por fin la habitación doscientos trece, entré con la llave, y ahí en el medio del cuarto estaba mi equipaje.

Chévere, pensé.

Rápido comencé a desempacar mis cosas. De la maleta saqué la chaqueta de cuero. Lo más probable era que no la usaría por el calor de Puerto Rico, pero la saqué por si acaso. También saqué los planos, y luego otro bulto pequeño que había empacado dentro de la maleta. En el viaje, no podía traerme mis armas ni las otras partes del equipo que normalmente utilizaría para llevar a cabo un asesinato. Jamás iba a poder pasar esas cosas en un vuelo comercial a través de la Administración de Seguridad en el Transporte, así que iba a tener que conseguir sus reemplazos en la isla. De eso me preocupaba después. Lo que sí había traído eran mis botas negras de combate y el resto de la ropa que utilizaría durante el operativo. Cogí el bulto vacío que había sacado de la maleta y en él solo eché esas cosas que iban a ser necesarias para transportar el próximo día, incluyendo los planos y la chaqueta de cuero con el sobre adentro. Finalmente, saqué de la maleta el teléfono adicional que me había llevado de la caja fuerte de mi casa en Miami. Dejé toda la ropa adicional en la maleta grande que, en realidad, solo había empacado para que no se viera sospechoso que lo único que me llevara en el avión era un vestido negro táctico. Cuando terminé de empacar el bulto pequeño, lo acomodé con el otro bulto donde llevaba mi computadora, al lado de la puerta del cuarto. Me fui entonces con el teléfono móvil para el baño.

Prendí la ducha en caso de que, por mi mala suerte, hubiera algún tipo de micrófono escondido en el baño. Con lo mucho que había viajado con mi viejo equipo, no hubiese sido la primera vez que eso pasara. Desde el teléfono móvil, llamé al único número que tenía guardado el teléfono, esperé que sonara dos veces y luego enganché. Con la ducha aún corriendo, me recosté sobre el lavamanos, y crucé mis brazos a esperar. Exactamente treinta segundos después, el teléfono comenzó a sonar y cuando miré la pantalla vi que me llamaba un número restringido. Contesté la llamada y me quedé callado con solo el sonido del chorro de la ducha en el fondo. Después de otros cinco segundos, una voz distorsionada electrónicamente habló:

—Mañana a las siete. Dos calles más abajo a la derecha del hotel. Estaremos esperando.

La voz enganchó. Me viré y me miré en el espejo unos momentos. Me estaban comenzando a salir líneas en la frente, pero aún no me habían salido pelos blancos. Tenía ojeras debajo de mis ojos oscuros, pero esas siempre las había tenido. Miré el teléfono, y después de unos segundos, le quité la tarjeta SIM, la partí en dos, y con un puño le rompí la pantalla al móvil. Envolví los fragmentos en papel de baño, tiré todo al zafacón y ahí lo dejé. Comencé a desvestirme para ducharme, pero al meterme al agua decidí que me quería dar un baño. Llené la bañera de agua, me acosté en ella, y así me quedé dormido pensando en que, al próximo día, me tocaba ir a ver al que muchos conocían como El Ruso.

—

Esa noche, un taxista dominicano regresó a su pequeña casa en la ciudad y su familia lo recibió con un fuerte abrazo y un riquísimo mangú recién hecho. Terminó compartiendo su cena con sus dos hijas pequeñas. Una recepcionista de pelo rizo recogía a su niño de la casa de la abuela después del trabajo, y al ser mamá soltera, cenó con él sola en su apartamento y pasaron tiempo juntos hasta que él decidiera dormirse. Mientras tanto, una princesa llegaba de regreso a su cabañita en Guayama para contarle a su jibarito de su día. Emocionada, le contó que tuvo la oportunidad de practicar su inglés en el trabajo que había conseguido en el aeropuerto, y que siente que, cada vez, lo mejora mucho más. Feliz y orgulloso de ella, el jibarito la escuchaba y la ayudaba a quitarse los zapatos incómodos de su uniforme mientras ella se acomodaba en un banquito de su cabañita. Allí ella se quedó sentada hasta tarde estudiando con unos libros, y él se había quedado dormido con su cabeza recostada sobre la falda de ella. Al escuchar los callados ronquidos del jibarito, la chica soltó sus libros y miró al chico dormido sobre sus muslos. Tenía él la piel bronceada de tanto trabajar bajo el sol, y su pelo marrón crecía en rizos cortos. Sobándole la cara, de nuevo ella le susurró:

—Mi jibarito hermoso.

Y pensó que, en algún sueño profundo, él la escuchó al pintar sobre su cara una leve sonrisa. La princesa se dobló para darle un beso en la frente, y luego, de su libro, sacó el bolígrafo que utilizaba para tomar notas. Con una de esas sonrisas dulces y maquiavélicas que solo ella sabía regalar, comenzó a hacerle dibujos en la cara al jibarito, pensando que, al despertar en la mañana y mirarse él en el espejo, sería una broma muy cómica para ambos.

OCHO

Eran las seis y cincuenta y nueve de la mañana. Estaba esperando dos calles más abajo a la derecha del hotel. Tenía mi bulto negro en mano y el bulto de la computadora en mi espalda. Estaba parado en la acera frente a un edificio que parecía indefinidamente cerrado por el daño que había recibido de algún huracán pasado. El sol puertorriqueño ardía sobre mi piel, pero la brisa del mar cercano me refrescaba junto al sudor que bajaba por mi espalda. Una agüita de coco no hubiese estado mal en esos momentos. Exactamente un minuto después, una guagua negra con las ventanas tintadas se estacionó al frente de mí. La puerta de atrás se corrió, y al abrir, un hombre con gafas negras puestas se asomó sin salirse del vehículo.

—¿Fantasma? —él preguntó, mirándome de pies a cabeza sospechosamente.

Con la cabeza le dije que sí, acomodándome de una vez el bulto que llevaba en la espalda. Nos quedamos mirando el uno al otro por unos segundos, y cuando él por fin estuvo satisfecho de que le decía la verdad, me dijo:

—Móntese.

Al montarme en la guagua, de inmediato me quitó los dos bultos que llevaba y me puso un bolso negro de tela sobre la cara.

—¿Dónde tienes el teléfono? —me preguntó el mismo hombre.

El conductor se mantuvo callado. Supuse que solo eran ellos dos montados en la guagua. De mi bolsillo saqué mi teléfono personal, se lo entregué al hombre desconocido, y le dije que ya me había deshecho del móvil adicional.

—¿Qué lleva en los bultos? —me preguntó el hombre. Comencé a escuchar el sonido de las cremalleras de cada bulto abriéndose.

—Tenemos que aguantar la computadora junto al teléfono por ahora. No se permiten ningún tipo de electrónicos—dijo el hombre, tocándome los bolsillos para verificar si llevaba algún otro objeto prohibido.

Sacudiéndole la mano con la mía y luego cruzando mis brazos, dije con el bolso aún puesto en la cara:

—Ya le di todo. Deje de estar tocándome.

Marica.

—Disculpa, Fantasma —contestó el hombre, y sentí el peso de su cuerpo levantarse del asiento, al él alejarse hacia la ventana—. Es solo protocolo.

Viré los ojos. Ellos no se iban a dar cuenta.

—Sí, sí, claro. El protocolo. No toque los planos que llevo ahí o le corto las manos.

Protocolo mi culo. Se ha puesto más paranoico desde la última vez que lo vi.

—¿Cuánto nos vamos a tardar? —pregunté, irritado ya.

—Por el tapón… —El hombre comenzó a decir, tomando una pausa para, supuse yo, calcular en su mente lenta el tiempo que nos tomaría llegar a nuestro destino—. No debería ser más de una hora.

Una hora con tráfico. Quizás no estamos tan lejos entonces, pensé yo.

Nos quedamos en silencio. En la oscuridad del bolso de tela sobre mi cara, comencé a pensar en la criatura de mis sueños. Pensé en las plumas que me quemaban, en las jaulas y sus chillidos. El tiempo pasó en el abismo de ese bolso, y veía la pata peluda salir de nuevo de las tinieblas. Justo cuando la horrorosa criatura se revelaba y comenzaba a abrir su boca para tragarme, una luz repentina me cegó.

—Ya estamos aquí —me dijo el hombre que estaba sentado en la parte de atrás de la guagua mientras me quitaba el bolso negro de la cabeza.

El conductor se había salido del vehículo, y después de darle la vuelta, abrió la puerta a mi lado. Cerré los ojos e intenté abrirlos de nuevo lentamente, acostumbrándome poco a poco a la luz de un fuerte sol puertorriqueño. Al bajarme, el hombre que andaba sentado conmigo me entregó el bulto de mano con mi ropa y los planos, y me dijo:

—Nos quedaremos con el otro bulto por ahora. Dejaremos guardado su computadora y su teléfono dentro de él.

Estábamos al final de un camino de tierra en medio de un bosque. A mi derecha quedaba un camino más estrecho aún, y al acercármele un poco más, vi que de este comenzaban unas escaleras de madera que bajaban por la colina.

—Nos iremos por aquí —dijo el hombre de las gafas, empezando a bajar las escaleras. Al final de estas, había un portón con otro hombre posteado de seguridad con un rifle en la mano. Miré a mi alrededor. Estábamos en medio de un lugar que parecía una jungla, y lo único que dividía los árboles y el resto de la vegetación era una serie de rejas que parecían formar un perímetro infinito al frente de mí. El hombre que estaba de seguridad me miró y luego miró al hombre de las gafas. El conductor de la guagua ya no estaba con nosotros. Se había quedado velando la guagua en el camino sin salida.

—¿Y este quién es? —preguntó el hombre del portón, escupiendo el suelo y luego mirándome de pies a cabeza.

El hombre de las gafas se las quitó de la cara para revelar un par de ojos verdes. Se le acercó al hombre del portón, y con su mano le dio una bofetada por la nuca.

—Es el Fantasma —le contestó—, comunícalo en el radio.

Al descubrir quién estaba parado frente a él, el hombre del portón se enderezó y dijo:

—Disculpa, Fantasma. Les dejo saber a los de arriba ahora.

Nerviosamente sacó el radio que tenía enganchado en su correa y comunicó:

—El Fantasma está aquí.

Ni que me lo fuera a comer, pensé yo.

Escuchamos el candado del portón abrirse solo, y ahí se comenzó a abrir lentamente. El hombre de seguridad se movió hacia un lado, y el hombre de los ojos verdes se puso de nuevo sus gafas.

—Seguimos—me dijo él.

Después de unos diez minutos caminando por el resto del camino en un pequeño valle del bosque, llegamos a otras escaleras de madera. Empezamos a subirlas, y cuando llegamos al final, vi que habíamos llegado a la cima de una colina rodeada por árboles. Por todo el perímetro natural había más hombres posteados con rifles, algunos mirando hacia adentro y otros mirando hacia el bosque. En el centro de la cima había una casa que parecía más bien una pequeña fortaleza. Una pared externa muy alta y sin ventanas rodeaba la fortaleza entera como una gran muralla en ese cantito de Puerto Rico. Solo había una entrada, y de ella en esos momentos iba saliendo un hombre con una cerveza en la mano. Tenía puestas unas gafas, unos pantalones cortos cremas, y una camisa blanca de botones abierta completamente, exponiendo los músculos de su abdomen y su pecho. El hombre de ojos verdes me miró, y con la mano me señaló que siguiera caminando. Él, en cambio, no se movió de donde estaba parado. Di unos pasos más hacia el hombre de la cerveza, y ahí quedé quieto. Nos quedamos mirándonos uno al otro a diez metros de distancia, la cima de la colina completamente en silencio. El hombre se quitó las gafas, y junto a la botella de cerveza que tenía en la mano, las colocó en la grama al lado de la entrada. Respiré profundamente. Ahí él comenzó a correr rabiosamente hacia mí, y yo, soltando de inmediato el bulto que llevaba en mano, me preparé para recibir el impacto de parte del rinoceronte que estaba a punto de atacar.

Los que conocían al hombre que en esos momentos corría hacia mí, lo llamaban El Canguro. Y era por esa misma razón. El cabrón brincaba y te caía encima sin pensarlo dos veces si le daba la gana. Otros, solo unos pocos, lo conocían como El Gringo. Pero, eso sí, todos los que lo conocían, de alguna manera u otra, sabían que, antes que cualquier otro nombre, él era El Ruso. Y en esos momentos, El Ruso estaba chocando su cuerpo con el mío con tanta fuerza y rapidez que me sacó el aire de los pulmones por completo. Nos caímos ambos a la grama y ahí nos enredamos uno con el otro. Me agarró por el cuello con sus brazos en una llave que cortaría la circulación de sangre a mi cabeza. Cuando pensé que el mundo ya se me iba a apagar, con el codo le di en una costilla, y ahí escuché de su parte un gruñido. Aflojó su agarre de mi cuello y aproveché para salirme de su llave. De rodillas, le di un puño en la costilla de nuevo, y al aturdirlo, rápidamente le di la vuelta y me sujeté de su cuello como él al mío en el principio. Más grande que yo, él se tiró de espaldas, dejando el peso de su cuerpo entero caer sobre mí. Pensé por un momento que me había roto algún hueso del cuerpo. Lo solté, y él se viró hacia mi cuerpo bocarriba y comenzó a infligir una ráfaga de golpes sobre mí. Alcé mis brazos para absorber los golpes, y al ver un hueco en su defensa, di un último puño en su costilla. Me escapé de todo el peso que había puesto sobre mí, y ahí de nuevo intenté ahorcarlo. Justo cuando lo iba a agarrar, él reaccionó, me agarró y me apretó el cuello. Viendo la luz desvanecer poco a poco, le di unos golpes al piso con mi mano en señal de rendición, y ambos nos soltamos, tirándonos fatigados sobre la grama a mirar el cielo.

El Ruso era un rubio de ojos azules con una manga tatuada desde su pectoral izquierdo hasta su muñeca. Tenía un dragón rojo pintado desde su pecho que bajaba por todo su brazo. El dragón se enroscaba hasta la punta del tatuaje, y cada vuelta en su brazo dividía una escena pequeña que formaba parte de la manga. Una escena mostraba una montaña alta con nieve en su pico. Era la montaña Fuji en Japón. Esa escena se transformaba en una que contenía otra serie de montañas más pequeñas, y esas se convertían en un atardecer sobre el desierto. Ambas eran recuerdos de California. Una escena tenía la torre de Seúl, de cuando fue a Corea del Sur. Y finalmente, tenía una serie de playas pintadas entre cada escena. Una era de Malasia. Otra, de las

Filipinas. La última era de la isla de Fitzroy en Australia. Todas representaban una historia diferente de su vida. Sabrá Dios a dónde más había ido. Exmilitar, y ahora el mejor narcotraficante del Caribe entero, El Ruso, poco después de sus años en la milicia creó un imperio de drogas que, en los tiempos de antes, me atrevería a decir que pudiera haber sido hasta rival de los carteles de México y Colombia. Y lo mejor de todo era que nadie lo sabía. Y los pocos que sí lo sabían como, por ejemplo, los que trabajaban para él, no tenían ni puta idea de la verdadera razón por la que él decidió meterse a ese mundo.

Él tenía sus reglas. Él era inteligente. Él sabía cuándo sacar la mano a tiempo para no quemarse con el fuego. Él dejaba que la gente glotona comiera y comiera. Y cuando ellos mismos se mataban por la boca, El Ruso venía como una pesadilla en la noche a sacarles la comida por las gargantas a esos cadáveres infelices. La cosa era esta: ser el mejor narcotraficante no significa ser conocido por todos. Todo lo contrario. El Ruso se convirtió en el rey invisible del bajo mundo dejando que otros hicieran el trabajo por él, y mientras las guerras empezaban entre cada *pelagato* que se creía matón en el barrio, él eliminaba su competencia con la precisión inmaculada de un operativo clandestino. ¿Y el dinero? Pues, lo invertía poco a poco. No sabría decir en qué, pero sabía que no era lo suficientemente bruto como para comprar mansiones por todo Puerto Rico y gastarlo todo en carros y mujeres. No, no, no. Aparte de su pequeña fortaleza y algunos otros proyectos, él no dejaba ni una pista. Los federales no lo iban a atrapar, ni el Servicio de Impuestos Internos tampoco. Él trataba cada encuentro, cada interacción, cada negociación, cada formulario como una operación especial. No dejaba espacio para los errores. Si la gente conocía a El Ruso, no era por ser narcotraficante ni por ser la cabeza de un sistema multimillonario. No. Lo conocían porque era un hijo de la gran puta. Él no jugaba al «toma y dame». De tan solo mirarlo mal, te dejaba caer una jodía bomba atómica encima. El Canguro. No corría el chance.

Su táctica y estrategia era no dejarle nada de tiempo ni espacio al enemigo para que escalara sus fuerzas contra él. Si tenía el presentimiento de que había una rata en la casa, derrumbaba al edificio entero sin pensarlo dos veces. Y así también aprendió a sobrevivir por tanto tiempo. El rey del bajo mundo conocía la sombra de sus víctimas mejor aun que ellas mismas, y si esas almas se desviaban aunque fuese solo un poco del camino que él tenía planificado, él se aseguraba de que el infierno se tragara cada malparido desafortunado que se le pusiera de frente. ¿Cómo es que va el dicho? *Más vale diablo conocido que diablo por conocer.* Bueno... el problema con ese refrán era que la gente que lo decía nunca ha tenido al diablo de frente en sus vidas. Yo, al contrario, podía decir que sí. Pero la suerte mía era que quien le dio todos los apodos a ese diablo fui yo. Al que todos llamaban «Gringo» o «Canguro» o «Ruso», pues yo lo llamaba «hermano». Su nombre era Vincent Novikov, pero yo, por joder, le decía «Vicente».

—Sabes —comencé a decir fatigado y tirado en

la grama aún—. Te dejé ganar porque toda tu seguridad te está mirando.

Él se empezó a reír, virando su cabeza acostada hacia mí y estirando su mano para darme un puño en el pecho.

—Fuck —comenzó a decir, también fatigado aún—, I know, asshole. Lo sé. Sigues siendo el rapidito.

Me empecé a reír más, pero las risas dolían al todavía sentir el cuerpo sensible por el choque inicial de nuestra pelea y la ráfaga de golpes que procedió.

—Oye —le empecé a preguntar—, dime, ¿quién le metió un palo por el culo al que está de seguridad?

Dudoso de a quién me refería, Vicente alzó su mirada de nuevo y, mirándome, preguntó:

—Who?

Miré de nuevo hacia el sol.

—Vicente —le dije, tapándome la cara de la luz—. El del portón. Le dijeron que yo era Fantasma y por poco se caga encima.

Vicente comenzó a pararse lentamente, y al recuperar su balance me dio la mano para ayudarme a parar también. Luego, caminó hacia mi bulto, lo recogió y me lo entregó en las manos.

—Solo les dije que eres una pesadilla andante para tus enemigos. Y que te conozco de hace años —contestó, empezando a caminar hacia la entrada de su casa de nuevo. Al llegar, recogió su cerveza y las gafas para taparse los ojos nuevamente—. No les mentí, Fantasma. ¿O sí?

Me le quedé mirando sin decir nada, y él, con una sonrisa, me dio un golpecito en el brazo.

—Nunca te di las gracias por diseñarme el castillo —dijo caminando hacia su casa. Se volteó a mirarme una vez más y dijo:

—Ven para darte una cerveza y hablar. Tenemos a un cabrón que matar.

NUEVE

Lo más inteligente que pudo haber hecho el diablo fue hacer creer a las personas que él no existía. Pues, ¿cómo pelear contra algo que uno no sabe que está ahí? Vicente era el diablo del bajo mundo. A diferencia de lo que pensaban los pocos que lo conocían, él no se metió a esa vida por dinero. No. Era por otra cosa. Él se metió en esa vida en busca de información, y así, en busca de ella, caminaba por las sombras.

Entrando a la casa, Vicente se fue enseguida hacia la cocina a buscarme una cerveza. Yo me quedé mirando el interior de la enorme sala en la que ahora me encontraba. La casa la había diseñado como un enorme plano compuesto de tres cuadrados sobre la tierra, y cada uno estaba dentro del otro. El primer cuadrado era la muralla alta de afuera. Dentro de la muralla estaba la casa, en forma de otro cuadrado. Y el último cuadrado era un espacio abierto en medio de la casa que formaba un patio interno. Todos los cuartos estaban divididos dentro del segundo cuadrado. Al opuesto de la entrada de la casa donde yo andaba parado en esos momentos quedaba una puerta de cristal corrediza escondida por unas rejas que formaban la salida hacia el patio interno. Al abrir la botella de cerveza, Vicente regresó de la cocina, me entregó la bebida y me dijo:

—Nos vamos por aquí.

Cargando el bulto en una mano y la cerveza en otra, caminamos hacia fuera, donde quedaba el patio privado. En el centro había un círculo de cemento entre la grama, y, sobre ese círculo, había líneas que brotaban desde el centro hacia afuera precisamente marcando cada quince grados hasta completar los trescientos sesenta. Era una brújula. Al lado de la brújula, sobre la grama, había un pequeño bote negro que rápidamente me trajo muchos recuerdos.

—¿Por qué eso está ahí? —pregunté, imaginándome cuál era el plan que Vicente tenía en mente y que quería que yo desarrollara para el equipo.

—Esto —comenzó a decir, caminando hacia al bote y dando fuertemente con su mano sobre la superficie de goma reforzada—. Es para luego. Por ahora, nos vamos para la cueva.

Al final del patio, la tierra fue excavada para construir unas escaleras y un pasillo que quedaría debajo del castillo sobre la cima y, en efecto, creando una cueva con una ventana que salía del lado de la colina empinada. Al bajar las escaleras, llegamos a una puerta de metal. Al lado de la puerta había una pantalla digital donde Vicente pondría su código de entrada, y así entraríamos a lo que él llamaba su cueva personal. Cuando entramos, de inmediato tuve de frente a la gran ventana que miraba hacia el resto del bosque y las otras colinas lejanas.

Qué clase de vista, pensé.

Todavía era temprano en el día y no se notaba, pero la casa estaba diseñada, en parte, para que la cueva quedara mirando hacia el oeste. Desde esa ventana, todos los días se podrían ver los fuegos que se mezclaban en el cielo durante cada atardecer caribeño. La cueva era un rectángulo bajo la casa. En la pared de la izquierda, colocado sobre una mesa pequeña, había un terrario al que yo inicialmente pensé que, aparte de las plantas que llevaba adentro, estaba vacío. Observando a mi derecha, en el centro de la cueva, había una mesa larga donde, supuse yo, estaríamos haciendo los planes para llevar a cabo el asesinato. Sobre la mesa había un teléfono fijo conectado. Finalmente, dejando un espacio desde la mesa, al extremo de la cueva había un pequeño gimnasio. Puse mi bulto sobre la mesa, y al caminar hacia la ventana para mirar hacia los bosques de Puerto Rico, Vicente se paró al lado mío. Comenzamos a bebernos nuestras cervezas juntos.

—Perdón por todo el protocolo para llegar hasta acá —comenzó a decir—. Uno no puede confiar en estos chamaquitos. Ninguno de ellos sabe tu nombre, y, realmente, el mío tampoco. Las veces que has visitado siempre vienes con el bolso puesto y es porque quiero estar seguro de que nadie sepa dónde estoy. No lo cojas personal. Por eso te quitaron el teléfono y la computadora. Tampoco quiero ningún equipo desconocido que emita algún tipo de señal desde aquí. Nunca se sabe quién está escuchando.

Tomó una pausa para beber de su botella.

—Y gracias por usar el teléfono que te di hace tiempo. Nosotros hablamos frecuentemente desde nuestros teléfonos personales, así que si alguien buscase algún registro de llamadas y nos viera contactándonos unos días antes de que muera el cabrón, no se vería raro. Pero si alguien sospecha algo de ti por alguna razón y ven en el registro una llamada de tu teléfono a un número que jamás habías llamado antes, eso quizás sería sospechoso. Al número que llamaste era de uno de los muchachos que se encarga de dirigirme las comunicaciones. Al tú llamar, él me lo deja saber, y entonces desde otro teléfono, con un numero restringido, te regresa la llamada el conductor de la guagua. Y los teléfonos no están registrados a nombre de ninguno de nosotros, así que es mucho más difícil conectarnos así. Te dejaría guiar hasta acá si supieras dónde estamos, pero, honestamente, eso solo sería otro rastro más que dejaríamos si alguien nos estuviese velando. Además, supongo que quisieras evitar que te vean haciendo tratos con el diablo, ¿no?

Está más paranoico que el carajo, pensé yo. Me comencé a reír.

—Casi no puedo notar tu acento cuando hablas, ¿sabes? —le dije a Vicente.

Él miraba hacia el horizonte como yo, y por unos segundos se quedó callado. Muchos no sabían su pasado, con la excepción de su viejo equipo. Los abuelos de Vicente eran rusos, pero en un momento de sus vidas decidieron mudarse para Estados Unidos. Después de la movida, el padre de Vicente consiguió una chica, y al enamorarse, se casaron y empezaron una familia en Colorado. No fue sino hasta muchísimos años después de que él naciera que Vicente decidió empezar una vida en la milicia y llegar a mi unidad, que entonces lo conocí en la base de Camp Pendleton en California.

—Bueno —comenzó a responder Vicente—, empecé a aprender el idioma contigo. Y después de estar diez años buscando a ese hijo de puta aquí, pues tuve que aprender. No fue fácil, ¿sabes? Nadie confiaría en un gringo.

Los dos tomamos un trago de nuestras cervezas a la vez. Para algunos, diez años puede ser poco tiempo. Pero, para otros, dependiendo de cómo sea que vivan la vida, diez años pueden ser, una eternidad.

—Solo quería encontrarlo y matarlo —continuó—, pero los hijos de putas policías no tenían nada. Encontraron su cuerpo en el zafacón de un callejón por donde casi nadie pasaba. La encontraron por la peste y por las moscas, ¡y yo al otro lado del puto mundo!

Sus ojos aguados comenzaron a llorar de rabia. Con una mano le dio al cristal de la ventana, y yo intenté disimular lo mejor que pude el brinco que di del susto.

—No fue tu culpa, Vince —le dije sin poder mirarlo. Solo podía intercambiar la mirada con la botella que tenía en la mano y el piso debajo de mí.

—Ella era aventurera. Le gustaba viajar y lo había hecho antes para despejarse la mente cuando estábamos al otro lado del mundo. Jamás hubieses imaginado que eso le iba a pasar mientras nosotros andábamos en una misión —seguí.

Vicente dio un profundo suspiro.

—Sí —dijo—. Claro.

Tomó otro trago de su cerveza, se viró hacia la mesa larga que tenía en la cueva, cogió una silla, y se sentó.

—¿Vas a llamarlo tú? —me preguntó, mirando al teléfono sobre la mesa.

Me senté, puse mi botella sobre la mesa, y cogí el teléfono.

—No recuerdo el número. ¿Cuál es?

De su bolsillo, Vicente sacó una notita y la pasó sobre la mesa.

—Marca este número primero, y luego marca el de él. Uno de los muchachos a cargo de la línea nos conectará la llamada indirectamente para que no se rastree. Será lo mismo para recibir llamadas aquí.

Está loco pal carajo, pensé.

Miré ambos números en la notita, los marqué en el teléfono, y entonces dejé que la llamada sonara en altavoz.

—¡No me van a atrapar, chingones! ¿Hola? ¡Oye, no seas marica! ¿Hola? ¿Hay alguien ahí? ¡Huevón! —La voz al otro lado de la llamada me contestó, y, confundidos, Vicente y yo asumimos que la persona que nos contestó estaba teniendo más de una conversación a la vez.

—Burro, es Adrián—contesté.

—Ay, güey, te he dicho que no me digas así — contestó la voz—. ¿Qué quieres? ¿Y ese número? ¿Estás con la marica?

En el teléfono se escuchaba el rugir de una máquina muy ruidosa en el fondo.

—Te estoy escuchando, Javier —dijo Vicente mirando al teléfono seriamente.

—Pues, ¿qué onda, marica? ¿Qué quieren? Estoy un poco ocupa— ¡NO MAMES, PENDEJO!

Vicente y yo nos miramos, ambos virando los ojos.

—Estoy guiando y…

—Javier, lo encontramos y necesitamos tu ayuda —lo interrumpí.

Hubo un silencio, y solo se escuchaba en la línea el rugir del motor del carro de Javier.

—¿Cómo lo encontraron? —contestó, ahora con tono serio.

Podíamos escucharlo tirando cambios mientras guiaba. Vicente me miró, y mientras su mirada estaba en mis ojos, contestó:

—Ella no era la única víctima, Javier. Encontraron más como ella.

Hubo otro silencio, y la única manera que sabíamos que no había fallado la llamada era porque aún escuchábamos los sonidos de un carro en la línea.

—Los llamo de nuevo cuando termine esta carrera —contestó el Burro, y enganchó.

Mi botella de cerveza aún iba por la mitad, pero Vicente se paró a buscarme otra. Unos minutos después, él regresó a la cueva y me puso otra botella fría en la mesa.

—No supe quién era por mucho tiempo— comenzó a decirme Vicente—. Al principio, no había ningún rastro excepto el cuerpo de mi esposa. Cuando la sacaron del zafacón, su traje estaba tan desgarrado y manchado que ya ni parecía blanco. Cuando investigaron más, su torso estaba morado en su mayor parte. Piensan que cuando ese asqueroso infeliz la estaba violando, la apretó tan fuerte que le rompió seis costillas y le fracturó siete más. Tenía ella pequeñas quemaduras entre las piernas, y piensan que quizás fue que ese hijo de puta le arrancó su ropa interior con tanta ferocidad que la quemó con la misma tela antes de dominarla. Pero tenían dudas sobre esto, porque no podían encontrar su panti por ninguna parte de la escena. No sabían si, de por sí, ella no llevaba alguno puesto. No fue hasta que examinaron su cuerpo que encontraron algo raro metido en su boca. Cuando miraron bien, descubrieron que ese enfermo le había enterrado el panti tan profundamente por la garganta que le laceró el esófago.

En esos momentos entendí solo una fracción del dolor que Vicente llevaba cargando por diez años. Sentía nauseas, y no había tocado para nada mis cervezas. Supuse que, después de tanto dolor, Vicente aceptó una gran oscuridad para convertirlo todo en odio. En esos momentos pensé que quizás sí: Vicente en verdad tenía un diablo por dentro listo para destruir el mundo de un infeliz que ya tenía los días contados.

—Eso fue lo único que supe por un tiempo— continuó Vicente—. Pero después, los investigadores me dijeron que habían encontrado rastros de cocaína en su traje. En esos momentos, decidí dedicarme a conocer cada hijo de puta que vendía drogas por toda el área. Poco después, entendí que no iba a encontrar la información que necesitaba si no pertenecía a ese mundo. Entonces, ahí fue que empecé a involucrarme con los puntos. Aprendí sus métodos. Sus rutas. Con quién hablaban. Con quién no. Trabajé con ellos. Mi meta no era el dinero como todos los demás, así que cuando empecé a crecer en ese ambiente, se me hizo fácil esconderme y seguir trabajando en la oscuridad. No llamaba la atención. Pasaron años y yo seguí subiendo, aun en búsqueda de ese cabrón. Y un día, un muchacho me contó de una chica que habían violado. Había aparecido de la misma forma que mi esposa. Y después hubo otra. Y otra. El hijo de la gran puta era un violador y asesino en serie. Y, ¿sabes lo que ese enfermo cabrón hacía con todas? Le escribía una notita en la ropa interior antes de enterrársela por la boca. ¿Sabes lo que decía? *Te quiero desde siempre…* ¿Quién PUÑETA hace eso?

Cogí la botella de cerveza de la mesa, terminé de bebérmela completa, y entonces comencé a beber de la otra. Tenía nauseas, pero quizás al beber, al menos, aunque fuera un poco, se me adormecería la cabeza al recibir tanta información grotesca a la vez.

—Le dicen Anaconda—siguió hablando Vicente—. Por esa mierda de apretarlas antes de matarlas. Puto enfermo. Terminó matando a su jefe también y ahora él es quien está a cargo de la coca.

El teléfono comenzó a sonar.

—¿Hola? —contestó Vicente—. Compré un pasaje para esta noche, güey. Mi vieja me va a matar, pero me vale madres. Sabes, conozco a un hombre que puede organizar una entrega de equipo bien rápido. ¿Qué necesitamos?

Era el Burro. Vicente respondió:

—Ya tengo las armas, los radios, y un dron acá. Vive en la costa, así que trae lo que pienses necesario.

En ese momento confirmé lo que sospechaba del bote en el patio. Si Vicente de verdad quería intentar esto con tan solo tres personas, iba a resultar mucho más difícil de lo que pensé.

—¿Ganaste la carrera? —preguntó Vicente. El Burro murmuró algo, pero no se entendió.

—¿Qué dijiste? —Vicente preguntó, subiéndole el volumen al teléfono fijo de la mesa.

— Que sí, sí —La voz contestó, y se escuchaba, pensé yo, desanimada—. Los veo mañana.

El Burro enganchó, y Vicente y yo nos miramos.

—¿Te pareció raro eso? —le pregunté a Vicente. Él alzó los hombros en duda, cogió mi botella vacía y la de él, y se fue a la cocina a buscarse otra cerveza. Al regresar, me dijo:

—Supongo que ya tienes idea con lo del bote. Va a ser casi imposible, pero confío en nosotros. Pero eso lo hablaremos más cuando llegue Javier mañana. ¿Qué llevas en el bulto?

Me paré de la silla y comencé a sacar los contenidos del bulto de mano que había traído conmigo. Iba a mencionarle los planos, pero cuando saqué la chaqueta de cuero, Vicente rápido dijo:

—Eaaa, carajo. ¿Esa es la que te regalé hace años? Sabes que, con este calor, no te la vas a poner por acá, ¿verdad? Digo, a menos que te quieras derretir o parecer un loco.

Vicente cogió la chaqueta y se la puso.

—Fue mi esposa quien me dio la idea de regalarte esto para Navidad.

Él pasó sus manos sobre la textura de la chaqueta, quizás con el tacto regresaba por unos momentos a un pasado donde la vida era mucho más simple. La mirada en su rostro cambió por un momento, y me sentí mal por haberle recordado a su esposa, especialmente ahora. Pero él alzo su mirada y me sonrió.

—Un buen recuerdo. Me sirve comoquiera. Quizás te la coja prestada y… Espera. Joder. ¿Qué es esto?

La chaqueta me quedaba un poco grande. Él, en cambio, al ser un poco más robusto que yo, le quedaba un poco apretada así que sintió algo que puyaba su costado. Del bolsillo interno de la chaqueta, Vicente sacó el sobre con la solitaria C, y lo alzó hacia mí con una mirada interrogante.

—Brother —comenzó a decir mientras movía su cabeza de lado a lado—, dime que todavía no estás con esto.

Le quité el sobre de las manos y lo puse de nuevo en el bulto.

—¿Has estado hablando con ella? —me preguntó. Puse ambas manos sobre la mesa y, mirándolo, le contesté:

—No he sabido nada de ella por diez años. Lo último que supe fue que iba a la escuela de Medicina. Encontré el sobre en el ático. Pensé que te parecería cómico, pero ya veo que no. Lo encontré mientras buscaba esto.

Cogí los planos y se los entregué.

—Es una extensión a una modificación que ya le había hecho a tu club nocturno, aunque ahora, pensándolo bien, no sé cuánto uso tendrá, ya que encontraste al cabrón. De todos modos, esa otra modificación es una sorpresa, así que de eso hablamos después de que matemos al hijo de puta. Será parte de la celebración, si es que quieres hacer algo así.

Vicente miró los planos, pero no los pudo descifrar.

—No sé qué carajos es, pero gracias, hermano —dijo él y me dio un pequeño abrazo.

El sol ya estaba empezando a caer, y, desde la ventana de la cueva, el cielo poco a poco se iba pintando de los colores rosados brillantes que producía aquella bola de fuego. Nos acercamos a la ventana un poco más, y ahí Vicente dijo:

—Por más dolor que me ha traído esta isla, no se puede negar lo grandioso que es ese cielo.

Chocamos una botella con la otra, y, con eso, Vicente me dijo:

—Termina tu cerveza. Ya pronto el conductor te lleva de regreso al hotel.

Al terminar, dejé mi bulto en la cueva con la excepción del sobre que decidí sacar de nuevo antes de irme. Salimos por el patio, pasándole por el lado a la brújula y el bote, y entramos a la casa nuevamente hasta despedirnos en su entrada. Cuando ya estaba pasando por la muralla de la casa, Vicente desde la entrada me dijo:

—Oye, no te estaba juzgando por el sobre, ¿sabes? Solo que sé en el hoyo en que eso te había dejado. Nada bueno dejaría si la vuelves a ver. Solo estaba preocupado.

Mirándolo, moví mi cabeza hacia arriba y abajo, dejándole saber que todo estaba bien. Estaba a punto de irme cuando me vino una última cosa a la mente.

—¿Qué pasó con el resto del equipo?

En el cuerpo de Vicente se reflejó el gran peso que le eché al hacerle esa pregunta.

—Muchos murieron en otras misiones después de que te fuiste. Ya se te había acabado el tiempo en el contrato, y todos lo entendimos, pero nunca tuvimos a otro que se preocupara tanto en la planificación como tú. Cometimos errores. Algunos que no murieron terminaron con algún trastorno por estrés postraumático. Eso llevó a algunos a la locura, y otros se suicidaron al tener que vivir con los recuerdos —me contestó, quitándome la mirada.

Me volteé y comencé a caminar hacia el caminito del bosque. Ahí me esperaba un *caga'o* en el portón.

—Eres arquitecto en más de una forma. ¡Adiós, Fantasma! —escuché a Vicente gritar desde su entrada.

Seguí caminando, pero de espaldas alcé el brazo para decirle adiós. Me fui sin palabras.

Hasta mañana, Jinete Pálido, pensé yo. *Perdónenme por no haber estado con ustedes.*

De nuevo me pusieron el bolso negro de tela sobre la cabeza, y al llegar a las dos calles más abajo a la derecha del hotel, el hombre de ojos verdes me entregó el otro bulto junto a mi computadora y teléfono. Esa tarde pasé por las puertas grandes del hotel de Condado. Pasé por el letrero que anunciaba la conferencia médica en la Sala de Oro. Subí las escaleras del atrio que me llevarían al pasillo de mi cuarto, y desde lejos y antes de perderme de su vista, la recepcionista de pelo rizo me dijo hola con una mano. Al llegar al cuarto, me duché y regresé a la cama. Ya estaba cayendo la noche, y caí dormido profundamente. Esa noche soñé con fuegos y gritos y una guerra que nunca acababa.

—

En ese mismo hotel, la pareja boricua que se fue a vivir a Estados Unidos andaba en su habitación haciendo el amor en un balcón de un tercer piso que miraba hacia la playa. Llegaron a la cima juntos.

Esa noche, mientras tanto, un jibarito instalaba unas luces blancas de Navidad por todo el patio de su cabañita. Había comprado unas flores para su princesa, y en una mesita del patio, las puso en un florero para esperarla. No era ninguna ocasión especial, pero el jibarito solo quería tenerle una sorpresa a la chica de sus sueños al ella llegar cansada nuevamente de su trabajo. Cuando ella por fin llegó, él la sorprendió con su *jazz* favorito. Ella se sentó unos momentos en la mesita mientras él de nuevo ayudaba a quitarle los zapatos. Mientras ella olía sus flores, el jibarito terminaba de darle un masajito en los pies. Los dos, entonces, descalzos sobre la grama, bailaron juntos bajo las estrellas incandescentes y bajo las luces de una temprana Navidad en la primavera.

DIEZ

Esa mañana, Javier Aguilar andaba en un avión que viajaba hacia Puerto Rico. Tuvo que hacer varias escalas largas, y desde la noche pasada estaba de aeropuerto en aeropuerto. Mientras tanto, yo bajaba las escaleras del atrio del hotel en Condado.

Vi de lejos el brillito en los ojos de la recepcionista de pelo rizo al ella gritarme:

—¡Buenos días!

Pensé que era ella la única recepcionista del hotel o simplemente era la empleada favorita, porque siempre andaba allí, detrás de ese escritorio. El hombre de ojos verdes me recogió de nuevo a las siete de la mañana en las dos calles más abajo a la derecha del hotel.

—

La pareja boricua que andaba quedándose en el

mismo hotel decidió que iban a dejar para su última noche en Puerto Rico visitar su lugarcito del Viejo San Juan donde se agarraron por primera vez de la mano. Pero todavía les quedaban unos días en sus vacaciones así que ese día decidieron irse para la Playita Rosada por La Parguera juntos. Planeaban pasar el día entero allí. Cuando llegaron, el hombre, sabiendo que su esposa no sabía nadar, dejó que ella se sostuviera de su cuerpo mientras estaban metidos juntos en el agua. Ella, con sus piernas amarradas a la cintura de él, lo abrazaba y lo besaba por toda la cara. Él, en cambio, le aseguraba que con él siempre ella estaría a salvo y que jamás en esta vida la iba a soltar.

Mientras tanto, un hombre en alguna parte de Puerto Rico llegaba tarde a su casa después de una noche larga metido en un casino. Su esposa, sospechando dónde él anduvo toda la noche, se fue de la casa después de una discusión. La esposa terminó la pelea diciéndole que tenía que irse para el trabajo, o si no llegaría tarde a una conferencia que tenía pendiente. De camino, en su carro llorando, ella pensaba que a veces una segunda tormenta puede ser peor aun que la primera. *Joder*. Y, finalmente, un jibarito en Guayama se despertó después de una noche bajo las estrellas. La princesa ya se había ido al trabajo y lo había dejado a él solo en la cabañita extrañándola. Solo le había dejado una notita sobre la almohada que decía *¡Te amo!* Cuando el jibarito se levantó de la cama y se miró en el espejo, vio que tenía unos dibujitos nuevos pintados por toda su cara otra vez.

—

Había más tráfico de lo normal ese día en Puerto Rico, y cuando llegué a casa de Vicente, ya Javier había aterrizado. No tardaría mucho en pasar por el mismo proceso de alquilar carro y llegar a su hotel. El hombre de ojos verdes salió entonces para San Juan de nuevo para estar preparado para cuando recibiera una llamada de parte del Ruso.

Vicente me andaba esperando en la entrada otra vez al llegar a la cima donde quedaba su casa. Cuando entramos y pasamos por el patio hacia la cueva, él comenzó a decirme:

—Estaba mirando los planos. Al principio no los entendí, pero los estuve estudiando un rato anoche, después de que te fuiste. Creo que aún no los entiendo porque si estás diseñando lo que pienso, creo que estás más loco que yo.

—Te dije que eso es una sorpresa para luego. Pero, ahora que mencionas los planos, ¿cómo va el Hades? —le dije y me sonreí.

Para conseguir información a través de los años, Vicente pensó que sería buena idea establecer un bar clandestino en el Viejo San Juan, con parte del dinero que había acumulado como narcotraficante. Ese era su proyecto *extracurricular*. A la gente le encanta hablar en las barras, y la curiosidad llevaría a todo tipo de persona a explorar el Viejo San Juan en busca de ese rumorado club nocturno que, no por coincidencia, fue construido bajo la tierra. Era difícil de encontrar por esa misma razón, pero los que sí hallaban el lugar pasaban la noche entera allí, y qué mucho hablaban esos despistados... Al estar construido subterráneamente, el sonido de la música no se escuchaba en la ciudad. Por esa razón, a las autoridades no les importaba si seguía las reglas de un toque de queda, y dejaban que el *techno* de ese lugar sonara las veinticuatro horas del día toda la semana. Y esas veinticuatro horas del día toda la semana era tiempo que le traería información nueva al Ruso constantemente. Si uno buscaba y se le daba la suerte de encontrar el callejón con una pequeña reja discreta que llevaba a uno hacia unas escaleras estrechas en el Viejo San Juan, notarían que esa era la puerta hacia ese lugar que fue nombrado el inframundo en la mitología griega.

—Sirvió su propósito —contestó él—. De ahí fue que acumulé todos los cantitos de información a través de los años para descubrir quién es la Anaconda y dónde ese puerco anda escondido. Los jodíos borrachos en ese lugar no tienen ni puta idea de que alguien siempre los está escuchando.

Llegando a la mesa que estaba en la cueva, vi que mi bulto aún estaba allí y que a su lado estaban los planos abiertos que Vicente tanto analizaba. Él los enrolló y los metió en el tubo de cartón donde originalmente yo los había metido para transportarlos sin que se dañaran.

—Luego me explicas los túneles entonces —me dijo él mientras salía de la cueva. Fue y los guardó en su cuarto. Al regresar, noté que estaba a punto de preguntarme algo, cuando el teléfono en la mesa comenzó a sonar.

—¿Hola? —él contestó.

Escuché que la voz en línea le dijo algo

distorsionado.

—Está bien, gracias —él respondió.

Enganchó el teléfono y rápido llamó a otro número.

—Ya él llamó —dijo esta vez—. Haz la llamada y dile dónde lo vas a recoger y a qué hora. Lo estaremos esperando.

Enganchó de nuevo. El diálogo completo entre ambas llamadas duró menos de treinta segundos. Los dos nos quedamos callados, sentándonos en las sillas de la mesa a la misma vez.

Después de unos minutos mirando desde la mesa hacia la ventana, Vicente preguntó:

—¿Irás a ver a tu mamá en Caguas?

Me acomodé en la silla para trepar mis pies sobre la mesa y balancearme como un sillón. Respiré profundamente, y lo miré.

—No —le contesté—, entre menos personas sepan que estoy en Puerto Rico, mejor. Al menos por este viaje. Además, ella no me habla aún.

Vicente movía la cabeza de arriba hacia abajo lentamente, asegurándome que estaba escuchando.

—Ahora digo yo, no fue tu culpa, Adrián.

Meciéndome aún, y ahora mirando mis manos mientras giraba mis dedos, respondí:

—Debí haber estado en el funeral, pero tenía miedo de que mi corazón no lo aguantara. Fueron tantas cosas a la vez que…

—Que se siente como si el mundo explotara para todos nosotros durante esa última misión, ¿no? — Vicente interrumpió—. Fuimos en bote para una jungla desconocida a matar a un terrorista cabrón que, si vas al supermercado y le preguntas a alguien hoy, nadie sabe quién es. Y, ¿para qué?

Hubo un silencio largo en el que solo me seguía meciendo en la silla, mientras miraba por la ventana. Pasó una hora.

—Es que también fue tan raro el accidente —dije finalmente.

—Lo sé —contestó él.

El teléfono de la mesa sonó otra vez. Vicente lo contestó y esa vez lo puso en altavoz.

—*Jefe, ya está subiendo* —dijeron en la otra línea.

Nos miramos y él contestó:

—Vale. Vamos por ahí.

Cuando salimos por la entrada de la casa, el hombre de ojos verdes estaba subiendo por las escaleras hacia la cima de nuestra colina con un hombre detrás de él. Antes de verlo, lo escuchamos.

—¡ÓRALE, PUTOS! ¿ESTÁN LISTOS PARA MANDAR A UN HUEVÓN A LA VERGA?

Javier Aguilar. El Burro. Ahí estaba, caminando hacia nosotros, subiendo la colina hacia la entrada donde Vicente y yo estábamos parados.

—Oye, dile al pinche marica ese de las gafas que deje de estar tocándome tanto, güey. Le di mi teléfono y siguió rebuscándome los bolsillos. Pensé que iba a tener que meterle una patada por el culo con el bolso ese de mierda puesto en mi cara aún.

El Burro se viró, y desde la entrada de la casa le gritó al hombre de ojos verdes que, en esos momentos, estaba empezando a bajar las escaleras de nuevo.

—¡VALES VERGA, MARICA!

Javier Aguilar. El tipo estaba loco pal carajo. Él, y toda su familia, eran de Washington, pero todos eran BIEN mexicanos. Vicente, él y yo nos conocimos todos en la misma unidad en Camp Pendleton. Después de un tiempo, entendimos que él simplemente era una locura necesaria que formaba parte del equipo. Recuerdo que en la montaña Fuji, él me llevó a esquiar por primera vez. Cuando no supe parar y terminé dando tres vueltas en el aire hasta caer con todo mi peso sobre mi cadera, el cabrón se moría de la risa. Yo, en cambio, pensé que se me había roto hasta el alma. En otro momento, nos fuimos guiando desde California hasta Utah para tomar unos días para explorar el Parque Nacional de Zion. Pasando por Nevada, él me preguntó si nos podíamos desviar un poco para ir a visitar un puente famoso que había en Arizona y que él quería ver. Me dijo que solo nos desviaríamos una hora de la ruta. Dije que estaba bien. No fue hasta unos veinticinco minutos antes de llegar al puente que el psicópata me dijo que se iba a tirar del puente. Asustado, pensé que iba a tener que llamar a la policía para que no se suicidara ese día. Al verme asustado, rápido me dijo que se iba a tirar amarrado a una cuerda por los pies y que simplemente quería hacer un salto de caída libre. Estuve los próximos veinticuatro minutos de ese camino preguntándome cuántos problemas psicológicos tenía el tipo. Y después, de alguna forma, él terminó convenciéndome de que me tirara con él también. Ya parado en el borde del puente, me pregunté en qué carajos me había metido, pero fue así como, a la medianoche de ese día, nos tiramos bajo una luna llena resplandeciendo por todo el río de aquel cañón desde el Puente Navajo.

El tipo era cabeciduro también. En parte, esa era la razón por la que lo llamaba «El Burro». Cuando se salió de la milicia, siguió invirtiendo en su pasión por los carros. De alguna manera así terminó participando en carreras ilegales por toda la costa oeste de Estados Unidos. Y, honestamente, puedo decir que era el mejor conductor que había conocido en la puta vida. Estaba seguro de que, si el cabeciduro iba cara a cara con un Ferrari estando él en una bicicleta, él encontraría la manera de meterse un petardo en el culo y ganar esa carrera. La otra razón por la cual le decía «Burro» era porque... (pues, no había manera bonita de decirlo) ... parecía un burro. Una vez lo estábamos recogiendo Vicente y yo al aeropuerto, y antes de verlo, Javier nos llamó diciéndonos que no nos riéramos de él. Cuando le preguntamos de qué hablaba, nos dijo que se había astillado un diente de al frente. Cuando por fin se montó en el carro, Vicente por poco chocaba mientras guiaba de tanta risa que teníamos. El diente no estaba astillado. El diente simplemente no estaba. Nos dijo que se lo había roto tomándose una batida de proteína... UNA PUTA BATIDA DE PROTEÍNA. ¿Cómo carajos? La cosa era que después le pusieron un diente postizo que era más grande de lo normal, y desde ese día, Javier parecía un Freddie Mercury mexicano. Para mí, por más que Javier Aguilar lo odiara, siempre lo iba a joder con que él era «El Burro».

—Me estoy dando cuenta de que mis dos mejores amigos son unos delincuentes —le murmuré a Vicente mientras Javier se acercaba aún.

—La única otra marica que me toca más que el huevón de las gafas es este culero —decía El Burro mientras me señalaba con la mano.

Por joder, caminé hacia él, puse mis dos manos en su pecho y, agarrándolo fuerte, con una sonrisa le dije:

—¡Diablo, pero, mira esto! ¿Y estas tetas, papi? ¿Cuántas pesas estás alzando pa' sacar to' este músculo?

Rápido me sacudió las manos de su pecho y me dijo:

—Ya, ya, ya, güey. ¿Cómo es que dicen ustedes? Deja las *paterías*. Ni mi esposa me toca tanto.

Vicente trataba de esconder una sonrisa mientras se viraba para comenzar a entrar a su casa. Javier y yo lo seguimos. Cuando le pasamos por el lado a la cocina, Javier preguntó:

—Oye, Gringo, ¿tienes por ahí alguna Coronita? Llevo viajando desde anoche y una cervecita estaría muy padre, sabes.

Vicente se volteó, miró a Javier, y sin contestarle empezó a caminar hacia la nevera. Salió con tres cervezas Medallas. Nos entregó una a cada uno y dijo:

—Estamos en Puerto Rico, Burro. Ahora vámonos para la cueva.

No pude evitar una sonrisa. Caminamos por el patio y Javier se le quedó mirando al bote que estaba en el centro al lado de la brújula enorme. Vicente abrió la puerta de la cueva y todos entramos.

Él y yo nos sentamos en la mesa de nuevo mientras Javier con su cerveza se le acercaba al terrario que estaba en la cueva.

—¿Habrá dinero en este asesinato? —preguntó Javier mientras miraba a través del cristal del terrario.

Vicente y yo nos miramos confundidos.

—¿De cuándo acá haces las cosas por dinero? Pensé que un loco como tú solo hacía las cosas por diversión —le contesté.

—Pues claro que sí, güey. Es solo que… ¡HIJO DE LA CHINGADA! —exclamó Javier, dando un brinco y alejándose del terrario. Acercándose otra vez al cristal, añadió—: Güey… güey… OYE, güey. ¿Qué DIABLOS es esto?

El brinco de Javier fue tan fuerte que me asustó, y mientras tanto, Vicente se empezó a reír de ambos. Los dos nos paramos de la mesa y caminamos hacia el terrario al lado de Javier.

¿Cómo rayos no vi eso ahí dentro la primera vez?, pensé yo.

—Es una araña errante brasileña. Algunos le dicen araña del banano. Aprendí de ella hace unos años y conseguí a alguien que me la transportara desde Sur América —dijo Vicente, riéndose.

La araña tenía unas patas largas y era completamente marrón. Tenía un cuerpo peludo y, para aquel que no supiera la diferencia, podría hasta parecer familia lejana de una tarántula. Andaba camuflajeada entre las hojas de las plantas. Javier y yo nos miramos con ojos muy abiertos.

—Ajá… pero ¿por qué tienes una aquí… en la cueva… en tu casa? —preguntamos los dos a la vez.

—Son buenas —Vicente comenzó a decir— para hacer hablar fácilmente a los que necesitan un poco de ayuda con la memoria durante las interrogaciones.

Vicente nos empezó a contar los efectos del veneno de esa araña y, ambos, horrorizados, nos alejamos de aquel terrario. Sentados en la mesa, para distraer a Javier de la araña, Vicente le preguntó cómo le fue el viaje a Puerto Rico.

—Pues fue como cualquier otro viaje, supongo. Excepto, güey, que viajar corrido desde Washington hasta acá y hacer todas esas paradas estuvo muy gacho. Cuando llegué al aeropuerto y traté de buscar un taxi, la mujer que trabaja allí solo me hablaba inglés. Le hablé en español, pero la pinche jaina me seguía hablando en inglés. Supuse que quizás fue porque se le hacía más fácil el inglés que entenderme a lo mexicano. Lo dudo, pero no me molestó. Eso sí, la mujer que trabaja en el hotel tiene el pelo rizo y un

CULO...

—Javier, estás casado —lo interrumpí.

—Ay, lo sé, güey. No seas chismoso. No más estaba mirando.

Me puse a pensar en la descripción de la mujer.

—Burro, ¿en qué hotel te estás quedando? —pregunté.

Me dijo que se estaba quedando en el mismo hotel que yo en Condado. Vicente dio un largo suspiró y yo me puse las manos en la cara.

—Cabrón —le dije a Javier seriamente—, sabes que quedarnos en el mismo lugar no nos ayuda a mantener escondida nuestra conexión, ¿verdad?

Javier viró los ojos, y después de un largo sorbo de su cerveza, dijo:

—No sean tan dramáticos. Parecen que me van a tirar con la chancla. Han pasado diez años ya. ¿Quién va a sospechar de nosotros si un pinche malparido muere? De todos modos, le estamos haciendo un favor al mundo.

Javier terminó su cerveza y colocó la botella sobre la mesa.

—Ya yo sé —él siguió hablando—, es que tú quieres a la culona del hotel. No te preocupes, marica. No te la voy a quitar.

Me le quedé mirando sin expresión alguna en la cara.

—¿Te he dicho alguna vez que a veces solo

quiero darte en la cara tan duro nada más pa' ver el diente ese de embuste volar pal carajo?

Puyándome, Javier acercó su cara en mi dirección y, abriendo sus ojos más aún, dijo seriamente:

—No mames.

Después de una pausa, se empezó a reír y se echó para atrás en la silla.

—¿Hace cuánto no estás con una mujer, Adrián? —preguntó él.

Al quedarme callado, Javier rápido siguió hablando.

—Pinche cabrón, ¿no me digas que sigues con lo de Cami...

—Javier —dijo Vicente interrumpiéndolo y mirándolo seriamente.

De parte de una persona que ha pasado una década en búsqueda de un hijo de puta que mató a su esposa, sabía que Vicente entendía lo que es perder al amor de tu vida sin poder hacer nada para salvar lo que tenían antes. Y, a veces, cuando eso pasa, lo más fácil para algunos es simplemente quedarse solo, porque nadie más podrá igualar lo que alguna vez sintieron. Preferí eso que sentir algo nuevo y nada más poder sentirlo a medias. Javier alzó sus manos en defensa.

—Solo digo que han pasado diez años ya — dijo y suspiró—. ¿La quieres aún después de todo este tiempo?

Los dos me miraron, y yo honestamente no sabía qué contestar.

—No sé —les dije—, parte de mí empezaría una guerra solo por ella. Haría lo que fuera por cuidarla. La otra parte de mí, pues... pues esa parte quiere darle con un ladrillo por la cabeza desde el borde de un décimo piso y ver el resto de su cuerpo explotar cuando caiga y choque con el cemento.

Tomé una pausa, y ahora fue mi turno en terminar la cerveza.

—Por eso preferí desaparecer de la vida de todos. Con la excepción de ustedes. Es más fácil que tener que darle la cara a la vergüenza frente a la gente. No sé cómo reaccionaría al verla de nuevo.

—Joder —dijo Javier después de una larga pausa. Estás enfermo.

—O tal vez obsesionado —dijo Vicente—. Y en tu caso, no sé qué es peor.

Tomó un trago de su cerveza, y luego hubo un silencio.

—Ustedes a la verdad que han tenido unas vidas jodidas —comenzó a decir Javier—, pero ya que estamos hablando de estar dándole a la gente con ladrillos por el pinche cráneo, díganme, ¿qué vamos a hacer con el cabrón?

Miré a Vicente y pensé en todas las cosas que íbamos a necesitar para el operativo.

—Vince, necesito mi computadora para la planificación. Necesito imágenes de satélite, mapas topográficos del área, cartas náuticas para calcular la ruta en bote, las tablas de marea, los instrumentos específicos para hacer todos los cálcu...

—Adrián, llevo diez años queriendo matar a este hijo de puta—dijo Vicente parándose de la mesa y abriendo una gaveta larga que corría debajo escondida—. No te llamaría si no estuviese preparado. Tienes todos los materiales y recursos aquí, ya listos para usar.

Vicente puso sus dos manos sobre la mesa y me miró con fuego en sus ojos.

—Solo necesito que ahora seas el arquitecto del plan.

ONCE

Cuando pasas varias noches sin poder dormir, comienzas a dudar si realmente estás despierto. Comienzas a preguntarte por qué todo lo que ves está difuminado y si es tu mente o el mundo a tu alrededor que están constantemente girando. Comienzas a dudar si todo lo que ves y escuchas es real. Cuando dudas si andas despierto, piensas en todas las posibilidades para poder acabarlo todo y, de esa manera, sacarte a ti mismo del sueño. Pero son esos momentos los que el universo usa para aprovechar y matar su aburrimiento, y comienza a jugar contigo.

Te quedas dando vueltas en la cama por horas, mirando hacia el techo y todas las caras que lentamente aparecen y desaparecen de él. Estás tan agotado que el cansancio ni te deja entrar en pánico. Al menos aún no, pero estás lo suficientemente despierto para comenzar a sentir el miedo acumulándose en el pecho. Estás lo suficientemente despierto para entender que ninguna cantidad de morfina puede adormecer el dolor que sientes mientras las sombras te atacan los huesos. Estás lo suficientemente despierto para escuchar los susurros que andan escondiéndose debajo de tu cama, esos mismos que poco a poco van arrancándote la cordura, esos que constantemente te van arrancando el alma pedazo por pedazo.

Comienzas a pensar que estás paralizado, pero realmente sabes que es que no te quieres mover de ese lugar porque todos los monstruos de tus pensamientos se van convirtiendo en una realidad a tu alrededor. Comienzas a discutir contigo mismo y debates si deberías arriesgar salirte de la cama a prender la luz o quedarte ahí en la oscuridad. Tu cerebro te dice que te quedes a salvo en un pequeño refugio debajo de las sábanas, pero comienzas a sentir que, desde algún lugar debajo de tu cama, te la empiezan a halar.

Tu pecho se siente más pesado y comienzas a sentir el miedo hirviendo el aire en tus pulmones. Tu respiración se acelera, y es tu cuerpo intentando parar las quemaduras que se forman dentro de ti, pero solo tragas más ansiedad con cada inhalación.

Te sientas enseguida en tu cama porque sientes tus costillas comenzando a apretarte. Piensas que en cualquier momento tus propios huesos te apuñalarán y un pulmón por fin te explotará.

Aun así, prefieres arriesgar lo que queda de tu alma antes que lo poco que queda de tu cuerpo cansado, y brincas de la cama para correr hacia la pared para prender la luz. Piensas que el mismo infierno te agarrará por los pies cuando resbalas y te caes, pero no miras hacia atrás porque sabes ya que hay algo arrastrándose hacia ti. Escuchas el líquido que gotea de su cuerpo, y comienzas a preguntar si esa cosa que te persigue está cubierta aún por todos los restos de cualquier río de sangre del que surgió. Te arrastras y cojeas al pararte, solo para tropezar de nuevo porque no puedes ver en la oscuridad de ese cuarto. Chocas con objetos en lugares donde no deberían estar y te resbalas sobre un piso que no debería estar mojado. Sientes las lágrimas bajando de tus ojos aguados. Sientes los rastros mojados que dejan sobre tu cara y que solo amplifican el frío repentino del cuarto. Quieres gritar y llamar y pedirle ayuda a un corazón que murió hace años, pero sabes que tus pulmones están a segundos de ser perforados.

Cuando por fin llegas al interruptor de luz en la pared, escuchas una voz detrás de ti. Conoces la voz y piensas que acabas de perder la cordura por completo. Piensas que ya estás en el infierno cuando escuchas esa misma voz llamarte por tu nombre. Juras que jamás volverás a apagar las luces de nuevo, pero entonces, en ese mismo momento, escuchas un susurro muy cerca de tu oído.

Cuando sientes cada pelo de tu cuerpo pararse hasta la punta y un frío atormentador bajar por tu espalda, te alejas de la pared que anhelabas tanto encontrar, y con un brinco caes al piso de nuevo. Comienzas a arrastrarte otra vez, tirando cada objeto desconocido que puedas agarrar en la oscuridad en dirección de los susurros que te siguen. Y cuando sientes unos dedos por tu pierna, comienzas a tirar patadas en cada dirección. Puedes escuchar el cristal de los objetos que tiraste rompiéndose contra el suelo y las paredes. Jamás olvidarás la voz que te atormentará de ahora en adelante al pasar más de un segundo en la oscuridad, y quieres arrancarte la piel donde sentiste esas manos. Nunca pensaste que un cuarto tan pequeño puede sentirse tan infinito en la oscuridad. Cierras los ojos y quedas ahí en una esquina del cuarto convirtiéndote en una bola. Entrelazas los dedos, abrazas tus propias piernas, y entierras tu cara en ese espacio que queda entre ellas y tu pecho. No quieres estar solo, pero ya es muy tarde para cambiarlo. Nadie viene a ayudarte, y sabes que no te queda mucho tiempo ya. Esperas hasta que la cosa que anda contigo en el cuarto decida agarrarte y arrastrarte debajo de la cama a través del portal a esa dimensión demoniaca de la que surgió.

Esperas y esperas, pero comienzas a sentir el silencio a tu alrededor. Muy lentamente vas abriendo los ojos. Miras tus manos. Tus piernas. Miras por todo el cuarto. No hay un interruptor de luz en ninguna de las paredes, pero la luz está prendida. Sientes tus lágrimas bajando más rápido aún por tu cara, y mientras pruebas la sal de cada una de ellas, te das cuenta de que el piso del cuarto está completamente seco. Empiezas a mecerte, abrazando tus piernas aún en esa esquina. No hay vidrio regado por el piso. Las paredes están intactas. La cama recogida parece como si nadie la hubiese tocado en años. Tu cabeza comienza a caerse para atrás, y al mirar hacia el techo, te das cuenta de que tampoco hay caras escondidas mirándote desde allí. Sientes los moretones en tu cuerpo, y puedes escuchar la voz que te susurró en la mente. Todavía puedes sentir el roce de unos dedos sobre tu piel, pero comienzas a preguntarte si nada fue real. Cierras los ojos y dejas que se viren hasta que no se vea nada más que lo blanco de ellos. Comienzas a pensar, *¿será que lo único peor que estar demente es el saber que lo estás?*

—

Al día siguiente desperté de un sueño en el que pensaba que me había vuelto loco. Me bañé, me vestí, y esperé a que el hombre de los ojos verdes me recogiera de nuevo para llevarme a la casa de Vicente. El hombre me recogió, y luego de dejarme con el Ruso, tuvo que regresar para recoger a Javier en un lugar distinto. Así era menos obvio de que andábamos juntos. Ese tiempo a solas en la cueva con Vicente me dio tiempo para pensar en cómo íbamos a comenzar las preparaciones ese día. Esperando a Javier, Vicente sacó los mapas y las imágenes de satélite y los colocó sobre la mesa. Me enseñó el lugar en una costa de Puerto Rico donde quedaba la casa de la Anaconda. Eso era lo único que necesitaba. La marqué con un círculo rojo. Cuando Javier por fin llegó, trajo un bulto parecido al que yo había traído el primer día con su ropa para el operativo. Cuando estábamos listos para comenzar, los tres nos fuimos al patio a donde estaba el bote al lado de la brújula marcada permanentemente en el cemento. Los miré y dije:

—Antes que cualquier cosa, necesitamos verificar si la brújula pequeña que va atada al bote tiene alguna desviación en grados. Asumiendo que esta brújula de cemento marca perfectamente cada dirección cardinal, tenemos que alinear el bote sobre cada línea de la brújula en el piso y verificar que la brújula del bote dé la misma medida. Si no, pues tengo que anotar cuántos grados de diferencia hay para poder compensar esa data en los cálculos cuando esté desarrollando la ruta en las cartas náuticas. Necesito notar las diferencias cada quince grados, así que el bote tendrá que dar la vuelta completa sobre la brújula marcada en el suelo. También, los metales en proximidad pueden afectar el número que registra la brújula en el bote, así que tendrán que hacer las anotaciones con todo el equipo que nos llevaremos ya adentro del bote. Vayan y busquen los rifles, los radios y el dron. El motor al menos ya está en el bote montado, así que no tenemos que preocuparnos de cargarlo esta vez.

Vicente comenzó a caminar hacia alguna parte de su casa donde tenía todo el equipo guardado. Javier se quedó al lado mío, mirándome, y preguntó:

—¿No vas a ayudar?

—Tú eres el que va a guiar el bote así que confío en que sabes cómo apuntar todos los números ya. Yo voy para la cueva a empezar a analizar el terreno y mirar las tablas de marea. Vicente te ayudará a mover el bote sobre cada línea —le respondí.

Javier se fue con Vicente y lo ayudó a buscar todo el equipo para comenzar a verificar la brújula. Cuando regresaron y tiraron todo el equipo dentro del bote, una mariposa negra que andaba camuflajeada sobre la superficie del bote salió volando. Mientras tanto, en la cueva empecé a analizar las imágenes de la casa de la Anaconda y las áreas que la rodeaban. Estaba a medio kilómetro de la costa en el este de Puerto Rico. Íbamos a tener que comenzar el operativo tarde en la noche para reducir los chances de cruzarnos con algún tráfico marítimo durante el tránsito y, obviamente, para que nadie nos viera. Aparte de eso, íbamos a tener que llegar a alguna playa cercana como mínimo a dos kilómetros al norte de la costa en donde quedaba la casa. Con solo tres personas, nos íbamos a tardar en asegurar nuestro punto de entrada y luego camuflar el bote para que nadie que de casualidad estuviese pasando por allí lo viera. No podíamos correr el chance de que alguien desde la casa nos viera. El punto de entrar en bote para hacer un ataque era que no esperarían que el ataque viniera del mar. Además, así era mucho más difícil ser detectados por un equipo de seguridad, a diferencia de un ataque al que llegaríamos en un carro. Una vez que determiné el punto de salida y el punto de entrada, empecé a mirar las tablas de marea y las predicciones de las corrientes en el mar.

Cuando terminaron de hacer las anotaciones, Vicente y Javier entraron a la cueva con los datos y rápido comencé a calcular la ruta marítima.

—¿Listo para matar a ese hijo de puta y hacer el trabajo de Dios? —preguntó Javier.

Me quedé callado unos momentos mientras hacía mis cálculos. Sin quitar la mirada de mi trabajo sobre la mesa, le contesté al Burro:

—Javier, hay tres cosas en este mundo que nunca cambiarán. La primera es la tentación de los ojos. A veces nos dejamos llevar por lo que vemos, o quizás el deseo por lo material. Debemos tener cuidado con eso, pues nuestro razonamiento desaparece cuando nos dejamos llevar por las emociones que nacen al anhelar algo fuertemente. ¿Me sigues? La segunda es la tentación de la carne. A veces en la vida hacemos algunas cosas, aunque no sean buenas, por cómo nos hace sentir, por placer. Debemos tener cuidado con eso, pues nos podemos perder entre nuestros vicios si no nos controlamos. Y la tercera es el orgullo de la vida. Esta puede ser la peor de todas, pues a veces pensamos que somos mucho más de lo que somos. Pero, la realidad, Javier, es que nosotros no somos especiales y todos tenemos nuestros propios demonios. Es peligroso pensar que eres Dios o que haces el trabajo de Él. Ahí es cuando la arrogancia nos mata.

Había terminado los cálculos, pero seguía repasándolos mientras le hablaba a Javier.

—Simplemente estamos haciendo un trabajo del que también Él nos juzgará al final. Personas como tú y yo... lo único que hacemos es adelantarle el día de juicio a los animales como la Anaconda en esta vida, pero es Dios el que se encargará del castigo. Recuerda eso.

Ya que todos estábamos juntos en la cueva, aproveché para decirles el plan. Les enseñé un camino aislado que llevaba a una pequeña playa escondida en las imágenes de satélite.

—Necesitaríamos transportar el bote con todo el equipo hasta aquí —les dije, señalando al lugar en la foto—. Saldremos de esa playa. Queda a diecinueve kilómetros o aproximadamente diez millas náuticas de nuestro punto de entrada. Si todo va bien, cada tránsito no tardará más de una hora. Pero también debemos tener en cuenta al menos una hora adicional para cuando Vicente nade hacia la costa para dejarnos saber que todo está seguro para entrar. Luego, debemos tener en cuenta el tiempo que nos tomará enterrar el bote al entrar. Y luego debemos pensar en cuánto nos tardaremos en hacer el movimiento hacia la casa de la Anaconda. Vamos a tener que empezar el operativo antes de la medianoche si queremos estar seguros de cumplir el objetivo antes de que salga el sol el próximo día. La meta es desaparecernos y regresar a nuestro punto de salida antes de que haya luz.

Entre más lejos era el tránsito, mejor. Sería más difícil identificar de dónde originó el ataque de esa manera. Los dos movían la cabeza hacia arriba y abajo mientras escuchaban el plan. Atentamente, ellos miraban todos los lugares a los que yo apuntaba con el dedo sobre los mapas y las cartas náuticas.

Después de digerir toda la información, Javier preguntó:

—¿Y por qué no usamos un pinche GPS y ya, güey?

Acomodé todos mis cálculos para revisarlos luego en la mesa.

—¿Qué vas a hacer si te quedas sin baterías y

estás en medio del mar sin un GPS y ni puta idea de dónde estás? —le pregunté—. Si tienes un reloj o algún otro instrumento portátil que te dé coordenadas, pues chévere. Pero, eso es bueno para encontrarte en un punto fijo y luego navegar desde ahí. Depender solo de un GPS para la navegación completa sería muy riesgoso.

Los dos entendieron.

—Ahora —seguí diciendo—, ¿quién quiere tener una competencia?

Los tres nos cambiamos de ropa y fuimos a la pequeña área del gimnasio que había en la cueva.

—Haremos mil abdominales, mil puentes de cadera, mil *pushups*, mil sentadillas, y mil saltos de tijera. Veremos quién termina primero. Necesito un descanso de tanto pensar.

Los tres estábamos sin camisa, y si alguien hubiese entrado a esa cueva en esos momentos, se habría encontrado con las marcas de un viejo equipo pintadas sobre cada cuerpo. Una guadaña tatuada. Un recuerdo de lo que eran y siempre serían. La tinta que tatuaba mi guadaña en el tobillo fue difuminada como si fuese el mismo viento quien dejara un recuerdo sobre mi piel, el arma de un fantasma pintada como una alucinación en la noche. Fue ahí el lugar que escogí para que el mundo supiera que por donde sea que caminara, conmigo traía el espíritu silencioso de una criatura de muerte. El Burro llevaba su guadaña tatuada cruzándose en forma de equis con un enorme y sangriento martillo de guerra sobre su antebrazo derecho para recordarle al mundo que así mismo como tira cambios en sus carreras, también puede jalar gatillos para la desgracia de otras almas. Pero el Ruso llevaba su guadaña tatuada en el pecho, en el lado izquierdo. Ahí, justamente sobre su corazón. En ese lugar marcó con permanencia un estilo de vida que nunca pudo soltar. Era ese tatuaje el que comenzaba el mural que pintaba su manga desde su torso hasta su muñeca. La guadaña de él estaba cargada por un jinete atravesando las puertas abiertas de un Hades oscuro. Debajo de las puertas, estaban tatuadas las palabras, «Welcome to the jungle, bitch».

Bienvenido a la jungla, puto.

Aún a él le quedaba una última misión por cumplir. Al rato, fue él quien terminó los ejercicios primero.

—¡No manches, güey! —gritó Javier—. Hiciste trampa.

Vicente se comenzó a reír.

Yo lo que creo es que los dos se han puesto gorditos —contestó él.

Javier y yo estábamos en medio de nuestros últimos saltos de tijera cuando paramos de repente para mirarnos uno al otro. Los dos teníamos los abdominales definidos. Los dos miramos a Vicente a la misma vez y dijimos:

—No sé de qué carajos hablas. —Comenzamos a brincar de nuevo. Terminamos en un empate.

—¡Pero qué pinche calor! —dijo Javier.

—Lo prefiero antes que el frío —dije yo. Los dos

se empezaron a reír.

—¿Recuerdas la misión esa en las montañas donde nos dejaron sin transportación en la nieve y tuvimos que esperar hasta el otro día sin nada para calentarnos? —preguntó Vicente.

—¡Sí! Andábamos como unas pinches maricas todos acostados juntos pegaditos esperando. Y, ¿recuerdas a Adrián? JA, JA, JA, JA, JA. El cabrón estaba acostado frente a mí con el culo temblando del frío y decía: «Javier, si se te para, lo más probable es que no me voy a mover, pero te juro que me voy a ENCABRONAR».

Los dos estaban muertos de la risa.

—Váyanse al carajo —les dije tratando de esconder una sonrisa.

DOCE

Existe un lugar en este universo donde las dimensiones se cruzan. Existe un lugar donde nuestras decisiones forman diferentes caminos, y en esos caminos se construyen realidades donde viven diferentes versiones de nosotros. Me gusta pensar que en otra vida nunca sacrifiqué el amor por la aventura. Me gusta pensar que en otra vida quizás viví una vida más simple y que vivo al lado de un lago escondido en las montañas; que paso los días jugando con un alma gemela para entonces hacer el amor lento bajo cada atardecer. Es algo curioso, ¿no? Muchos piensan que tienen control de su destino y viven planificando el transcurso de sus vidas lo mejor que puedan, pero son inconscientes de cuán profundo quedan las raíces de sus emociones y cómo esas mismas controlan nuestras acciones en el futuro. Quizás en otra vida existe una mejor versión de mí. Quizás una peor. De todos modos, por más perfectas que imaginemos esas realidades alternas, en cada una de ellas, todos cargan con su propio dolor. En esta dimensión, yo compartía ese dolor con mis dos mejores amigos. Al ser tan cercanos uno al otro como familia, cuando Vicente perdió a su esposa, Javier y yo perdimos a una hermana. Quizás en otra vida ella siguió viviendo. Quizás para todos, otra vida nos resultó ser mejor. Pero en esta, yo tan solo fui Adrián. Nada más y nada menos. Hice todo lo que pude por aquellos que me rodeaban, y en esos momentos me encontraba junto a dos hermanos perfeccionando el plan para una cruel venganza.

—De nuevo —dijo Vicente mientras bajaba la mirada de su rifle.

En el transcurso de los diez años en su búsqueda de información, cuando Vicente descubrió la localización de la Anaconda, encontró al arquitecto de la casa de ese hijo de puta y lo «convenció» de que le diera los planos de la construcción. Juntos, estudiamos las medidas de los dos pisos de la casa y luego marcamos con cinta el plano del primer piso en el patio enorme de la casa de Vicente. Con las medidas exactas, recreamos cada pasillo y cada cuarto de la casa de la Anaconda. Con nuestros rifles, practicamos sin descanso cómo entraríamos a la casa y cómo eliminaríamos a cada individuo que se metiera en nuestro camino. Cuando pensábamos que ya estábamos listos, cambiábamos las cintas en el suelo y recreábamos el segundo piso para hacer lo mismo por unas horas más. Así alternábamos cada cierto tiempo cada piso.

—De nuevo —repitió Vicente, fatigado bajo el

sol que alumbraba su patio interno.

Su cuerpo estaba agotado, pero sus ojos azules brillaban con el fuego de la furia que llevaba por dentro. Javier, Vicente y yo memorizamos cada centímetro de cada pasillo y cuarto de la casa. Teníamos ya hasta los pasos contados. No íbamos a dejar ni un pequeño margen de error. Pasaron los días y seguíamos practicando lo mismo hasta que nuestros cuerpos actuaban por sí solos. Practicamos cada movimiento hasta que los tres nos convertimos en una sola mente. Y cuando Vicente por fin se sintió satisfecho y nos dijo que ya no teníamos que practicar más, yo les dije:

—Lo haremos una última vez.

—

Mientras tanto, en otra parte de Puerto Rico, un jibarito andaba sentado en una silla de playa en el patio de su cabañita mirando hacia el Lago Carite. Su princesa estaba a su lado, sentada en otra silla de playa. Con su sombrerito puesto, el jibarito preguntó:

—Si tuvieras la oportunidad de ser inmortal, ¿lo aceptarías?

Tenían los dos las sillas de playa pegadas una a la otra, y así, mientras la princesa pensaba en su contestación, se acostó de lado en su silla para descansar su pierna sobre las del jibarito. Él la comenzó a sobar.

—No —ella contestó, ambos mirando aún hacia la reflexión del sol en el lago. Estaba atardeciendo ya.

—¿Por qué no? —preguntó el jibarito mientras frotaba sus dedos sobre la piel de los muslos de la princesa. Su toque le daba un leve escalofrío a ella, y él notaba que ella intentaba esconder una sonrisa.

—Las personas que amas envejecerán—ella comenzó a responder—, morirán y quedarás solo viviendo con un corazón que se rompe una y otra vez. La princesa miró al jibarito con sus ojos grises.

—Además —ella continuó—, saber que no estaré aquí para siempre me da una razón para hacer tan pronto como sea posible todo lo que yo pueda en esta vida. Y, pues… saber que algo no dura para siempre lo hace ser más hermoso aún, ¿no crees? Aprendes a apreciar las cosas un poco más mientras las tienes.

Se quedaron la princesa y el jibarito en silencio unos minutos. Él la seguía sobando, y ella comenzaba a pegarse un poquito más a él.

—Creo que sería diferente si lo aprovechas —dijo el jibarito—. Amo esta cabañita, pero sé que no es lo único que existe en esta vida. Hay tanto que hacer y ver en este mundo, y un corazón roto no duraría una eternidad. Al menos… no creo. Creo que con el pasar del tiempo, las cosas buenas superarían el dolor y las cosas malas. Eso sí, eso es si eres lo suficientemente valiente para soportar una vida eterna.

El jibarito se quitó su sombrerito, lo dejó caer al lado de su silla, y volviendo a sobar a la princesa, su mirada chocó con la de ella.

—¿Tienes miedo de estar sola? —él le preguntó.

La princesa frunció sus cejas y la sonrisa que intentaba esconder ya no estaba.

—No —contestó ella seriamente.

El jibarito la dejó de sobar, y después de unos segundos, miró de nuevo hacia el lago frente a su cabañita. Se quedó callado.

—¿Qué? —preguntó la princesa.

El jibarito dio un suspiro casi imperceptible.

—Nada —él le contestó.

La princesa comenzó a sobarle la mano que aún tenía sobre su muslo.

—¿Por qué paraste? —preguntó ella, las nubes de sus ojos un poco más suaves ahora. Comenzó a levantarse de su silla.

—Sabes, anoche soñé contigo —dijo la princesa mientras se trepaba desde su silla a la silla del jibarito.

—Yo no te di permiso para que soñaras conmigo —contestó él mientras ella se acomodaba sobre sus piernas.

Ella, sentándose arrodillada frente a él, le dio un puño juguetón al jibarito en el brazo. Él escondió una sonrisa. Ahí entonces ella dejó que sus propios dedos se perdieran en los rizos cortos del jibarito. Mientras ella lo sobaba, él en cambio la miraba atentamente.

—En el sueño, bebí el café de tu mirada —ella comenzó a decirle—, y con ese café tragué el calor que despierta en mí el amanecer. Vi una luz que alumbraba a través de las ventanas los cuartos oscuros que escondes. Y así, mi jibarito, tan veloz como un rayo quedé hipnotizada. Pensaba, *¿Qué existirá allí en esos rincones profundos de tu pensar?*

La princesa le tocó la frente al jibarito con un dedo mientras le preguntaba:

—¿Qué guardarás en el dulce abismo de la noche que cargas?

—Bebí el café de tu mirada —ella continuó, comenzando a besarle el cuello al jibarito—, pero en tu boca descubrí la miel de tu garganta: el sabor mezclado con la esencia de besos descubiertos por primera vez.

El jibarito comenzó a sentir un calor por dentro, y así la princesa siguió contándole sobre el sueño.

—Y qué curioso es... esto de echar de menos algo que no he perdido... esto de querer conocer lo que es tenerte tan cerca, como el cabello largo que viste mi desnudez cuando me quitas la ropa.

El jibarito cerró los ojos y dejó que sus manos comenzaran a explorar las piernas de la princesa. Así siguió él hasta encontrar las nalgas de ella. Y cuando por debajo del traje de ella por fin él las encontró, así las apretó fuertemente.

Entre gemidos, la princesa continuó besándole el cuello y diciéndole:

—¿Cómo entender la intriga que se desborda al querer perderme en el vapor de nuestros gemidos? Dime, mi amor, ¿qué se dirán entre suspiros nuestras mentes? ¿Serán pensamientos leídos por el baile íntimo de labios contra labios? ¿O será algo más?

La princesa se despegó un momento del jibarito, y él notó que ella tenía el pecho y los cachetes sonrojados. Sus ojos contenían una tormenta lista para explotar. La respiración de ambos andaba acelerada.

—En el sueño bebí de tu mirada. Bebí de tu boca. Y he quedado embriagada.

El jibarito exploró con sus ojos cada centímetro del cuerpo de la princesa, y mientras él le bajaba las tirillas de su traje de estar en la casa, le dijo:

—Estás loca.

Dejando que su traje cayera sobre sus piernas y dejando su pecho desnudo, la princesa contestó sonriendo:

—Por ti.

Hubo una pausa entre los dos. Fijamente se miraban uno al otro, el café de una mirada chocando con los relámpagos y la electricidad de la otra. Y así la pasión entre ambos explotó. El jibarito chocó sus labios con los de la princesa, y mientras ella dejaba que sus manos se perdieran nuevamente en el pelo de él, ella giraba sus caderas contra el cuerpo de él. Los besos del jibarito rápidamente se desviaron y comenzaron a bajar por el cuello de la princesa hasta por fin encontrar sus pechos. Y cuando él pegó su boca a uno de los pezones de la princesa, ella dejó salir un gemido fuerte desde las partes más profundas de su interior.

—Mi amor —ella comenzó a decir—, necesito… Fue interrumpida por el placer repentino que corría por su cuerpo, el éxtasis de su deseo invadiendo sus venas con cada beso que el jibarito le regalaba, con cada parte de su cuerpo que las manos de él curiosamente descubrían. Como un ritual guiado por fuego y superstición, el jibarito sentía como si estuviese entrando a un templo antiguo, y la princesa era la diosa quien le entregaba la invitación. Ya ella no podía controlar los gemidos.

—Te necesito ya —dijo, suplicándole al jibarito. Y fue así como, frente al Lago Carite en Guayama, un jibarito y una princesa se convirtieron en bestias salvajes para comenzar un acto dulce. El sol se derritió lentamente, los rayos convertidos en gotas de luz mientras el silencio de las montañas se llenaba con el sonido de un amor hecho al aire libre. El cielo cayó en pedazos, y cada fragmento de estrella fugaz pintaba la tierra con brillos efímeros. Las nubes taparon el agujero que antes llenaba el fuego del día, y entonces con la luna se formó la noche. El deseo consumió al jibarito tan rápidamente, que él olvidó la espinita que sintió en su corazón unos minutos atrás cuando la princesa le dijo que no tenía miedo de estar sola. Tal vez fue un mal presentimiento. O tal vez solo fue él pensando las cosas demasiado.

—

En otra parte de Puerto Rico, yo andaba planificando aún, pero dejé que mis pensamientos se escaparan por unos momentos. Mirando sobre los mapas y los planos sobre la mesa en la cueva de Vicente, pensé que algunos tienen la dicha de encontrar un mundo lejano con un cielo que aún tiene luz, que nunca atardece, y donde nunca existe la oscuridad. Y tal vez, hay otros que simplemente prefieren la oscuridad y viven sus mejores vidas aprovechando de ella. Yo, honestamente, no creía que formaba parte de ninguno de los dos grupos.

—

Mientras tanto, la pareja boricua que se había mudado para Estados Unidos estaba llegando al Mirador Gavillán en Guaynabo. Cuando llegaron, estacionaron su carro alquilado en el estacionamiento que quedaba al lado de la carretera, y se sentaron juntos bajo la luna en la grama de la colina que miraba hacia las luces de la ciudad abajo en la distancia. La chica se sentó entre las piernas de su esposo y recostó su espalda sobre el pecho de él.

—¿Recuerdas la última vez que estuvimos aquí? —le preguntó el hombre mientras abrazaba a su esposa.

Ella sonreía y, moviendo la cabeza hacia arriba y abajo, afirmaba que sí lo recordaba.

—Mira—dijo ella mientras apuntaba hacia el cielo. Estrellas fugaces como la primera vez.

Los dos se quedaron mirando el espectáculo especial que los sorprendió a ambos por segunda vez.

—Sabes —comenzó a decir el hombre—, recuerdo aún el deseo que hice la primera vez que vimos estas estrellas caer del cielo.

La mujer comenzó a sobarle al hombre uno de los brazos que la abrazaba por la cintura.

—¿Cuál fue el deseo? —preguntó ella.

Él le dio un beso repentino en el cachete y ella se comenzó a reír.

—Que quiero besarte las manos, los dedos, y rozar cada centímetro de ti con cada centímetro de mí —comenzó él a contestarle—. Que quiero conocerte profundamente y convertirme en espuma para subir por tus piernas, por tu barriga, por tu pecho, por tu cuello, por tu pelo cada vez que yo como una ola rompa sobre ti. Que quiero sentirte más allá que un solo roce de labios sobre las constelaciones de lunares que tienes aquí en la espalda, más allá aún que la arena pegada a tus pies, más aún que la forma precisa de las huellas que dejas atrás al caminar. Que quiero vivir en ti y ser el vaivén de tus caderas, la fuerza mágica que hala tu sonrisa para convertirse en luz, el ritmo al que late tu corazón, el suspiro y el aire y el calentón que se forma en tus pulmones cuando aguantas las palabras. Que quiero besarte las manos, pero quiero más... quiero besarte los dedos, pero necesito más... quiero rozarte completa por una eternidad... pero quiero conocerte aún más allá. Quiero descubrirte. Quiero vivir en ti. Quiero vivir por ti. Siempre.

Hubo un pequeño momento de silencio hasta que la mujer no se pudo contener más.

—*Wow* — dijo ella riéndose.

Ella le comenzó a dar golpecitos suaves en la rodilla mientras se reía dulcemente, y le decía:

—A la verdad que tú eres otra cosa, ¿ah?

La mujer se viró de donde andaba sentada, y de rodillas miró a su esposo a los ojos.

—¿Y ahora? —preguntó ella, cambiando su mirada hacia el cielo—. ¿Cuál es el deseo ahora?

El hombre sonrió mientras miraba fijamente a su esposa curiosa. Él la agarró por la cintura y planteó un beso profundo en los labios de ella.

—Que nunca acabe —contestó él.

—

Unas horas después, una recepcionista de pelo rizo saludaba de lejos a la pareja boricua que regresaba al hotel y subía las escaleras del atrio para continuar con su noche mágica. Luego, la recepcionista le dijo adiós a una doctora de ojos azules que salía de la Sala de Oro del hotel para irse de regreso a su casa. Mientras tanto, yo seguía en la cueva de Vicente sin poder descansar. Al rato, Vicente entró a la cueva.

—Mañana será un día muy largo. ¿Por qué no estás durmiendo? —él me preguntó.

Yo no despegué la mirada de la mesa.

—Tengo que asegurarme de que todos los cálculos estén bien. No puedo dejar que se cometa ni un error.

Vicente dio un gran suspiro y, al ver que no iba a descansar pronto, se sentó en unas de las sillas al lado de la mesa.

—Además, no puedo dormir —le dije.

Vicente se recostó contra la mesa mientras se cruzaba los brazos. Miraba por la ventana de la cueva hacia la oscuridad de la noche.

—Nightmares? —él preguntó—. ¿Sigues con las

pesadillas?

Cerré mis ojos un momento mientras me aguantaba de la mesa.

—Yeah —le contesté—. A veces son recuerdos. Pero más veces aún son cosas que no entiendo.

Si me concentraba, podía escuchar mi propio pulso acelerado en la oscuridad.

—Siempre fuiste raro—contestó Vicente, cambiando su mirada hacia mí—. Veías cosas que nosotros no podíamos ver. Quizás por esa razón es que siempre fuiste nuestro mejor planificador. Veías el peligro antes de que apareciera, y nos salvabas de él cada vez. Tal vez no deberíamos haberte llamado «Fantasma», sino «Profeta».

Abrí los ojos de nuevo y choqué mi mirada con la de Vicente.

Quizás, pensé yo.

¿Quién diría que la persona que fue y sería el terror para tantos era la misma persona que podía tranquilizarme siempre? Esa noche no podía tolerar las imágenes que se presentaban en el abismo de mi cabeza, pero Vicente estaba ahí conmigo. Él se paró de la silla y caminó hacia mí.

—Adrián —comenzó a decir él mientras ponía una mano en mi hombro—. Confío en mi familia. Sé que has perfeccionado todo ya. Vete a dormir.

Vicente me dio un pequeño abrazo y entonces se desapareció de la cueva. Esa noche, Javier y yo nos quedamos en la casa de Vicente porque desde temprano íbamos a tener que desmontar el bote y todo el equipo para transportarlo a nuestro punto de salida en la playa y montarlo todo de nuevo allí. No íbamos a tener tiempo para que nos recogieran al hotel. Después de un rato, me fui a uno de los cuartos vacíos que Vicente me preparó para esa noche. Me acosté en la cama, y mientras pensaba en cada detalle del plan que íbamos a llevar a cabo el próximo día, me quedé dormido mirando hacia el techo y todas las caras que aparecían y desaparecían de él.

—

Horas después, en otra parte de Puerto Rico, una doctora de ojos azules andaba acostada sola en una cama mirando hacia el techo preguntándose dónde andaba metido su esposo. Mientras tanto, una recepcionista de pelo rizo recogía sus cosas personales en el trabajo para irse a su casa. Antes de salir de las puertas del hotel, miró una última vez hacia las escaleras del atrio preguntándose por qué nunca vio al Señor Peña regresar esa noche. Sintiéndose, quizás, un poco decepcionada, se fue caminando sola hacia su carro en la oscuridad de la noche.

La

venganza

TRECE

A veces los que pelean lo más fuerte posible son aquellos que sangran voluntariamente y forman parte de aquellas batallas que, por más que uno lo intenta, no se pueden ganar. Existe una línea que divide la dedicación y lo que termina convirtiéndose en una obsesión. Algunos reconocen cuando han entrado a ese mundo de la locura. Otros simplemente tienen miedo de enfrentarse a lo que cargan por dentro. Son esos quienes viven como si todo estuviese normal hasta que simplemente un día, ya nada lo es.

—

Al otro día nos despertamos temprano para desmontar el bote y poder transportarlo dentro de una guagua. La idea era que no se viera ninguna parte del equipo al guiar por la carretera. Comenzamos quitándole el motor del bote y colgándolo de un sistema de rejas especial que Vicente había instalado dentro de la guagua para que no se hamaqueara la máquina al movernos. Luego, sacamos todo el equipo con el que se había hecho las medidas de la brújula, incluyendo el saco grueso y pesado donde se guarda la gasolina para el motor. Luego desinflamos el bote, y cuando ya no tenía aire, quitamos los cuatro platillos de metal que formaban la base del bote y mantienen la superficie de goma firme. Cuando todo estuvo listo, comenzamos a guardar todo dentro de la guagua. Teníamos el bote desinflado, el motor, los salvavidas, los remos por si el motor se apagaba, los rifles, el dron, los instrumentos para la navegación, los radios, y la ropa táctica para cambiarnos.

—¿Tenemos todo? —preguntó Vicente.

Hice un último registro mental del equipo que habíamos montado en la guagua negra donde íbamos a transportarnos. Por cada bote, se suponía que se formara un grupo de seis a ocho personas. En esos momentos, éramos solo tres. Los únicos que quedaban. Nos habíamos despertado temprano con la anticipación de que todo iba a ser más lento y agotador de lo normal. Habían pasado horas, y ya era un poco más tarde que el mediodía.

—Sí —le contesté—. Estamos listos. Ya que todo está preparado, deberíamos descansar las pocas horas que nos quedan. Será una noche larga.

Vicente cerró las puertas de la guagua, y los tres caminamos hacia su casa para escondernos en nuestros propios rincones y recargar las energías que sin duda íbamos a necesitar esa noche.

—

Otra vez soñé que estaba excavando trincheras en la jungla, pero por más profundas que fueran, nunca detenían la inundación. Los hoyos no eran suficientes para protegernos, y trece días de lluvia rápidamente hacen olvidar lo que es el calor, lo que es la memoria del sol, lo que es tener la piel arropada por luz. Las trincheras fueron excavadas en esa jungla, pero seguíamos raspando, grabando un camino entre la piedra y el lodo. Tritones de vientre de fuego se revelaban de sus escondites en busca de nosotros, las vibraciones de nuestras herramientas regándose como electricidad con cada choque con la tierra que formaba el hogar de esas pequeñas criaturas. Nos quedamos en nuestros hoyos; quietos, disciplinados, pero temerosos de que la toxina sobre la piel de los tritones se regara sobre nuestras cortaduras.

Nos quedamos quietos. Muy quietos. Pero no nos salimos de nuestros hoyos. Si el veneno de un tritón no nos quitaba la vida, sí lo haría un relámpago cayendo sobre los pequeños ríos que se formaban en nuestras trincheras. Pero nosotros habíamos aceptado ya que la muerte es tan liviana como una pluma negra, y puede caer del cielo en cualquier momento para cubrirnos la piel como cenizas. El deber y la responsabilidad de cumplir con la misión era lo realmente pesado, y esa montaña la compartíamos y la cargábamos entre todos.

Vete de aquí, pequeño tritón. Este no es tu rincón del infierno. No, hoy no. Nosotros somos otro tipo de bestia.

Las trincheras fueron excavadas, y allí nos

quedamos sentados con paciencia forzada, esperando que el sonido de los truenos poco a poco desvaneciera. Pero, ¿quién hubiese imaginado que cuando los truenos desaparecieran, la lluvia permanecería tan ruidosa y silenciosa a la vez? Es un misterio. Algo imposible para aquellos que no han tenido la experiencia. ¿Quién hubiese sabido del poder de la lluvia, ese de detener el tiempo sin parar su descenso, ese de hacer una noche parecer diez eternidades, de ser abatido bajo las olas? Nos quedamos allí sentados esperando, pues, ¿cómo poder dormir debajo de un mar que cae del cielo? ¿Cómo descansar en medio de una tormenta? Sentados, esperamos y…

Oh, ¿a dónde vas, pequeño tritón? ¿Habrás encontrado ya tu propio rincón en este océano?

Seguimos esperando, sentados con nuestros pies y nuestros traseros hundidos en el lodo de la jungla inundada. Los ríos por fin se habían comenzado a calmar. Qué silenciosa se había puesto la lluvia. Qué silenciosa…

Lluvia, ¿a dónde te habrás ido?

Trece días son suficiente para hacerte dudar de lo que es poder ver el fuego del cielo. Trece días son lo suficiente para borrarte una sonrisa. Pero, ¿qué magia era esa ahora? Trece días nos tomó para casi rompernos, y aun así fuimos reconstruidos en un instante.

¿Qué será esta luz? ¿Qué es este alivio que por fin siento?

Trece días que parecieron ser una noche sin fin.

Y lo haríamos todo de nuevo, con tal de sentir ese glorioso sentimiento dentro de nosotros, al por fin ver llegar la deseada mañana.

—

—Adrián —escuché una voz llamarme desde las profundidades de mi sueño—. Adrián, despierta.

Abriendo mis ojos lentamente, vi que la luz de un sol vago entraba por la ventana de la habitación. Mientras en un sueño de un pasado lejano el sol amanecía, yo despertaba a un atardecer.

—Adrián, ya es hora —me dijo Vicente, apretándome el brazo levemente para despertarme—. Tenemos que irnos.

Me levanté de la cama, fui al baño a lavarme la boca y a mirarme una última vez en el espejo.

Tan joven aún, pero a la vez tan... ¿viejo? No. Antiguo.

Me eché agua en la cara y salí de la casa de Vicente. Seguí el camino en el bosque hasta subir los últimos escalones que llevaban a la carretera sin salida. En la guagua que estaba estacionada estaban Vicente y Javier esperándome.

—Yo guío —dijo Vicente mientras nos tiraba un bolso negro a mí y otro a Javier.

Los dos nos pusimos los bolsos sobre nuestras caras, y yo utilicé a la oscuridad como excusa para dormir un rato más. Quedé suspendido en ese lugar oscuro entre la realidad y los sueños. En esa oscuridad veía dos luces muy pequeñas, y entre más me les acercaba, más me daba cuenta de que no eran luces lo que veía. Eran dos ojos reptiles y amarillos brillando entre lo negro. La Anaconda. Ese hijo de puta. Ese infeliz cabrón.

Ya pronto llegará tu momento, huelebicho.

Entonces, en el vació me quedé mirando a los ojos de aquella serpiente. Sentía la rabia hirviendo dentro de mí, algo que sabía que los tres en esa guagua estábamos sintiendo simultáneamente. Algo que los tres íbamos a necesitar cuando llegara el momento de por fin matar a esa basura.

No te vas a desaparecer de nuevo, pensé.

Pasó una hora. Quizás más. Quizás menos. Sentí cuando la guagua pasó de guiar por brea, a tierra. Y luego, supuse yo, comenzamos a ir por la arena.

—Ya estamos aquí—dijo Vicente.

Javier estaba roncando. Cuando escuché a Vicente, me quité el bolso negro de la cara, y con él le di una bofetada a la cabeza tapada de Javier.

—¡Pinche cabrón, güey! —dijo Javier despertando y peleando con el bolso sobre su cara.

—Ya estamos aquí, Burro —le dije mientras abría la puerta a nuestro lado.

Javier por fin se quitó el saco negro de la cabeza y me lo tiró con fuerzas. Me dio en la espalda.

—¿Cuántas veces te tengo que decir que no me digas *Burro*, puto? —me contestó él.

Vicente ya se había bajado de la guagua, y cuando abrió la puerta trasera para comenzar a sacar el equipo, dijo:

—No seas dramático, Javier. Bájense.

Como en las imágenes satelitales que había estudiado, habíamos llegado al final de un camino de arena, escondido entre las palmas. Se escuchaba el sonido de las olas y se sentía el olor del mar. A unos quince o veinte metros de nosotros se abría el camino hacia la playa oculta. El sol ya estaba comenzando a besar el océano en el horizonte.

—Tenemos que aprovechar la poca luz que nos queda —dijo Vicente—. Vamos.

Javier y yo ayudamos a Vicente a sacar las cosas de la guagua. Poco a poco movimos todo a la orilla del mar, y después de acomodar nuevamente los platillos de metal dentro del bote, con unas bombas de aire de pedal lo inflamos de nuevo. Cuando terminamos eso, entre los tres bajamos el motor desde la guagua y lo montamos en el bote. Luego trajimos el equipo, y todo lo electrónico lo metimos dentro de sacos a prueba de agua. Atamos cada saco, incluyendo el que contenía nuestros rifles, a las sogas del bote.

—¿Todo está listo? —preguntó Vicente.

Sacando los últimos bultos de la guagua, me viré hacia él, solté cada bulto sobre la arena, y le contesté:

—Sí. Vamos a cambiarnos de ropa.

Los tres sacamos los chalecos a prueba de balas y el resto de nuestra ropa táctica. Nos vestimos y luego nos pusimos los cascos y los salvavidas negros. Cuando teníamos todo puesto, y luego de verificar una última vez que todo estaba dentro del bote,

Vicente fue y movió la guagua a un lugar más oculto entre las palmas y fuera del camino de tierra y arena. Al regresar, entre los tres comenzamos a mover el bote poco a poco hacia el agua.

—Un, dos, tres —le coordinaba a Javier y a Vicente. El bote era tan pesado que teníamos que levantarlo y arrastrarlo centímetro por centímetro hasta llegar a la marea.

—Un, dos, tres —repetí mientras pensaba en nuestro viejo equipo.

Sería más fácil con todos ellos aquí.

—Un, dos, tres —dije una última vez.

El bote había llegado al agua y comenzaba a flotar. Entonces, fue más fácil para nosotros poder controlarlo. Javier iba a encargarse del motor y a guiarnos hasta nuestro destino, así que él se montó primero. Vicente y yo íbamos a aguantar firme al bote para que el oleaje no lo volteara mientras Javier prendía el motor.

—Oye —comencé a decirles mientras Vicente y yo halábamos el bote hacia las profundidades de la orilla—. Ni un puto error, ¿me entienden? No se saldrán del plan ni para ir a mear a un arbusto.

No puedo perder a nadie más.

Vicente y yo teníamos el agua por la cintura. Ya que estábamos lo suficientemente profundo, Javier dejó caer el motor al agua sin que chocara con la arena y comenzó a hacer los intentos para prenderlo.

—No habrá ningún error, güey —contestó Javier mientras halaba el cordón que prendía el motor.

—¡Ola! —gritó Vicente mientras se acercaba una ola lo suficientemente grande para taparme por completo. Sumergido en el agua, mantuve mi agarre al bote para que no se volteara. Mi trabajo y el de Vicente en esos momentos era mantener la punta del bote perpendicular con cada ola hasta que Javier pudiera prender el motor. Y luego, teníamos que coordinar perfectamente para brincar dentro del bote antes de que otra ola viniera de nuevo.

—Avanza, Burro —le dije a Javier cuando rompí la superficie de nuevo.

—Ya, ya, güey —contestó, y con un último halón del cordón se prendió el motor—. Get in, *bitches*. Móntense.

En la pausa entre las olas, Vicente y yo brincamos dentro del bote y rápidamente nos agarramos de las sogas para sostenernos. Javier aceleró inmediatamente y el bote chocó de frente con una ola más grande que la anterior. Vicente y yo pusimos todo nuestro peso en la proa del bote para que la presión repentina no lo doblara por la mitad.

—¡Joder! —grité mientras quedamos suspendidos en el aire por un momento. Al caer nuevamente sobre la superficie del agua, la base del bote se convirtió en una pared metálica con la cual el cuerpo de Vicente y el mío chocaron con toda la fuerza de la gravedad. Cada vez que el bote pasaba sobre una ola, el rebote abatía nuestros cuerpos sin piedad: la prueba del mar para ver si aún eran dragones los que navegaban aquel atardecer. Mientras tanto, Javier andaba sentado en el borde de goma del bote, operando el motor y pendiente a la brújula para mantener la ruta correcta.

—A los tres minutos vas a ajustar la ruta —le dije a Javier sobre el sonido del motor y las olas, mirando mi reloj para marcar el tiempo. Cuando llegamos a los tres minutos, él detuvo el motor y yo le di los grados nuevos a seguir.

Lo importante en la navegación era entender los tres factores más necesarios: la velocidad del bote, la distancia del transcurso, y el tiempo que tomaba llegar desde el punto de salida al punto de entrada. Después de toda la planificación, y una vez se estaba en el bote, si se tenía al menos dos de los factores necesarios, se podía calcular el tercero para poder ajustar e camino en el mar si era necesario. Cuando Javier cambió la dirección del bote, comenzamos nuestro trayecto de nuevo. Poco sabíamos que iniciaba el trayecto hacia el fin del mundo. Las olas chocaban con el bote, y Vicente y yo chocábamos con el metal. El agua del mar nos salpicaba. El viento constante de la noche que se acercaba enfriaba nuestros cuerpos mojados, pero la rabia que cargábamos por dentro no nos dejaba sentir la temperatura que, con cada minuto, bajaba. El sol estaba a solo segundos de desaparecer por el resto de esa noche de destrucción, y ahí estábamos nosotros, tratando de alcanzar la luz antes de que el mar se la tragara por completa. Siempre es una carrera. El fuego del cielo cambió de color en meros instantes. De un rosado mezclado con anaranjado se convirtió en violeta, y luego nació el negro que nos comenzó a arropar. Mi reloj seguía marcando los minutos. Cada segundo importaba en la navegación. Se sintió como una eternidad, y las estrellas comenzaron a salir de sus escondites poco a poco. Pensé en esos momentos que, si no era el viento, eran ellas, esas luces, que susurraban los secretos del mar.

—¡Para! —le grité a Javier.

Inmediatamente deceleró el motor y quedamos subiendo y bajando lentamente sobre el oleaje. Estábamos en el mar abierto y no se veía la costa gracias a la oscuridad y la distancia.

—Debemos estar bastante cerca —les dije—. Javier, acércate en dirección a la costa.

Mientras él cambiaba la dirección del bote poco a poco, yo buscaba los grados nuevos que había escrito para cuando llegáramos a este punto. Cuando se los di, el refinó la dirección, y comenzó el trayecto de nuevo. Poco después comenzamos a ver de nuevo las luces de la costa, y otra vez le dije que parara.

—¿Los binoculares? —pregunté.

Vicente comenzó a rebuscar entre los bolsos a prueba de agua, y después de unos segundos, encontró los binoculares y me los dio.

—Tendremos que acercarnos un poco más. Esta oscuridad no me deja ver bien —les dije.

Mientras Javier se acercaba poco a poco hacia la costa, yo la miraba de derecha a izquierda para ver si reconocía alguna característica del terreno o alguna serie de luces. El humano tiende a mirar de izquierda a derecha porque así es que aprende a leer. Cuando lo hace de la forma opuesta, aprende a mirar más lento y detalladamente.

—Ahí—dije calladamente, señalando hacia unas

luces muy lejanas en la costa—. Nos pasamos un poco, pero estoy seguro de que esa es la casa de la Anaconda. Tendremos que regresar quizás un kilómetro hacia el norte para encontrar el punto de entrada y llegar a la playa sin que nadie nos vea.

Sin tener que comandarlo, Javier nos dirigió hacia el norte. Cuando le di la señal de que ya estábamos en un buen lugar, aproximamos a unos quinientos metros de distancia desde la costa y nos quedamos flotando allí.

—Voy a ver cómo está la corriente —dijo Vicente mientras se ponía sus aletas.

Comencé a preparar la cuerda que ataría a la boya que dejaría caer para marcar nuestro lugar, y también preparé la cuerda para atar la boya a su ancla. Mientras trabajaba mi parte, Vicente lentamente se introdujo al agua y se despegó unos metros del bote. Contaría dos minutos y vería en qué dirección y a cuánta distancia la corriente lo llevaría mientras flotaba. Poco a poco se alejaba más del bote, y cuando acabaron los dos minutos, nadó de regreso.

—La corriente no está demasiado fuerte, pero me está llevando hacia el norte. Sería mejor quizás empezar a nadar unos cien metros más para el sur, pero honestamente lo puedo hacer desde aquí también sin problema. En todo caso, solo llegaría al punto de entrada unos cien metros más al norte, y eso no es tanta distancia estando ya en tierra.

Terminando de medir la cuerda y dejando un poco de exceso por si subía la marea, corté el resto y até la boya junto al ancla. Me volteé con mis instrumentos en mano y miré a la figura oscura que era Vicente.

—¿Estás listo entonces? —le pregunté.

Vicente ya había preparado su bulto a prueba de agua con su rifle y el equipo necesario para darnos la señal desde la costa, una vez estuviese listo para recibirnos. Ya tenía puestas sus chapaletas y estaba asegurando de que tuvieran ambas algunas cuerdas atadas a alguna parte de su uniforme para no perderlas, en caso de que se soltaran. Revisando todo su equipo una última vez, contestó:

—Sí.

Me volteé entonces para dejar caer la boya que preparé con su ancla, y cuando me di de vuelta de nuevo, Vicente silenciosamente ya se había desaparecido entre las aguas. Lo único que pude ver fue la silueta efímera de una criatura de mar encaminándose hacia su destino.

—Se siente irreal esto —dijo Javier calladamente, mientras mantenía el bote flotando cerca de la boya—. Parte de mí sabía que en algún momento este día iba a llegar. Otra parte de mí honestamente lo pensó imposible. Creo que es más fácil vivir la vida sin amar a nada. Así, cuando todo desaparece, no sientes nada.

Me mantuve mirando hacia la costa y hacia el último lugar donde vi la sombra de Vicente.

—Quizás —le contesté—, pero, creo que todos tenemos la tendencia de amar lo salvaje, de enamorarnos de aquellas cosas que no se pueden enjaular. Quizás es por esa razón que, para muchos, algunos más que otros, esto del amor va y viene. Nos aferramos a lo imposible, al viento, a algo tan libre e inatrapable. ¿Y quiénes somos nosotros para cambiar la forma en que baila la brisa? ¿Quiénes somos nosotros para cambiar el pasado o el futuro?

Tomé una pausa y respiré profundamente.

—Quizás es por la costumbre de siempre perder que algunos amamos tan intensamente. Sabemos muy bien que algún día todo desvanecerá, pero no queremos, de todos modos, desperdiciar ni tan solo un segundo de esta vida y sus momentos. Y quizás habrá algunos que se enamoran de esta forma de ser, pero son muchos más los que se intimidan por ella, porque siempre, siempre, habrá dolor al final.

El bote chocaba suavemente con las olas al flotar sobre el mar. La luna y las estrellas escuchaban nuestros susurros, coleccionando más secretos para el mar. La pequeña luz roja de la boya improvisada flotaba a nuestro lado.

—¿Cuál es el punto entonces? ¿Cuál es el propósito de intentarlo? —preguntó Javier.

—Supongo que, a veces, la duda de un quizás te desintegra el alma mucho más que un corazón hecho pedazos —le contesté—. Todos de alguna forma u otra deseamos la libertad. Algunos la encuentran al final, al poder decir que dieron su todo en el amor.

Nos quedamos callados varios minutos.

—Y algunos otros —continué—… pues supongo que ellos simplemente son adictos al dolor.

Escuché a Javier suspirar en la oscuridad.

—¿Crees que en alguna otra parte del mundo existe un Vicente con su esposa aún, güey? —preguntó él.

Confundido, despegué mi mirada de la costa y lo miré. Al darse cuenta de que no había entendido, él continuó.

—Creo que Vicente lo dio todo... y aun así no fue suficiente para la puta vida. Es cruel este universo, marica. ¿Crees que es posible que en alguna parte del mundo existan personas que sean las diferentes versiones de nosotros? Y, ¿crees que lo sentimos en nuestras almas o nuestros cuerpos cuando esas versiones mueren?

Mirándolo aún, o mejor, a la silueta de él, no supe cómo contestar.

—¿Te fumaste algo antes de meterte al bote, Burro? —le pregunté.

—Ay, pinche pendejo —contestó él.

Me volteé de nuevo hacia la costa, y el mar que quedaba entre esta y nuestro bote. Busqué alguna señal en la playa a través de los binoculares, pero aún no había nada. La brisa bailaba sobre nosotros.

—No sé si lo reconocería —continuó Javier—, o sea, si fuese así para todos y yo me encontrase con otra versión de mí. Sería muy padre, pero no creo que me daría cuenta de que soy yo. ¿Quién sabe si ya hasta ha pasado, güey? Qué pena.

—A veces nos convertimos en cosas que no reconocemos, Javier. Y creo que muchas veces eso resulta ser peor aún.

Javier se calló por unos minutos. Había pasado casi una hora, pero ya sabíamos que Vicente se tardaría más de lo usual, porque estaba solo. Solo una persona podía asegurar la playa con nuestro pequeño equipo de tres.

—¿Fue eso lo que pasó con Vicente? —preguntó Javier.

Di un largo suspiro.

—Vicente dejó de ser la persona que conocíamos hacen diez años, Javier. Honestamente, después de esta noche, no estoy seguro de que reconoceremos lo que quedará de él.

Las estrellas seguían brillando en el cielo. Sus reflexiones caían sobre el agua como diamantes en la noche.

—¿Y si se encuentra con un tiburón?

Viré mis ojos, incrédulo de que Javier siguiera con tantas preguntas.

—Pues será un mal día para el tiburón, Javier. Ya son pocas las cosas que podrían detener a Vicente en este momento.

Escuché a Javier acomodándose en el bote.

—A mí no me molesta para nada, y tampoco me opongo a lo que estamos haciendo, güey, pero ¿crees que esto es justicia? ¿Lo que haremos esta noche?

Nos quedamos en silencio unos minutos más.

—Esto ya no se trata de justicia, Burro. En este

mundo, algunos escogen vivir una vida donde es simplemente matar o ser asesinado. La Anaconda preparó su propia tumba el mismo momento en el que él tocó a la esposa de Vicente. Esto ya trata de otra cosa, de convertirnos en cultivadores de la muerte y acabarle la vida a ese hijo de puta. Todos buscan su propia forma de libertad, y Vicente tendrá la suya con la venganza. Esto es lo menos que podemos hacer nosotros por él.

En la costa apareció un pequeño brillo difuminado.

—Ahí está la señal—le dije a Javier mientras le señalaba con el dedo a la pequeña luz. Rápido me estiré sobre el agua desde el bote para recoger la boya del mar.

—¿Listo? —preguntó él.

Después de guardar la boya, levanté la mano hacia el cielo, preparado para dar la señal para apagar el motor cuando estuviésemos lo suficientemente cerca. Y así, el mundo despertó de su silencio y el bote rugió hacia la costa como una flecha en la oscuridad. Cuatrocientos metros. Trescientos metros. Doscientos. Cien. Cincuenta.

Un poco más.

Cuando estuvimos lo suficientemente cerca, bajé la mano y Javier enseguida apagó el motor y lo levantó hacia el interior del bote para que no se raspara con la arena y las piedras debajo de nosotros. Simultáneamente me lancé al agua para sostener el bote perpendicular con las olas y evitar que se volteara. Lo último que vi fue a Javier preparándose para brincar fuera del bote y ayudarme, cuando una ola inmensa me arropó y me disparó fuera del bote. Rodé bajo la superficie del mar, atrapado en la oscuridad sin respiración. Sentí una presión inmensa y repentina en la cabeza, y rápido me di cuenta de que el mar me había lanzado contra su suelo tan fuertemente que sentí el impacto, aun con el casco puesto. Sentí mi espíritu abandonar mi cuerpo por unos segundos. El mar me tragaba, y juré sentir unas manos que me agarraban y me halaban hacia la profundidad.

Si el universo escondía un secreto por cada grano de arena bajo el mar, pues ahí estaba yo, rodando entre todos ellos. ¿Quién hubiese sabido que el conocimiento y la sabiduría de cada uno dolería tanto? ¿Quién hubiese sabido que pesarían más de lo que mi salvavidas podía aguantar?

Sentía que la oscuridad me arrastraba hacia las profundidades de otra dimensión, y no quedó más que dejarme ir. Dejé por unos momentos que el universo hiciera lo que quisiera conmigo cuando de repente sentí que subía rápidamente hacia la superficie.

—¡Joder, Adrián! —escuché una voz gritar cuando rompí la superficie—. ¿Estás bien?

Vicente había dejado la señal en la arena para correr hacia el bote tan pronto vio que habíamos entrado. Ahí estaba él, halándome por los brazos fuera del agua. Javier estaba peleando solo con el oleaje, tratando de mantener el bote perpendicular mientras lo halaba sin ayuda poco a poco fuera de la marea.

—Esa ola no fue normal, Adrián—siguió Vicente—, ¿Estás bien? La mierda esa salió del carajo y vi cómo te arropó a ti y al bote. Pensé que te había tragado.

Vicente me ayudó a recuperar el balance mientras yo tocía e intentaba sacarme todo el océano atrapado en mis pulmones.

—*Holy shit* —dije cuando me recuperé, caminando entre el agua hacia Javier para ayudarlo con el bote—.

Carajo.

Vicente me perseguía hacia el bote mientras me hablaba.

—Pareció como si la ola estuviese viva.

Juntos tratamos de correr entre las olas para alcanzar a Javier, pero el mar nos empujaba en la dirección contraria.

Siempre existe esa posibilidad, pensé yo. *Puto destino. Aún no me alcanzarás.*

Cuando llegamos al bote por fin, agarramos las sogas para seguir flotándolo hasta la costa. Y cuando llegamos a la arena, después de unos minutos, entre los tres inclinamos la proa del bote hacia el cielo para vaciarlo de agua antes de intentar cargarlo poco a poco. Cuando lo vaciamos de agua, comenzamos a cargar el bote centímetro por centímetro fuera de la marea.

—Un poco más —les dije mientras llegábamos al lugar en la playa donde íbamos a enterrar el bote.

—No hay nadie en la playa, pero comoquiera debemos avanzar —dijo Vicente.

Del bote sacó unas palas pequeñas y cada uno tomamos una. Excavamos en la arena por algunos treinta minutos. Cuando el hoyo estuvo lo suficientemente ancho y profundo, arrastramos el bote adentro y le tiramos la arena encima. Como éramos solo tres, decidimos camuflar el bote y no enterrarlo por completo para avanzar. Cuando terminamos, agarramos los bultos llenos del equipo que habíamos dejado afuera del bote y comenzamos a dirigirnos hacia el camino que nos llevaría a la casa de la Anaconda. Cuando llegamos a una pequeña colina a unos quinientos metros de la casa del hijo de puta, Javier sacó los radios y el dron de su bulto. Probamos los radios para asegurarnos de que seguían funcionando y programados, y luego nos miramos uno al otro.

—Perfecto —dije yo—. ¿Vas a volar el dron, Javier?

—Sí, lo mantendré lo más cerca que pueda de la playa para que el sonido sea distorsionado con el sonido del mar. Que piensen que sea una mosca lejana o algo así los pinches pendejos.

Se veían las luces de la casa desde nuestra colina. Javier preparó su dron «cuadricóptero» y rápido el aparato salió disparado hacia el cielo con el mismo sonido que haría un enjambre de abejas. Entre más alto subía hacia el cielo, más lejano se escuchaba el dron. Y cuando Javier lo comenzó a dirigir hacia la casa de la Anaconda, el rastro audible del dron se perdió entre la brisa del mar y el romper de sus olas.

—Qué raro —murmuró Javier.

Vicente y yo lo miramos esperando que Javier siguiera explicando. Mientras volaba el dron, él se dejaba llevar por una cámara atada al aparato que transmitía la grabación en vivo.

—No hay nadie en el perímetro de la casa. Las luces están prendidas, pero no hay nadie afuera. Imaginaría que ese cabrón tendría alguna forma de seguridad.

Miré a Vicente y él alzó los hombros igual de confundido que yo.

—Sigue buscando. ¿Y las ventanas? Javier movió su cabeza de lado a lado.

—Todas cerradas —él contestó—. No se ve nada. Después de unos treinta minutos, Javier regresó el dron y lo guardó en su bulto. Decidimos rodear el perímetro nosotros mismos para asegurarnos de que no había nadie en las afueras de la casa. Nos separamos y formamos un triángulo alrededor de la casa a unos cien metros de distancia del edificio.

—Fantasma —escuché a Javier decir en la radio—. Nada en mi lado.

Después de un poco de estática, escuché una segunda transmisión.

—En mi lado tampoco —dijo Vicente.

Miré una vez más a mi sector del perímetro.

—Las luces pueden ser un problema —contesté en la radio—. Imagino también que puede tener algún sistema de cámaras el mamabicho.

Hubo un silencio en la noche. No se escuchó ninguna respuesta de parte de Jinete Pálido o Martillo de Guerra, pero comencé a escuchar movimiento al lado opuesto de mi sector y justamente en el área de Javier. Me arrastré unos diez metros hacia mi izquierda para tratar de encontrar un mejor punto de vista hacia el sonido. Justo en ese lugar donde la luz dejaba de alcanzar entre los árboles y los arbustos, vi que una sombra salía de la oscuridad. Mi corazón se comenzó a acelerar. La sombra apareció lentamente de la nada como si hubiese nacido de los mismos árboles.

—¡A la verga! Este pinche marica merece la muerte ya —escuché en la radio.

La sombra se movía más rápido hacia la luz, y cuando por fin se reveló la silueta, vi que era Javier avanzando hacia la casa.

Fuck! pensé mientras me levanté, y corrí hacia él.

Con el rabo del ojo, vi que otra criatura en el otro sector lejano del perímetro se revelaba de la oscuridad. Vicente también salió de su niebla y ahora ambos corríamos hacia Javier, quien estaba corriendo hacia la misma puta entrada de la casa de enfrente. Los tres llegamos a la entrada a la misma vez y nos acomodamos al lado de la puerta, listos para entrar. Javier estaba en el lado izquierdo mientras yo andaba en el derecho con Vicente detrás de mí.

—WHAT THE FUCK? —Vicente y yo le murmuramos a Javier a la misma vez—. ¿Qué carajos haces?

Javier viró los ojos.

—¿Van a seguir comiendo mierda, putos, o vamos a hacer esto? —él nos preguntó.

Mientras Vicente y yo lo cubríamos, Javier sacó un cortador de pernos de su bulto, rompió el candado del portón de entrada con un poco de dificultad, y abrió las rejas para entonces utilizar su ganzúa calladamente contra la cerradura de la puerta. Al abrirla, nos paramos todos al lado del vacío que ahora formaba la entrada hacia un pasillo poco alumbrado. Los tres respiramos profundamente, y con mi mano di la señal para entrar. Como lo habíamos practicado, entramos a la casa y nos dirigimos cuarto por cuarto, listos para matar a la Anaconda y a cualquier otro hijo de puta que se metiera en nuestro camino.

Nada.

Seguimos calladamente por la casa. Tres cuerpos. Una mente. Cada rincón fue revisado en el primer piso, y ni un rastro de alguna persona fue encontrado.

Nada.

Llegamos a las escaleras, y ahí lentamente nos cubrimos mutuamente paso por paso. Cuando llegamos al último escalón, respiramos profundamente y comenzamos el mismo proceso en el segundo piso de la casa. Cuarto por cuarto revisamos, y entonces llegamos al último. Al final del pasillo había una puerta roja oscura, como si hubiese sido pintada con sangre. Estaba cerrada. Los tres nos acercamos a la puerta. Podía escuchar mi propio pulso retumbando en mis oídos. Lentamente la abrí, y de frente me encontré con una ventana enorme abierta que miraba en dirección a la playa. Desde una ventana que no estaba abierta cuando primero entramos a la casa, pude mirar hacia aquel mar negro. No estábamos solos. Sentí un escalofrío en el cuello que bajó por toda mi espalda. Mi piel se erizó, y ahí antes de verlo, escuché su voz profunda decir:

—El viento sonaba una música diferente esta noche.

El cuarto fue alumbrado solo por las estrellas y la luna a través de la ventana, y nos tardamos en darnos cuenta de que, desde una esquina oscura del cuarto, dos ojos amarillentos nos miraban en la oscuridad.

—El viento nos habla, ¿sabían? —dijo la voz desde su rincón.

Los ojos no pestañeaban. Los tres teníamos los rifles apuntando hacia el sonido de la voz, y cuando nuestros ojos se ajustaron a la oscuridad del cuarto, pudimos notar la silueta de un hombre sentado en una mesa con sus piernas cruzadas. El cuarto era una barra casera, y al fijarme mejor noté que había un gabinete enorme de cristal en la pared al lado de la figura oscura. Vi un movimiento casi imperceptible por la rapidez del hombre en la oscuridad, y antes de poder reaccionar, escuché el sonido de un fósforo prender y luego alumbrar una vela pequeña que estaba sobre la mesa al lado de la figura. El fuego bailaba en la oscuridad, pintando sombras sobre la cara serpentina de aquella criatura disfrazada de humano.

—Escuché que me andabas buscando, Novikov —dijo el hombre—. Bueno, aquí estoy.

Se paró de la silla; sus ojos, como dos faros del infierno, nos miraban. La Anaconda. Estaba vestido de blanco.

—Supongo que te has tardado lo suficiente —dijo él.

Escuché el impacto antes de verlo. El cuerpo de Vicente se había movido con la rapidez de una estrella fugaz y solo me di cuenta de lo que había pasado cuando escuché el relámpago de un hueso romper. Quizás varios. Vicente chocó tan fuertemente con la Anaconda que su cuerpo fue lanzado contra la pared, y la luz de sus ojos amarillentos desapareció por unos efímeros momentos. El Canguro sobre la serpiente. Escuché la rabia brotar desde las entrañas de Vicente mientras él liberaba la furia de sus puños contra el cuerpo de aquel hijo de puta. Vicente alzó a la Anaconda al aire y con todas sus fuerzas lo dejó caer al piso. Siguió así una y otra vez hasta que pensé que ya había muerto el cabrón infeliz. Pero Vicente no se detuvo. Él lanzó el cuerpo de su víctima tan fuertemente hacia el otro extremo del cuarto que Javier y yo tuvimos que brincar fuera del medio para no quedar enredados en la tormenta que se estaba soltando en ese pequeño espacio. Javier y yo andábamos parados ahora en la esquina donde la Anaconda había estado sentado al lado del gabinete de cristal. Gracias a la luz de la vela, me di cuenta de que había botellas de alcohol guardadas en el gabinete. Javier sacó una. Vodka. Sacó dos vasos de tragos del mismo gabinete, y alzando los vasos y la botella hacia mí, me ofreció de la bebida.

—¿En serio, Burro? —susurré.

No nos quedaba más que presenciar la destrucción que estaba ocurriendo en esa casa, así que dejé que Javier me preparara uno.

—Creo que todos vamos a necesitar al menos diez después de esta noche —dijo Javier.

Entonces, Vicente lanzó el cuerpo de la Anaconda contra el piso una última vez y detuvo su ataque por unos momentos. Podía ver manchas oscuras por todo el cuarto donde, supuse yo, la sangre de la serpiente había salpicado. En el silencio, solo se escuchaba la respiración fatigada del Canguro, su cuerpo parado sobre el cuerpo abatido de su presa, la luz de la luna alumbrando a ambos a través de la ventana. Después de unos largos segundos, todos escuchamos un suspiro agonizado, el de un alma regresando a un cuerpo roto, perseguido entonces por una risa diabólica.

—Todos somos animales —dijo la Anaconda desde el piso tirado. Comenzó a toser y supe que, además de tener la boca sangrienta, debía tener las costillas rotas.

—Solo que algunos nos dejamos llevar por nuestros impulsos naturales, y otros pelean constantemente con sus más íntimos deseos. Todos tenemos un lado oscuro.

Vicente aún estaba parado como una torre al lado de la Anaconda mientras lo escuchábamos.

—No todo aquel que es bueno es completamente bueno, y no todo aquel que es malo es completamente malo. La diferencia es que personas como tú usan a personas como yo como excusa para dejar esa oscuridad salir. Piensa lo que quieras de mí. Yo me quité mi máscara. Tú sigues con la tuya. Vi un brillo momentáneo desde la dirección del cuerpo de la Anaconda. Había cambiado su mirada a mí. Por más abatido que había estado su cuerpo, sus ojos seguían más vivos que nunca. Un depredador en la noche. Me miraba como si me conociera.

—Soy un pretexto para ti, para que dejes salir aquello salvaje, aquellos demonios que tienes por dentro, sin que ellos te juzguen.

La Anaconda comenzó a reírse de nuevo allí tirado en una piscina de su propia sangre, pero su tos le entrecortó las palabras. Su vestido blanco ahora estaba pintado de rojo, y sus ojos nuevamente miraron a Vicente.

—Nadie es completamente invisible en nuestro mundo. Tú tienes tus hombres. Yo tengo los míos. Son como mariposas nocturnas, volando en el viento, coleccionando cada susurro que la brisa carga. No pensé que tardarían diez años en acabar nuestra historia.

Javier comenzó a prepararnos un segundo trago.

—¿Me quieres matar? Nada que hagas te la devolverá... pero ya esto lo sabemos muy bien tú y yo. Ya conocemos ese dolor. Haces esto solo por placer —seguía la Anaconda.

Pudimos escuchar la respiración de Vicente

acelerar de nuevo. La furia quedaba ahí. Honestamente, pensé que siempre lo estaría.

—Cállate —murmuró Vicente—. Cállate, malparido hijo de puta. Tú no sabes nada. No sabes lo que hiciste. No entiendes el dolor, cabrón. ¡Eres un *puto cabrón!*

La Anaconda miró hacia el techo. Pude escuchar la sangre goteando desde su boca.

—Yo también tuve mi pretexto, Vincent. Tuve ese momento en el que dije «que se joda». No lo tomes personal. La guerra no es contigo.

La Anaconda empezó a toser, pero esta vez la sangre salía en coágulos.

—Supongo que nos convertimos en aquel amor que decidimos dar. Y al igual, ese que no podemos dar, ese que queda atrapado en el corazón, poco a poco se pudre por dentro hasta que corrompe lo que queda de nosotros. Yo trituré a ese cabrón hijo de puta... lo hice pedazos y me deshice de su cuerpo cuando él me la quitó. Tan perfecta que era ella... y me la mató —susurró la Anaconda.

Su pecho roto subía y bajaba lentamente, su respiración interrumpida por la sangre que, suponíamos nosotros, estaba llenando sus pulmones poco a poco.

—Dijeron que fue un accidente, pero me cagué en la madre de ese infeliz por tanto tiempo que me dejó de importar todo. Decidí que, si no podía tener ese amor, nadie más en esta vida lo merecía. La noticia fue como presenciar la muerte del sol, y me perdí en lo negro, así como ella cuando el camión dobló su carro por la mitad. Cuando dejamos ir o perdemos a alguien, también perdemos los sueños que teníamos con ellos, abandonamos el futuro que fue planificado, y la belleza del mundo muere. La quise desde siempre, pero después de eso no me quedaba un carajo. Solo el vacío, así como el espacio negro que se encuentra entre las estrellas.

Sentí náuseas de repente.

—Espérate… —dijo Vicente, volteándose lentamente hacia mí.

Pensé lo imposible en meros instantes.

Te quiero desde siempre… No puede ser.

—La guerra la empecé con Dios, quitándole a sus criaturas lo que Él me quitó a mí esa noche. El amor. Y de esa manera, decidí regar mi furia sobre la Tierra para convertir corazones rotos en demonios, así como lo son ustedes ahora, para que pierdan la fe, así como la perdí yo. La vida no es justa. Nunca lo fue. —siguió la Anaconda.

Te quiero desde siempre…

Había pasado tanto tiempo que no caí en cuenta de ese detalle cuando Vicente me lo mencionó. La nota en cada mujer muerta. La nota en el carro del accidente…

—Mi hermosa *Eva* —susurró la Anaconda hacia el techo.

La luz resplandeciente de la luna y las estrellas se reflejaron en las lágrimas que bajaban por la cara de la serpiente.

—Oh, *fuck* —dijo Javier, sus ojos tan abiertos como los de Vicente al mirarme.

—Todos morimos al final, supongo —murmuró la Anaconda, un sonido final y casi imperceptible escapándose de su boca.

No puede ser, hijo de la gran puta. Cabrón sucio. Puerco. No puede ser.

Todo oscureció y sentí algo primitivo apoderarse de mí. Una furia. Algo perverso, quizás. El mundo se convirtió en un abismo negro. Cuando regresó el color, vi que mi cuerpo estaba sobre el de la Anaconda, mis rodillas hundidas en los charcos de sangre a mi alrededor, y mis manos llenas de aquel rojo oscuro, enredadas sobre la garganta de la serpiente.

—¡Esa era mi hermana, jodío puerco! —gritaba yo.

Lo quería ahorcar. Quería matarlo. Quería sentir la vida abandonar su cuerpo fracturado. Quería atrapar la luz de sus ojos y tragármela para que nunca más viera la mañana. Pensar que un infeliz asqueroso como él pudiese haber estado con mi hermana me enfurecía, un veneno lento que llenaba mis venas y me daban ganas de vomitar. Quizás la muerte que tuvo ella fue un escape. Jamás ella hubiese merecido la desgracia de estar con una basura como la Anaconda, o peor aún, tener una muerte más trágica de esas que solo aquel hijo de puta sabía causar. Las lágrimas de la Anaconda continuaban bajando por su cara, sus ojos brotando de su cara por la presión de mis manos en su cuello y su falta de oxígeno.

Te voy a matar, hijo de puta.

Las venas en mis brazos y mis manos sobresalían y se marcaban en mi piel, la sangre y la adrenalina pulsando por mi cuerpo salvaje. Tanta rabia. Sentía las uñas de mis dedos enterrándose en el cuello de la Anaconda, pero justo cuando sentí que mis fuerzas iban a romper su tráquea, dos manos me halaron fuertemente hacia atrás, despegándome de él.

—Él es mío, Adrián —dijo Vicente, parándose en medio de la Anaconda y de mí—. Yo lo voy a acabar. Con un suspiro desesperado, la Anaconda intentaba respirar, pero solo se escuchaba cómo se ahogaba en su propia sangre. Vicente caminó a la esquina donde Javier aún estaba parado. Cuando llegó a él, Vicente le quitó la botella de vodka, tomó un largo trago, y rompió la botella contra la pared. En una mano él aguantaba un frasco de cristal roto, y con la otra había cogido la vela que aún estaba encendida sobre la mesa. Con los dos objetos se arrodilló sobre la Anaconda. Los ojos serpentinos lo miraban fijamente, ya aceptando su propio fin. Con el frasco roto de cristal, Vicente le sacó los ojos a la Anaconda. La serpiente abrió su boca, quizás para gritar, pero solo se escuchaba la gárgara de la sangre en su garganta. Y luego hubo silencio.

Pensé que todo había acabado ya, pero Vicente entonces metió los ojos de la Anaconda en la boca de este. Luego, como si ya no hubiese sido suficiente castigo, derramó la cera caliente y derretida de la vela en los agujeros donde antes llenaban los ojos de la Anaconda. Y para acabar, Vicente enterró lo que quedaba de la vela profundamente en la garganta de ese hijo de puta muerto. Él siguió y siguió; su puño ensangrentado seguía metido en la boca del cadáver, enterrando la vela y los ojos más y más cada vez, llorando con mucho más que unas pocas lágrimas, con toda su furia, su dolor, deshaciéndose de una eterna carga por primera vez en diez años.

Javier y yo velábamos en silencio a nuestro amigo que, en esos momentos, estaba más roto aún que el cuerpo muerto tirado en el suelo de aquel cuarto. El viento entraba por la ventana, y yo le rogaba a la brisa que esa noche se quedara como un secreto. Cuando no quedaba más de ninguno de nosotros y el cadáver fue irreconocible, Vicente se paró y calladamente susurró:

—Vámonos.

Nos desaparecimos de la habitación tan calladamente como el espíritu de la muerte. Salí de la casa, pero no fue después que íbamos a mitad de camino de regreso al bote que me di cuenta de que Javier no estaba con nosotros. Mi corazón comenzó a acelerar nuevamente.

—¡Vicente! —traté de gritar calladamente. Vicente estaba a unos quince metros al frente, guiando el camino hacia el bote. Cuando me escuchó, paró y se volteó hacia mí. Con la mano hizo una seña preguntándome qué quería.

—¿Dónde está Javier?

Al percatarse de que Javier no estaba, vi sus ojos abrir con la misma preocupación que estaba pasando en esos momentos por mi mente.

Tú tienes tus hombres. Yo tengo los míos.

Después de muerto, el cabrón aún seguía en mis pensamientos. Tenía miedo de que alguien más hubiese atrapado a Javier.

—Tenemos que buscarlo —comencé a decirle a Vicente, cuando de pronto escuché un movimiento en la vegetación en la colina cerca de nosotros. Vicente y yo nos tiramos al suelo inmediatamente. De la grama alta salió una sombra, y ahí de nuevo estaba el puto Burro.

—¡Pinche cabrones, miren lo que conseguí en la casa de ese marica! —dijo Javier mientras caminaba hacia nosotros con las manos llenas de joyas.

Al acercarse, el brillo de los diamantes y las otras piedras aumentaba con la luz de la luna. Yo me paré del suelo e inmediatamente le di un empujón fuerte a Javier en el pecho.

—¿Qué carajos te pasa, cabrón? Ya es la puta segunda vez esta noche que rompes las reglas. ¿Qué parte de que no te salgas del plan no entiendes, *fucking* bruto?

Javier se había desbalanceado y, cayéndose, enterró la boca de su rifle en la tierra.

—Oye, güey, no seas así — murmuró Javier, sus ojos sorprendidos y decepcionados a la vez—. Solo pensé que deberíamos quitarle todo a ese hijo de puta.

Javier desenterró su rifle de la tierra, recogió las joyas que se le habían caído, y con la cabeza caída, me pasó por el lado y comenzó a caminar solo hacia el bote. Cuando todos llegamos, lo desenterramos sin hablar y seguimos el mismo proceso para entrar a la marea y comenzar nuestra carrera antes de que saliera el sol. Cuando estuvimos ya en el agua, le di los grados a Javier para que ajustara la dirección de regreso a nuestra playa escondida. En ese tránsito nos quedamos en silencio. La noche nos tragó, y me di cuenta de que a veces la vida trataba de simplemente sobrevivir las decisiones injustas de otras personas.

El ojo de la
tormenta

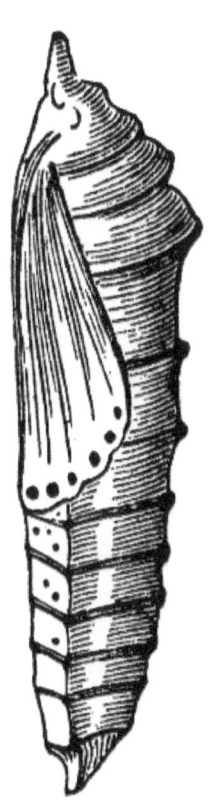

CATORCE

La vida es una guerra. O al menos, de eso nos convencemos. La vivimos así por tanto tiempo, sin realmente pensar contra qué o quién la llevamos, y a veces es muy tarde cuando nos damos cuenta de que la vida no trata solo de la supervivencia. ¿Cuántas veces hemos deseado quedarnos dormidos tan profundamente, quedarnos perdidos en un abismo de otra dimensión por tanto tiempo, que cuando por fin despertemos hemos podido olvidar cada batalla del pasado y seguir la vida como si fuera un comienzo nuevo? Pero, ¿cuántas veces nos hemos despertado de un sueño profundo para solo darnos cuenta de que por más que enrollemos y torzamos el hilo de nuestro destino, el principio y el final siempre permanecerán iguales? La vida es una guerra, quizás. O a lo mejor, la vida solo es una serie de circunstancias peleando entre las mentiras de este mundo, para que un día cada una de ellas por fin puedan salir a la luz de la verdad. Quizás la guerra no sea de nosotros sino una batalla entre los cosmos. De todos modos, estamos atrapados en medio de ella.

—

La sangre nos unía, excepto que no era la de nosotros. Era la sangre ajena que habíamos derramado en guerras secretas, y eso, quizás, para algunos, pesa más que hasta el mismo hierro.

La música en el Hades retumbaba esa noche; las vibraciones se apoderaban de nuestros cuerpos y nos regalaba un modo de escape, junto al alcohol, para olvidar esos últimos eventos de nuestras vidas. Andábamos Vicente, Javier y yo ahogándonos con una botella de vodka. O quizás era la segunda. Pero más probable, estábamos empezando la tercera.

Mientras tanto, en alguna parte cercana de ese Viejo San Juan, un hombre que llevaba diez años ya adicto a la adrenalina de la suerte y el chance andaba cagándose en la madre del casino en el que estaba mientras su esposa atendía la última noche de su conferencia médica en un hotel de Condado. En otra parte de Puerto Rico, un jibarito y una princesa andaban acostados con la ventana de su cabañita abierta, mirando juntos hacia un lago que reflejaba la luna y las estrellas. Y en alguna otra parte de esa hermosa y mágica isla, una pareja casada que estaba de visita andaba explorando otros lugares de su juventud.

—Quizás mate a mi equipo de seguridad completo por ser tan hijos de putas y trabajar para un narcotraficante —dijo Vicente antes de meterse un trago a la boca.

Cogió la botella de vodka, llenó su vaso de nuevo, y después llenó el mío. Yo me quedé mirando el líquido cristalino que invadía mis venas cada vez un poco más.

—Pero estaban trabajando para ti... no para cualquier narcotraficante —contesté.

—Ellos no saben la diferencia. Son todos unos hijos de puta —respondió Vicente—. Además, tú escuchaste a la Anaconda. De alguna manera él supo de mí. Quizás no fue a propósito, pero alguien dijo algo que no debió haber dicho en el momento y lugar equivocado. Y quizás uno de los hombres de la Anaconda lo escuchó. Son los detalles pequeños que importan, los que se acumulan con el tiempo para pintarte un blanco en la espalda. No puedo confiar. Si no los mato a todos por hijos de puta, los mato por no saber morderse la lengua.

Moví mi cabeza hacia arriba y abajo pensando.

—Bueno, supongo que eso es una alternativa —dije yo sobre el sonido de la música—. O podríamos desaparecernos... irnos para otra parte del mundo.

Vicente me miró después de unos segundos y preguntó:

—¿A dónde?

—No sé —le contesté—. Podríamos vivir como reyes en Tailandia. Invertimos nuestro dinero en la bolsa de valores y vivimos de los dividendos que nos pagan. El costo de vida es mucho menos allá.

Vicente se quedó callado. Sus hombros cayeron un poco, y vi que su mirada estaba enfocada en algún lugar lejano, quizás en otro mundo, en una dimensión imposible que solo existe en sus pensamientos. Di un profundo suspiro, bebí mi trago, y miré a Javier. Él andaba muy callado desde la muerte de la Anaconda.

—¿Y tú, Burro? —le pregunté— ¿Regresas a lo normal en Washington? Supongo que sacarás algo de las joyas que te llevaste.

Sin mirarme, Javier comenzó a hablar.

—No sé, güey —contestó—, solo fueron unos pocos diamantes, si es que no son falsos. Y unos pocos zafiros.

Gotas de agua bajaban del vaso frío de Javier y caían sobre la barra. Él con un dedo trazaba lo que yo pensaba que originalmente era un ocho. Al percatarme mejor, me di cuenta de que era el símbolo de infinito lo que él marcaba sobre la superficie mojada que su vaso frío dejaba.

—¿Sabes que los zafiros representan el amor eterno? —dijo él.

Yo me reí sarcásticamente.

—Eso es pura mierda, Javier —le contesté mientras me paraba de la barra.

Le di un golpecito a él y a Vicente en la espalda.

—O quizás lo eterno no es tan *para siempre* como pensaba antes. Los veo luego. Voy a regresar al hotel.

Javier me dijo adiós de lejos con la mano. Vicente se quedó enfocado en su mundo. Ni una palabra salió de su boca. Yo me volteé y sentí que el mundo se movía a mi alrededor.

Joder, pensé. *Qué mierda...*

Comencé a caminar lento para no perder el balance. No me había dado cuenta de la multitud de gente que había en el Hades esa noche, pero ahora que tenía que atravesar ese mar, me parecía imposible. Comencé poco a poco, cruzando entre un grupo de chicas que me coqueteaban con los ojos, hasta por fin llegar a la salida de ese lugar. Al salir de las profundidades nocturnas del Viejo San Juan, sentí un alivio en el aire fresco y la brisa que traía el mar cercano.

En otra parte de San Juan, un hombre le decía a otro:

—Nicolás, ya es suficiente. Te tienes que ir. Embriagado, Nicolás salió del casino y se sentó en la acera a esperar. A esperar a que se le fuera la *nota*. A esperar un cambio. A esperar un mejor futuro. A esperar algo nuevo. O quizás, a esperar por un sueño profundo que lo dejara comenzar la vida de nuevo al despertar.

—Alguna vez pensamos que ser jóvenes y estar enamorados era suficiente... pero ¿ahora qué? — murmuró Nicolás.

Estaba hablando solo en una acera frente de un casino en alguna parte distinta de ese Viejo San Juan mientras yo, sin saberlo, quizás unos segundos antes, quizás unos después, me encontraba en la acera frente al Hades pensando lo mismo. Él, avergonzado y sentado en aquella acera desolada, sacaba el teléfono de su bolsillo para mirar una foto de su mujer. Yo, en cambio, miraba hacia el cielo pensando: *Quizás... quizás... quizás.*

—

En otra parte de Puerto Rico, el jibarito de Guayama estaba acostado en la cama de su cabañita. La princesa andaba de rodillas en la cama mirando por la ventana hacia el lago. El jibarito miraba la espalda desnuda de ella, trazando con sus ojos los lunares que formaban un rompecabezas que solo se completaba con besos, con el deslice de sus dedos, y el calor de una noche puertorriqueña. Él la sobaba. Los dedos le flotaban sobre la piel, un baile rico que siempre regala ese escalofrío del bueno. Ella sonreía, mirando hacia la luna y la luz que se reflejaba en el lago.

—Anoche soñé contigo —dijo el jibarito, un susurro.

La princesa se volteó con una sonrisa y se sentó sobre el jibarito acostado.

—Yo no te di permiso para que soñaras conmigo —le dijo ella a él tratando de actuar seria y de no reírse.

Él comenzó a sobarle los muslos.

—Soñé que yo era la cabañita, y que mis paredes se derrumbaron. —El jibarito comenzó a decir—. Tú eras una mariposa, y así cuando caí en pedazos, te fuiste lejos a volar. Yo te vi desde mi destrucción. Te vi aun en la noche. Vi como volabas, libre y salvaje, lejos de aquí.

El jibarito movió una mano hacia el rostro de la princesa, y, con un dedo, delicadamente le sobaba la mejilla.

—Entonces entendí el significado real de extrañar, de sentir mis suspiros lejos, escondidos dentro de los pulmones de otra persona. Te vi irte y entendí lo que significaba enamorarse de la felicidad genuina, esa mezclada entre risas, entre ojos que brillan como el reflejo del sol en el mar o como la luna en nuestro lago. Y en un instante, entendí el dolor de perderlo todo, de sentir mi corazón arrancado violentamente de mi pecho. Pero también entendí los secretos de la paciencia, de la habilidad infinita de poder esperar hasta que acabe el mundo, hasta que lo único que reste en esta vida sea tu alma y la mía. Entendí que, si no vuelvo a tenerte, dormiría solo para encontrarte en sueños con la esperanza de que, al despertar, encuentre de nuevo tu mirada, y en ella escondida un hermoso amanecer. Mi amor, jamás cansaré de embriagarme con tu dulzura, de esa que trago entre tus besos, tu paz, esa miel que tu alma produce y que tus labios regalan.

Los ojos del jibarito contenían mares llenos de ese amor inevitable por lo inatrapable, ese amor sin medidas, salvaje, y que decide no desperdiciar ni tan solo un segundo, por más dolor que desgraciadamente exista al final.

—¿Qué más feliz puedo ser si lo he encontrado todo? ¿Qué más queda si contigo el universo ya se siente completo?

Los ojos de la princesa brillaban, llenos de aquel amor que solo existe una vez en la eternidad. Ella tomó con su mano la del jibarito y plantó un beso suave sobre los dedos de él. Se acostó entonces sobre su pecho, y llorando calladamente, su espíritu se arreguindaba del hogar que ella había encontrado.

—Por más libre que sea, por más que decida irme a volar, siempre regresaré aquí. Te perseguiré hasta la próxima vida —ella susurró—. Aunque me cueste todo.

—

Mientras un jibarito y una princesa en Guayama se quedaban dormidos pegados uno al otro, una doctora en Condado sacaba el teléfono de su cartera para ver quién la estaba llamando durante su conferencia. Al ver quién era, viró los ojos, y contestó.

—Nicolás, no tengo tiempo ahora mismo. Hablamos después.

Antes de que pudiera hablar, la doctora terminó la llamada y Nicolás quedó solo nuevamente en aquella acera. Borracho, molesto, y sin poder conducir. Decidió caminar por las calles un rato sin ningún destino en mente. Siguió caminando y caminando hasta que un taxi comenzó a guiar lentamente a su lado. El conductor bajó su ventana, y cuando Nicolás miró hacia adentro, se fijó que era un hombre de piel oscura.

—¡Oye, tigre! —gritó el conductor—. ¿Quieres que lo lleve a algún la'o? 'Ta caliente esta vaina y lo veo ahí sudando. Ven, móntese.

Nicolás estaba cansado ya de caminar y no le costó otro remedio que aceptar la oferta. Él abrió la puerta, pero justo cuando se iba a montar, escuchó que alguien de lejos le gritaba a sus espaldas. Al fijarse bien, o lo que pudo en su embriaguez, vio la figura difuminada de un hombre más abajo en esa misma calle haciéndole señas con las manos.

—¡Espera! —gritaba el hombre—. ¡Taxi! Nicolás, ya bastante irritado, no pensaba compartir el taxi con algún desconocido, así que se montó, le dio la dirección de su casa al taxista, y así dejaron detrás al hombre solo en la calle. El taxista condujo en silencio por un tiempo, tanto tiempo que Nicolás había pegado sus ojos, cuando de repente el taxista gritó:

—¡*Mielda!*

Su taxi nuevamente pasó sobre uno de los infames boquetes de Puerto Rico, despertando a Nicolás con un brinco. Mientras el taxista miraba por el retrovisor, Nicolás miraba por la ventana de atrás hacia el agujero negro que se había formado con el tiempo en la carretera.

—¡Santa madre! —gritó el conductor—.

¿Cuándo *coño* piensa el gobierno arreglar mis calles? Disculpa por despertarlo, hermano.

Nicolás se acomodó en el asiento. Le dolía la cabeza. Le dolía la espalda. Y especialmente, le dolía su cartera.

—¿Una noche fuerte? —preguntó el taxista—. Yo estoy loco por llegar a mi casa a comerme el mangú de mi mujer.

Nicolás suspiró profundamente.

—Quisiera decir lo mismo —dijo él.

El taxista lo miró por el retrovisor y abrió la boca para decir algo, pero se detuvo. Estuvieron en silencio por unos minutos.

—La vida es simple, hombre —comenzó a decir el taxista—. Nacemos. Jugamos. Aprendemos a pedir y a decir las cosas importantes cuando necesitamos decirlas. Pero, tigre, en algún momento, perdemos eso. No sé por qué rayos. Después de viejos, decidimos que las cosas importantes son las más difíciles en decir. Somos nosotros quienes complicamos esta vaina.

El taxista miró de nuevo por el retrovisor.

—No sé si uste' me entiende.

En realidad, no. Nicolás no lo entendía, pero movió su cabeza hacia arriba y abajo.

—Bueno, hermano. Aquí 'tamos. Son veinte dólares —dijo el taxista al llegar a la dirección de Nicolás.

El taxista se volteó en su asiento esperando el dinero, pero cuando vio que Nicolás rebuscaba entre sus bolsillos tratando de encontrar el dinero que no estaba, entendió que esa noche no le iban a pagar. El taxista suspiró.

—Mira, hermano, no se preocupe. Un cliente me dio una propinita buena los otros días y eso va a cubrir su tarifa. Se nota que uste' ha tenido una noche difícil. Descansa, y que Dios me lo bendiga.

Nicolás abrió los ojos sorprendidos, y tímidamente se bajó del taxi.

—Gracias —dijo Nicolás, incrédulo.

El taxista le dijo adiós con la mano y se fue guiando satisfecho de que al menos pudo ayudar a una persona durante su día. Nicolás se volteó y comenzó a caminar hacia la entrada de su casa. Mientras llegaba a su hogar, en otra parte de Puerto Rico, la pareja casada que vino a visitar desde Estados Unidos andaba en un viejo parque del vecindario donde la mujer antes vivía. Los dos estaban sentados en los columpios bajo las estrellas, y nada más en esos momentos importaba para ellos.

—Han pasado tantos años ya—dijo la mujer meciéndose en el columpio mientras miraba hacia el cielo.

El hombre se mecía en el columpio también, pero él en cambio la miraba a ella. Ella se dio cuenta y preguntó coquetamente:

—¿Qué miras?

Él se rio y movió su cabeza de lado a lado.

—Dime. —Ella continuó, riéndose ahora también. El hombre suspiró, y luego, con una mano, señaló hacia la mujer.

—Esa carita —dijo él—. ¿Cuántas estrellas cayeron del cielo para pintar tu piel? ¿Cuántas de esas luces fugaces seguía yo con la mirada para darme cuenta de que cada una de ellas siempre me llevaban a ti?

Bromeando, la mujer viró los ojos, se paró de su columpio, y comenzó a caminar hacia el hombre.

—¿Cuál otra forma del destino para dejarme saber que siempre fuiste tú, que siempre yo te pertenecía a ti? —siguió el hombre.

La mujer se paró frente a él y lo abrazó. Él, sentado en el columpio aún, enterró su cara en el pecho de ella. La camisa suave de la mujer acariciaba la cara del hombre como una almohada.

—Eres demasiado *cursi* a veces, ¿lo sabes? —dijo ella riéndose.

Él alzó la mirada hacia los ojos de ella.

—Solo porque te gusta tanto—contestó él sonriendo.

La mujer comenzó a sobarle el pelo al hombre.

—Pero nunca lo admitiré —dijo ella.

El hombre rio fuertemente, y así bajó las manos de la cintura de la mujer y le apretó las nalgas de sorpresa. Ella abrió los ojos y le dio un golpe juguetón en el hombro.

—Ay, pero eso sí me gusta —dijo ella—, y se dobló para darle un beso largo a su esposo en la boca.

Ambrosía, pensó él.

—Aquí bailamos una vez —le dijo él a ella entre besos.

Él se paró del columpio y ella se quedó pegada a él.

—¿Bailamos otra vez? —preguntó ella.

El hombre la tomó suavemente por la cintura.

—Sí —él le contestó—. Y otra vez cuando seamos viejos.

Ella sonrió y pegó su cara al pecho de su esposo.

—Qué afortunada de poder decir que esta vida la viviré contigo —dijo ella.

Bailando juntos bajo las estrellas, sin música, sin interrupciones, dando cada paso al ritmo que entonaba su amor, él contestó:

—Y todas las siguientes también.

Los corazones latían en la noche. Los coquíes cantaban. Esos eran los únicos instrumentos que ellos necesitaban.

—

Caminando entre las calles del Viejo San Juan, quería deshacerme de mi embriaguez lo más posible. Pero honestamente, aún me sentía borracho *pal carajo*. Decidí caminar en dirección a Condado hasta que me encontrase con algún taxi. Caminé un rato, dando cada paso lentamente por los callejones de esa misteriosa parte de la ciudad. Caminé lento, contando adoquines y mirando los diferentes colores de las paredes. Caminé hasta que pude caminar un poco más rápido, y ahí, a la distancia vi un hombre que se montaba en un taxi.

—¡Espera! —grité, señalando con mis brazos y mis manos para que me viera. Borracho como estaba, el movimiento salvaje y repentino de mi cuerpo me dio nauseas.

—¡Taxi! —grité.

El hombre que se estaba montando al vehículo se detuvo un momento, miró en mi dirección, y rápido se montó. Solo vi la silueta del hombre, ya que mi embriaguez se estaba apoderando de mí.

Hijo de puta, pensé, y me doblé en la calle a vomitar.

Después de unos minutos de sentir que mi estómago iba a salirse por mi boca, continué caminando hacia el hotel en Condado. Me tardé una hora. Suficiente tiempo para bajar la embriaguez, aunque fuera solo un poco. Cuando llegué por fin al hotel, la recepcionista de pelo rizo me saludó de lejos mientras yo subía por el atrio. Llegué a mi cuarto, y lo primero que hice fue limpiarme la boca y sacarme el sabor de alcohol y vomito. Cuando terminé, comencé a organizar los bultos que había traído de la casa de Vicente luego de la operación. Sacando mis cosas del bulto negro para organizar todo, encontré nuevamente el sobre con la solitaria *C* escrita sobre él. Lo miré unos segundos, y fui hacia la mesa del cuarto y dejé el sobre ahí. Inmediatamente, escuché que alguien estaba tocando la puerta de mi cuarto. Comencé a esconder todas las cosas pertenecientes a la operación, lo más rápido que pude. Cuando sentí que todo aparentaba normal, fui y abrí la puerta.

—

Esa noche, Javier se quedó bebiendo en el Hades un rato más, regalándole algún tipo de compañía a Vicente, quien se quedó callado el resto de la noche. Cuando ya no pudo más, él también se paró de su silla, le dio un golpecito en la espalda a Vicente, y se despidió.

—Cuidado por ahí, Ruso —dijo Javier.

Javier también tuvo que pasar por el mar infinito de jóvenes que andaban bailando pegados y escuchando la música electrónica.

Muévanse, pinches pendejos, pensó él.

Cuando por fin llegó a la salida, tuvo mucha más suerte que yo y rápido pudo encontrar un taxi que lo llevará al hotel en Condado. Cuando entró por las puertas, se sorprendió al ver a un conocido subiendo las escaleras del atrio hacia el pasillo de las habitaciones. Estuvo a punto de gritar para decirle «Buenas noches», cuando se fijó en alguien que lo sorprendió aún más. Curiosa, quizás incrédula y poseída por algo que ella no podía describir o controlar, una mujer cruzaba el *lobby* del hotel lentamente mirando en dirección al atrio. Javier vio el pelo rojo de ella, y, al reconocerla, inmediatamente se escondió para que ella no lo viera. Tenía el pelo tan largo que bailaba tocando sus caderas, era un vaivén tras cada paso que ella daba, con cada escalón que subía. Los cosmos eran testigos del espectáculo: una vida velando una vida que velaba a otra. Javier se acercó poco a poco, subiendo las escaleras detrás de ella una vez que se perdiera en el pasillo del segundo piso.

Él la siguió, y cuando llegó al último pasillo, vio que ella estaba parada frente a una puerta. Estuvo parada allí unos minutos. Alzó la mano para tocar la puerta, pero luego la bajó y comenzó a caminar de nuevo hacia el atrio. Javier se escondió tan rápido que por poco se tropieza. Murmuró:

—Pinche puta.

Cuando logró balancearse, se asomó de nuevo al pasillo para ver que la pelirroja se había detenido y andaba mirando el piso, perdida, quizás en sus pensamientos. Finalmente, todos tenemos ese lado animal que no podemos controlar. Ella se dejó llevar por sus impulsos. Se volteó, caminó de nuevo hacia la puerta y, sin pensarlo otra vez, la tocó. Javier esperó. Ella también esperó. Estaba a punto de irse cuando la puerta abrió. Ella no estaba segura si había visto a la persona que pensaba en el *lobby* de ese hotel, pero al verle por fin la cara al hombre, ella confirmó que era imposible haberse equivocado.

—Camila —dije sin poder creerlo.

La tenía a solo un metro de distancia.

—Adrián —dijo ella.

Un millón de universos explotaron a la vez en mi mente. Ella, parada allí con su pelo rojo, su traje y sus ojos azules, y lo único que pude pensar fue, *Quizás... quizás... quizás el pasado a veces nos sigue.*

QUINCE

La odié al instante en que abrí la puerta y la vi después de tantos años. La odié con todas mis fuerzas, pero dicen que del amor al odio solo hay un paso. Quizás entonces del odio al amor, puede ser igual. En tan solo un segundo volví a caer. Supongo que, de alguna forma u otra, todos somos prisioneros de nuestros vicios. Ella, sin duda, siempre fue el mío.

—Camila —dije incrédulo.

La miré completa. Su piel forrada por pecas tenía una incandescencia cálida, como si alguna parte del sol hubiese nacido entre sus venas y quedó esa luz atrapada en ella como su lugar final de descanso. Sus ojos contenían dos mares oscuros que poco a poco reflejaban un cielo más claro. Su boca pintada era mi mayor tentación, y allí no pude evitar mirar sus labios mientras ella me comenzaba a hablar.

—Adrián —dijo ella—, no puedo creer que eres tú.

Qué difícil es esto de querer sin querer hacerlo, de amar ciegamente a veces, y de entender que en ocasiones las cosas son bellas simplemente porque no duran para siempre.

—¿Qué haces aquí? —preguntó ella.

Entre la caminata de una hora desde el Viejo San Juan y la sorpresa de encontrarla a ella, sentí que mi embriaguez poco a poco se dejaba dominar por la adrenalina y el nerviosismo en mi cuerpo. Quería tocarla, sentirla, y saber que no era mi imaginación jugando conmigo, como suele hacer. Y a la vez, no podía hablar. Quería cerrar la puerta y no tener que pasar por la tortura de tenerla ahí tan cerca, de tenerla ahí a tan solo un metro de distancia y comoquiera resultar ser demasiado lejos para mí.

—Vine unos días para visitar a mi mamá— contesté pensando en lo primero que se me ocurriera, el recuerdo de nosotros mezclado con el recuerdo del accidente de Eva.

Su rostro cambió y noté tristeza en sus ojos. Quizás ella por fin había podido entender que hacía diez años, perdí a más de una persona a la vez. Yo, en cambio, había sentido algo de satisfacción al recordarle a ella que me había destrozado el corazón en el momento en que más la necesitaba.

—¿Cómo está ella? —preguntó Camila.

Es increíble lo volátil que es el corazón y su habilidad de poder odiar a una persona completamente... y de poder amarla a la misma vez. El recuerdo de nuestro amor fue lo único que pude respirar por tanto tiempo. Después de ella, ningún otro nombre me supo igual al nombrarlo.

—Bien —fingí.

Ella movió su cabeza lentamente hacia arriba y hacia abajo, su mirada flotando hacia algún lugar lejos por unos segundos. Luego me miró de nuevo y, acercándose, me preguntó:

—Y tú, ¿cómo estás?

Ella alzó la mano para tocarme el hombro, pero al ver un anillo desconocido en su dedo, instintivamente di un paso hacia atrás. Ella bajó la mano de nuevo, tratando de disimular su intento.

—¿Hasta cuándo estarás en Puerto Rico? —preguntó ella.

La imagen de su mano quedó grabada en mi mente, y solo pude pensar en el diamante y los zafiros que le regalé una vez, y que ahora andaban perdidos en alguna parte profunda del mar.

—Solo unos días más —contesté—. ¿Y tú? ¿Qué haces aquí?

Ella alzó los hombros y me regaló una sonrisa tímida.

—Soy doctora ahora —contestó—. Teníamos una conferencia médica en el hotel. Hoy fue el último día.

Luego de pensar unos momentos, caí en cuenta.

—¿En la Sala de Oro? —pregunté.

Ella de nuevo movió su cabeza hacia arriba y abajo y contestó:

—Sí.

Me le quedé mirando en silencio, inseguro de qué más decirle. Había pasado tanto tiempo, un espacio enorme de diez años formado entre nosotros, y aunque tenía tanto que decirle, mi mente se llenó tan rápidamente de pensamientos que sentí explotar por dentro. Todo se volvió blanco; quedé sin palabras. Al ver que no tenía más que decirle, ella dio un paso atrás.

—Bueno —comenzó a decirme—, qué bueno verte. Te dejo para que descanses.

Me quedé en silencio. Ella se volteó y comenzó a caminar de nuevo por el pasillo que la llevaría al atrio del hotel. Caminó y se alejó una vez más de mi vida, yéndose a volar como un pájaro libre, como algo inatrapable. Comencé a cerrar la puerta de mi cuarto, y justo cuando pensé que la iba a perder por segunda vez, ella se volteó de nuevo.

—Adrián —dijo—. Quiero verte antes de que te vayas.

Y así, con una sonrisa, ella se volteó y siguió caminando hacia su destino. Yo cerré la puerta, fui hacia el escritorio donde había dejado el sobre con la solitaria *C*, lo miré, y rápido tuve que correr al baño. Vomité el resto del alcohol. Quizás el odio. Y quizás, también, parte del amor.

Esa noche soñé que estaba en la jungla de nuevo, que estaba atrapado en el caos repentino de una legión de mariposas a mi alrededor, que pronto llegaría el día en el que pudiera regresar a mi amor, que solo tenía que dar un paso más para escaparme del aleteo y de ese lugar secreto. Desperté al día siguiente y vi que no era nada como lo que esperaba. Entendí que me había escapado de ese lugar hacía tiempo, y que los sueños tan solo son, en mejores ocasiones, una forma de mantener vivo lo que ya una vez había muerto.

Esa mañana me bañé, me vestí, y me dirigí hacia el *lobby* del hotel. Ya que nos quedaban solo unos días a Javier y a mí en Puerto Rico, decidimos pasar parte de ese día con Vicente. Iba a salir del hotel para ir a esperar al hombre de ojos verdes en su guagua, como siempre, cuando de repente escuché a alguien gritar mi nombre.

—¡Señor Peña! —gritó la voz.

Al voltearme, vi que era mi recepcionista favorita con su pelo rizo y su sonrisa impecable.

—Disculpa, es que le dejaron esta nota conmigo anoche —dijo ella, entregándome un sobre pequeño y sellado—. Es de parte de uno de los miembros de la conferencia médica. No sabía que usted trabaja con ellos.

Confundido, la miré y contesté:

—No, no trabajo con ellos.

Al abrir el sobre saqué una pequeña carta blanca con un corto mensaje escrito sobre ella.

*Esta tarde a las seis. Nuestro viejo lugar en el
Viejo San Juan. ¿Caminamos juntos?*

Cami

Me quedé mirando la carta unos momentos,
perdido en la imposibilidad de las palabras que leía
una y otra vez.

—¿Señor Peña? ¿Se encuentra bien? —preguntó
la recepcionista.

Rompí mi hipnosis y la miré a los ojos. Ella me
miraba con curiosidad y quizás algo de
preocupación. Sus ojos oscuros brillaban. Pensaba yo
en esos momentos que su alma venía del cielo.

—Sí, estoy bien —contesté—. Gracias por esto.
Puse la carta de nuevo en su sobre y luego lo guardé
en mi bolsillo. Le dije adiós a la recepcionista y
caminé hacia la salida del hotel para comenzar la
misma rutina para ir a la casa de Vicente. Cuando
llegué a la salida, la pareja casada que vino de visita
estaba allí, saliendo a la misma vez, y me aguantaron
las puertas. Cuando miré al hombre, pensé de
repente que lo conocía de algún otro lugar, pero más
probable, él simplemente tenía una de esas caras que
se parecen a alguien que conoces. Me fui y esperé en
las dos calles más abajo, a la derecha del hotel, como
siempre. Allí, después de unos minutos, me
recogieron, me pusieron el bolso negro en la cara, y
me llevaron hasta la casa del Ruso. Como siempre,
bajé las escaleras en el bosque para pasar por el
portón donde andaba el guardia nervioso, y después
de un «Buenos días, Fantasma», me dejó entrar.
Javier ya estaba allí. Me dirigí hacia la sala de la casa

mientras Vicente sacaba tres Medallas de la nevera (porque nunca es demasiado temprano para beberse una con sus hermanos), y entonces nos fuimos para la cueva.

Nos sentamos en la mesa juntos y yo le pregunté a Vicente:

—¿Cómo estás?

Él alzó los hombros sin contestar y se puso a mirar por la ventana. Yo miré el resto de mi alrededor y me di cuenta de que había algo nuevo en el cuarto. En una pared, Vicente tenía pegadas las fotos de todo su equipo de seguridad. Di un profundo suspiro, sospechando por qué Vicente las tenía allí, pero decidí no preguntar. Seguí mirando por el cuarto hasta que miré a Javier. Él me andaba mirando con una intensidad callada. Tomó un trago de su Medalla, pero ni pestañó. Me seguía mirando.

—¿Me quieres besar, cabrón? —le pregunté.

Javier sacó la mano y me dio una bofetada en la parte de atrás de la cabeza.

—Hijo de pu… —comencé a decir cuando él me interrumpió.

—¿Tienes algo que decirnos, puto? —me preguntó él mientras se acomodaba de nuevo en su silla. Vicente, sorprendido, nos miraba curiosamente.

—Carajo—dije sobándome la cabeza—. ¿De qué mierda hablas?

—No te hagas el pinche loco, pendejo. De anoche. Sabes de lo que te hablo.

Vicente ahora tenía la intriga y se acomodó para mirarme directamente.

—¿De qué él habla? —preguntó él.

Suspiré, viré los ojos, tomé un trago de mi cerveza, y luego saqué el sobre con la carta de mi bolsillo, preguntándome cómo Javier sabía sobre la noche anterior. Tiré el sobre en la mesa. Javier sacó la mano para cogerlo, pero Vicente llegó primero. Él sacó la carta del sobre y comenzó a leer. Decepcionado, quizás, él preguntó:

—¿Qué es esto?

Les conté sobre el suceso de la noche anterior y Javier luego contó su versión. Javier entonces alcanzó sobre la mesa y agarró la carta de las manos de Vicente.

—¡Déjame ver, güey! —dijo Javier. Él abrió los ojos y movió su cabeza de lado a lado.

—No lo hagas, pendejo —dijo él.

Después de un silencio, contesté:

—Tengo que ir. Tengo que saber cómo termina esto.

Javier y Vicente se miraron uno al otro y ambos viraron los ojos.

—¿Por qué, güey? —dijo Javier.

—¿Por qué no? —contesté yo. Vicente suspiró profundamente.

—¿Tienes algún retraso mental? —preguntó él— . Sabes muy bien por qué no. Porque ya esa historia acabó hace años. Porque lo único que queda es un recuerdo que no quieres soltar. Joder, aún tienes cartas y cuanta mierda más guardada en tu ático y eran prácticamente niños cuando se enamoraron. Pero, te aferraste a estar con ella desde entonces y no tengo ni puta idea de por qué. ¿Y qué sabremos nosotros del amor a tan temprana edad? ¿Cuál es tu maldito empeño en buscar que te rompan el corazón otra vez, Adrián?

Sentí una rabia repentina al escuchar a Vicente. Parte de mí se sentía atacado. Parte de mí quería sacarle en cara que él pasó diez años obsesionado con su esposa muerta. Pero otra parte de mí entendía, y esa parte me ayudó a quedarme callado.

—No sé —contesté después de unos minutos en silencio—. Hablamos tanto de que no se sabe del amor realmente en la juventud, pero ¿no será ese el amor más verdadero de todos? Ese de jugar como niños, de ser libres y querer uno al otro tan salvajemente, regalando nuestros corazones como si fueran pedazos indestructibles. Creo que cargamos inconscientemente una sabiduría especial en nuestra juventud, un saber escondido en nuestras profundidades de que no somos indestructibles, que somos todo lo contrario, pero es por esa misma razón que debemos entregarlo todo sin medidas porque jamás tendremos otra vida para hacerlo.

—Quizás —contestó Vicente—. El corazón es un rompecabezas que nunca terminaremos de construir. La imagen final siempre será un misterio. Pero lo mejor que te puedo decir es que te olvides de ella, Adrián. Nada bueno saldrá al dejarla entrar a tu vida otra vez.

Los tres tomamos de nuestras cervezas y miramos hacia lo lejos por la ventana de la cueva.

—Si no fuera por las segundas oportunidades, Vicente, muchos de nosotros estuviésemos solos.

Vicente terminó su cerveza, se paró de la silla, y comenzó a caminar hacia la salida de la cueva. Cuando llegó a la puerta, él se viró hacia mí y dijo:

—Y verás algún día que a veces estar solo es mejor.

Él se fue del cuarto, y, unos momentos después, Javier rompió el silencio.

—¿Así que ahora es doctora entonces? —preguntó.

Moví la cabeza hacia arriba y abajo y dije:

—Sí. ¿Por qué preguntas?

Bebió un último trago de su cerveza, terminando la botella.

—Por nada —contestó.

Al rato, Vicente volvió con tres cervezas más, y así pasamos el resto de la tarde. Luego regresé al hotel para prepararme y encontrarme una vez más con Camila.

—

En otra parte de Puerto Rico, la pareja casada de Estados Unidos fue a cenar a un restaurante en una hacienda de San Lorenzo. Mientras tanto, en otra parte más oscura y desconocida de Puerto Rico, un grupo de hombres tenía a Nicolás pegado a una pared en un callejón escondido.

—¿Dónde está nuestro dinero? —ellos le gritaban, dándole puños en la barriga mientras tanto—. ¿Dónde está, cabrón?

Nicolás, doblándose por el dolor, caía arrodillado al piso sucio del callejón.

—Lo tendré, lo tendré —decía Nicolás—. Solo necesito unos días más. Lo prometo.

Llorando en el suelo de ese callejón abandonado, repetía:

—Lo tendré, lo tendré...

—

En otra parte de Puerto Rico, un jibarito y una princesa decidieron que pronto deberían dar una vuelta por el Viejo San Juan. Mientras tanto, la pareja casada en el restaurante se embriagaba con una sangría rica y fría, riéndose y recordando el momento en el que el hombre le pidió matrimonio a ella en ese mismo lugar hace tantos años.

Yo en esos momentos llegaba a nuestro lugar de siempre en el Viejo San Juan. Caminé por los callejones frente a las galerías, entre el sonido del boricua riendo, y entre la brisa que arropaba ese lugar desde el mar. Caminé sin darme cuenta por dónde iba. Era como si mi cuerpo estuviese poseído por un recuerdo, y me dejé llevar hasta que llegué a la colina frente a El Morro. Allí me senté, y allí esperé. Allí pensé.

Qué difícil es ocultar lo que sentimos a veces, lo que sigue creciendo en nosotros hasta que se convierte en algo imposible para esconder, como intentar tapar el sol con un solo dedo, tapar la luz por completo sin tener techo suficiente para escondernos bajo su sombra. ¿Cómo guardar este querer, este cariño sin sentido, todo esto que quisiera regalarle a Camila, a sus labios, a su corazón, a su alma? ¿Cómo sería vivir allí en la bahía debajo de las olas, vivir en un mundo completamente aparte y desconocido, olvidarme de todo esto, y morir en paz sabiendo que estaré completamente arropado por el mar en mis últimos momentos? Quizás... quizás estar solo no es tan malo como lo pintan.

A mi lado en esos momentos se sentó alguien, y cuando miré, vi a una pelirroja en un traje blanco lleno de flores. Su piel brillaba bajo el sol, y al mirarla a los ojos, quedé confundido unos momentos al no poder diferenciar si la andaba mirando a ella o si estaba mirando al cielo. Con una sonrisa ella derritió cada parte de mi ser, y yo me preguntaba si ella entendía el poder que tenía sobre mí.

—Hola, Adrián —dijo ella—. Honestamente, no pensaba que fueras a venir.

Yo, tratando todo lo posible para no besarla en esos momentos, miré de nuevo hacia el mar y no le quité la mirada.

—Me dijiste una vez que sabías que iba a llegar el momento en el que te ibas a rendir y me ibas a tratar de alejar. Me pediste que cuando llegara ese momento, que no me rindiera, que siguiera peleando por ti porque en un momento dado ibas a regresar. Yo no te creí, pero te prometí de todos modos que nunca me iba a rendir. Luego pasan diez años sin yo darme cuenta. Llega el momento en el que pienso que jamás volveré a verte, que debo soltarte y olvidarme por fin. Y entonces me tocas la puerta del cuarto. Entras de nuevo a mi vida como si nunca te hubieses ido.

Sonreí y moví la cabeza de lado a lado, incrédulo de mi suerte, o quizás, de mi mala fortuna.

—¿Cómo se supone que reaccione, Camila? ¿Cómo no venir a verte después de tanto tiempo?

Sentada ya, ella abrazó sus piernas y miró a lo lejos conmigo. Este fue nuestro lugar de pequeños. Nuestro lugar para hablar. Nuestro lugar para imaginar. Para hacer planes. Para escaparnos y esperar un futuro juntos. Ella suspiró, y cuando miré hacia mi lado en dirección de ella, me di cuenta de que su mano ya no llevaba el anillo de la noche anterior.

—Es complicado —dijo ella.

—Siempre lo es —contesté yo—. ¿Para qué me querías ver?

Camila escondió su cara entre sus manos.

—¡No sé, Adrián! —contestó ella—. No sé... te vi y no podía irme sin tenerte aquí... sin sentarme contigo, aunque sea en el silencio. Fueron diez años para mí también.

—No es lo mismo. Tú no puedes usar esa excusa. Tú escogiste la vida que quisiste —dije mientras me paraba.

Su rostro se sonrojó al contestarle, y ella me miraba mientras me ponía de pie.

—¿Te vas? —preguntó ella.

La miré y, sin decir nada, señalé con mi mano hacia el cielo sobre la bahía. Unas nubes oscuras se estaban formando en la distancia.

—Va a llover. Además, ¿no querías caminar? Ella miró hacia las nubes y luego regresó su mirada a mí. Su rostro había perdido un poco del rojo de antes, y sus ojos brillaban un poco. Se paró y dijo:

—Vamos entonces.

Caminamos en silencio los primeros minutos. Estábamos bajando la colina de El Morro cuando sentí que la brisa comenzaba a soplar más fuerte. Cuando me fijé de nuevo, las nubes oscuras ya casi estaban sobre nosotros.

—Debemos avanzar —le dije a Camila, y juntos comenzamos a cruzar la calle hacia la placita frente al camino de El Morro, cuando de repente la lluvia se soltó.

—Aquí —le dije a ella mientras encontraba un espacio pequeño bajo un balcón de uno de los edificios al lado de la plaza.

No nos dio tiempo para encontrar un lugar fuera de la lluvia, y terminamos atrapados juntos en un rincón pequeño. Mi espalda quedó pegada a la pared, y para no mojarse, Camila quedó completamente pegada a mí, tapándonos con el poco techo que teníamos. Sentía el vapor de su respiración en mi pecho, y en el silencio sentía nuestros corazones retumbando fuera de control. No me había dado cuenta de que mis manos ya habían encontrado el lugar conocido de su cintura, y ella lentamente levantaba su mirada hacia mí. Sus ojos azules eran tan profundos que juraba ver los secretos de otras dimensiones en ellos, breves imágenes, memorias efímeras que me dejaban sintiendo un *déjà vu*. Su mano estaba puesta en mi pecho, y yo con las mías la agarré suavemente. Comencé a sobar el dedo donde la noche anterior tenía un anillo puesto.

—¿Qué hiciste con ella cuando te la regresé? —Camila susurró, mirando mis manos entrelazadas con la de ella.

Di un suspiro, y luego de una pausa contesté:

—La tiré al mar. La miré a los ojos.

—Era tuya… y si no la tenías tú, no la podía tener nadie.

El Viejo San Juan tenía una manera de parar el tiempo, de hacer que solo importe lo que tiene que importar en esta vida, al menos por un rato, o, al menos, tratar por unos cortos segundos de remediar historias que el universo destinó para otras dimensiones. Camila tomó un largo suspiro y dejó caer su cara en mi pecho. Quizás para ella en esos momentos nada más existía en este mundo. Yo sentía sus lágrimas bajando en silencio, bajando como la lluvia que nos atrapó, y yo le besaba la frente sabiendo que yo tenía al universo entero entre mis brazos. Ella olía a flores y a miel y a todas esas cosas que el mundo pinta como perfecto.

Qué difícil era querer sin querer hacerlo, de volverse adicto a alguien como si fuera su mismo nombre inyectado entre nuestras venas, la fórmula secreta de la vida guardada en la sangre. Qué difícil era volver como si no existiera voluntad propia, de regresar a esa persona como si no existiera algún otro deber, una ola en busca de su playa, un sol en busca de piel para quemar, un esclavo a la sonrisa, al vaivén de las caderas y el pelo, a las pecas, y a los gemidos que siempre quedan grabados en la memoria. Qué difícil fue esto de quererla tanto, de no poder controlarme, sabiendo muy bien que ella resultaría en mi fin.

—

En otra parte de Puerto Rico, el día atardeció y Nicolás llegaba adolorido a su casa. Sobándose las costillas, entró a su hogar y lentamente caminó hacia su cuarto. Pasó por los pasillos oscuros, tan cansado que ni intentó prender las luces de su hogar. Cuando llegó a su habitación, cerró la puerta y se tiró a la cama vacía. Nicolás comenzó a irse lentamente en un sueño, pero algo no estaba bien. Tan enfocado en su dolor y en la falta de Camila cuando se tiró a la cama, no se había dado cuenta de que no estaba solo.

Nicolás aguantó la respiración unos segundos, y ahí fue que pudo escucharlo. En alguna parte del cuarto, algo respiraba profundamente... algo pesado... algo salvaje, quizás. Nicolás abrió los ojos y su corazón comenzó a latir más rápido que nunca. Tratando de ocultar su propia respiración agitada, poco a poco se alejó del borde de su cama, esperando que sus ojos se acostumbraran a la oscuridad.

Y ahí fue que lo vio. Una figura horrorosa andaba parada en la esquina de su cuarto, como si hubiera aparecido de las tinieblas. La figura se acercaba, la silueta agrandándose con cada paso que tomaba hacia la cama. Nicolás estaba temblando y pensó que su corazón iba a explotar cuando vio que la figura en su cuarto era la de un humano. Excepto su cara. Su rostro era más animal que cualquier otra cosa. La figura respiraba furiosamente allí parada frente a Nicolás. Él, en cambio, estaba paralizado del miedo. Entonces la criatura habló.

—Me darás todo lo que tienes —dijo la voz, y se lanzó hacia Nicolás.

DIECISÉIS

Qué ironía esta. Para algunos, todo puede ser nada. Para otros, lo más simple lo es todo. Siempre existe algo que nos hipnotiza, algo que nos llama y que, por más que tratamos de evitarlo, nos atrae sin ninguna explicación. Lo daríamos todo tan solo por tener aquello que tanto anhelamos, aunque sea por unos pocos segundos más. Miramos al cielo en la noche en busca de la luz, y la encontramos muchas veces sin saber que el brillo es tan solo un rastro de la explosión, de los últimos momentos de un sol lejano que murió hace años. Y así como las estrellas dejan su marca aun después de su muerte, nosotros también dejamos un rastro, una huella, un nudo invisible que permanece aun cuando peleamos con todas nuestras fuerzas para cortar el hilo rojo que nos ata a nuestro destino cuando ese destino no resulta ser lo que queremos.

¿Cuánta energía se requiere para irnos en contra de lo que fue destinado? Y, si nosotros somos como mariposas aquí en la tierra, ¿será entonces a causa de nuestra arrogancia, nuestras decisiones egoístas, que esas luces hermosas explotan en otra parte del universo? ¿Será que, al darle vida a un destino nuevo, le robamos la vida a otro? ¿O quizás, sin saberlo, le robamos la vida a alguien? Al final, ¿qué nos garantiza que el universo no juntará todas sus fuerzas para restaurar ese nudo invisible que nos queda y convertirlo una vez más en el hilo rojo que nos amarró desde un principio? ¿Cuál es el empeño del ser humano en pensar que somos tan grandes que podemos cambiar lo que ya fue escrito por los cosmos, que somos algo más que pequeñas marionetas del tiempo?

—

En alguna parte de Puerto Rico, Javier andaba llegando al Aeropuerto Internacional Luis Muñoz Marín. Había decidido irse de la isla antes de tiempo. Mientras tanto, yo me preparaba en el hotel de Condado para otra salida con Camila. Camila, en cambio, salía de su casa discutiendo con un Nicolás borracho. Ella pensaba que él alucinaba o inventaba cuentos de alguna criatura que había entrado a la casa la noche anterior a robar. Al ver que no faltaba nada en la casa, excepto la sobriedad de su esposo, ella lo dejó por loco y se dirigió hacia el Viejo San Juan para encontrarse una vez más conmigo. Nicolás se quedó en su cama, aterrorizado, mirando a la esquina donde había visto la aparición de la noche pasada. Él se abrazaba las piernas, y con lágrimas bajando por su cara, pensaba: *Quizás las cosas que nos roban vienen a veces de algún lugar más profundo y valen mucho más que lo material.*

—

En otra parte de Puerto Rico, la pareja casada de Estados Unidos andaba caminando por el Viejo San Juan cuando se encontraron con una tiendita pequeña donde se vendían poesías, pinturas, y alcohol, y donde los poetas se juntaban para compartir sus cuentos y sus poemas. El hombre y la mujer se compraron una cerveza cada uno y decidieron quedarse para escuchar a un jibarito que fue sonsacado por su princesa para compartir un poco de sus palabras. Poco después, la mujer le dijo a su esposo que, por ser tan *cursi*, debería escribir algo él y leerlo ante el grupo.

Mientras tanto, Javier ya se montaba en el avión de regreso a Estados Unidos y se sentaba al lado de una doña con espejuelos gruesos y un chal oscuro. Ella, con una sonrisa, le dijo a Javier:

—Ganamos muchas carreras, hijo, pero la vida es una que siempre se pierde al final.

Confundido, él se cambiaba de asiento para alejarse de la vieja mientras yo bajaba las escaleras del atrio para irme del hotel de Condado.

—Buenas tardes, señor Peña —me dijo la recepcionista de pelo rizo cuando bajé las escaleras.

Yo me le quedé mirando unos segundos, y ella me regaló una sonrisa brillante.

—¿Por qué siempre estás aquí trabajando? —le pregunté curiosamente.

Ella se rio, se sonrojó un poco, y cuando alzó de nuevo su mirada hacia mí, contestó:

—Soy la dueña del hotel. Me gusta estar aquí.

Sorprendido, abrí los ojos y le sonreí. Antes de que pudiera decirle algo más, ella se despidió y dijo:

—Que tenga bonita tarde, señor Peña.

Ella se volteó y siguió caminando, y yo me dirigí hacia la salida para ir de nuevo al Viejo San Juan. Después de un rato, me encontré con Camila entre los callejones de nuestra antigua ciudad, y ella, como siempre, parecía una obra de arte sobre la tierra.

—Hola, Adrián —me dijo ella, pegándose en un abrazo inesperado. Yo la apreté fuertemente.

—Hola, Camila —le contesté, mi corazón a mil con ella entre mis brazos.

Comenzamos a caminar de nuevo, esperando esta vez que la lluvia no interrumpiera nuestro encuentro. Caminamos un rato sin hablar, simplemente uno al lado del otro. Caminamos juntos tan solo para sentir la presencia de cada uno, y quizás para abandonar la soledad de nuestros mundos por unos pocos momentos. El cielo atardecía, y la luz junto al traje rojo que Camila ahora llevaba puesto resaltaba el color de su pelo bailando en la brisa. Yo la miraba, aún sin entender. ¿Qué quería ella de mí? ¿Qué eran estos momentos para ella?

Los adoquines del Viejo San Juan seguían mojados por la lluvia del día anterior, y en uno de mis pasos, más pendiente a ella que a mi alrededor, resbalé. Por poco me caía por completo, pero rápido logré balancearme, mientras Camila se reía.

—Cuidado que te caes —dijo ella cuando de repente ella también resbaló.

Cayó en mis brazos y yo me reí de su cara asustada.

—¿Qué decías? —le pregunté riéndome.

Ella solo me miraba a los ojos, y yo sentí algo repentino encendiéndose dentro de mí. Ella me miraba los labios, y yo, al igual, miraba a los de ella. Suspiré profundamente, y ella tragó. Los dos estábamos nerviosos. Ahí tan cerca quedaba su boca, su miel… mi adicción. Rápido me despegué. Ella, sonrojada tanto como yo, se arregló el traje, y seguimos caminando, pretendiendo que ya no existía lo que una vez tuvimos.

—¿Y qué haces ahora? —preguntó ella, rompiendo el silencio—. ¿A qué te dedicas?

La miré a los ojos unos momentos. Los mares seguían ahí, tan infinitos como siempre. Llevaba una sonrisa tímida, esperando mi respuesta.

—Soy arquitecto —le contesté.

Ella movió su cabeza hacia arriba y abajo y dijo:

—Oh. —Después de otro silencio, ella continuó hablando—. Pensaba que querías ser escritor.

Yo moví la cabeza de lado a lado, una sonrisa resignada en mi rostro.

—Perdí mi amor por la escritura —contesté—. Además, no tengo de qué escribir.

Cuando la miré de nuevo a los ojos, encontré una tristeza en ella que no estaba unos minutos atrás. Y de un momento para otro, encontré un brillo nuevo perseguido por una sonrisa juguetona.

—¡Ven! —me dijo emocionada, cogiéndome la mano y empezando a correr entre los callejones del Viejo San Juan—. Te quiero enseñar algo.

Yo no pude evitar una sonrisa, pero a la vez, mi preocupación quedaba en los adoquines que aún estaban mojados.

—Nos vamos a resba... —Comencé a decirle a Camila cuando ella me interrumpió.

—¡Ya, ya, Adrián! —Ella me decía, riendo como una niña mientras me ponía un dedo sobre mis labios para que no hablara.

Nos perdimos en el laberinto de la ciudad, y ya cuando Camila no podía correr más, fatigada, me dijo:

—Aquí.

Estábamos parados frente a una tiendita pequeña donde se vendían poesías, pinturas, y alcohol, y donde los poetas se juntaban para compartir de sus cuentos y sus poemas. Camila no me había soltado la mano, y la perseguí cuando ella decidió entrar a la tiendita. Muy adentro, en la parte de atrás, había una pequeña sala llena de gente y sillas y una tarima donde un muchacho le entregaba un micrófono a otro. El muchacho que entregó el micrófono se bajó de la tarima y se sentó al lado de una chica de ojos grises y pelo negro y a quien reconocí como la chica del aeropuerto que solo me hablaba en inglés. El muchacho le dio un beso en el cachete, y ella le regaló una sonrisa. Cuando Camila y yo nos sentamos en una de las sillas, la chica de ojos grises me miró. Ella frunció las cejas, y luego, quizás al reconocerme, sonrió desde lejos.

Anormal, pensé yo.

El muchacho que quedaba en la tarima llevaba una cerveza en la mano, y al escucharlo hablar, me di cuenta de que él era el anfitrión de la noche y también que esa no era su primera cerveza.

—Gracias, gracias por esas hermosas palabras — comenzó a decir él por el micrófono—. A la verdad que esto de la poesía es una cosa cabrona. Me encanta esta jodienda.

Yo no pude evitar reírme un poco.

—Venimos aquí y nos reunimos porque todos creemos que la poesía tiene el poder de cambiar el mundo. Ustedes son los putos mejores.

La audiencia se empezó a reír.

—Mira, antes de caerme de aquí como un pendejo, les presento al próximo escritor. ¿Dónde está José? Un hombre se paró de una de las sillas, y cuando lo miré, pensé de repente que lo conocía de algún otro lugar, pero lo más probable era que simplemente tenía una de esas caras que se parecen a alguien que conoces.

—Vamos a darle un aplauso a José—dijo el anfitrión riéndose.

El anfitrión le entregó su micrófono a José, quien tuvo que ayudarlo a bajar de la tarima. Cuando me percaté mejor en el hombre, me di cuenta de que José era el que me había aguantado la puerta al salir del hotel el día anterior.

Pequeño mundo.

Él se acomodó en una silla en la tarima y sacó un papel de su bolsillo. Nervioso, comenzó a hablar por el micrófono.

—Acabo de escribir esto —dijo él alzando el papel en sus manos—. Es para ti, Alexandra.

José suspiró profundamente, y después de una pausa comenzó a leer.

—Si hay una manera de medir el amor, entonces es aquí en la paciencia, en el conteo de los números que forman los segundos y las horas que alargan o acortan la distancia entre nosotros. Si hay una manera de medirlo todo, entonces es así, en el despertar de nuestras almas, nuestras visiones difuminadas por el polvo que se acumula en nuestros ojos por las mañanas y la luz del sol que se cuela entre las cortinas. Es en el primer pensar antes de que nos damos cuenta de que ya no es ayer, antes de estirarnos y bostezar y lentamente dejar que la vagancia desvanezca y se deshaga en nuestra sangre. Son esas palabras que me encuentro repitiendo como una memoria, como algo tan natural y sin planificación, como el pestañear de mis ojos o mi respiración. «Te extraño», te diré. Lo diré mientras duermo para medirnos entre sueños, para entender que aun cuando mi cuerpo descansa, mi alma no puede decir lo mismo. «Te extraño». Y lo diré otra vez porque mi amor es medido en latidos, en el crecimiento exponencial de su núcleo, como un ser viviente aparte creando un hogar dentro de nosotros. Mis latidos violentos multiplican este sentir con los latidos tuyos, y pronto nos daremos cuenta de que dos latidos se convierten en cuatro, luego dieciséis, y luego doscientos cincuenta y seis. Entenderemos que perderemos la cuenta, que este amor y este anhelo crecerán de la misma manera, y que tú y yo sin duda llegaremos al infinito. Pero, ¿cómo mediremos el amor después? «Te extraño» no será lo suficiente, así que aquí vengo para decirte algo más.

Si hay alguna manera de medir el amor, entonces es aquí y ahora en la manera en que extiendo mi mano hacia ti. Hay mucho más que perder en nunca arriesgarnos, y a veces mucho más por ganar en la derrota. Mediré esto por cuán dispuestos estamos de caer juntos, de levantarnos juntos, y de aprender juntos. Mediré el amor no tan solo con el «te extraño» que susurro mientras duermo, el «te anhelo» o el «te necesito» que te digo cuando estoy despierto, sino también con el «estoy aquí». Lo mediré con el «no me iré nunca, por más difícil que se nos haga». Mediré nuestro amor por el peso de nuestras almas y, cariño, nuestra esencia apasionada es lo más pesado que conozco.

Lo mediré por el «seguiré tratando» y el «no te rindas» que a veces tememos decirnos. Algunos días caeremos más fuerte que otros. Pero otros días, la mayoría de ellos, estaremos allí juntos entre las nubes para entonces caer de una manera diferente, como plumas bailando en la brisa. Te enseñaré, y mi meta será llegar a ese lugar que les da vida a tus mariposas una y otra vez. Esto será cada día, pues cada vez que despierte empezaré contigo desde cero. Mereces enamorarte como si fuera la primera vez, no tan solo una vez en tu vida, sino cada mañana en la que despertamos juntos. Y cuando por fin te des cuenta de que te lo he dado todo, entenderás que es porque mereces eso y mucho más.

Mediré el amor de una manera en la que no se puede hablar, en la que ni tan siquiera un «te amo» puede describir. Mediré el amor por la manera en la que te aguanto entre mis brazos, la manera en que te miro, la manera en que te toco. Mediré el amor, mi dulce cielo, de una manera en la que todos los demás puedan darse cuenta de que definitivamente existe ya entre tú y yo. Y esto... esto espero que sea suficiente. «Te extraño» aun así cuando te tengo en mis brazos porque sé que ninguna cantidad de tiempo contigo es suficiente. Te quiero. Te amo. Prometo nunca desperdiciar ni un solo segundo de ti.

José suspiró profundamente, y cuando terminó, miró a su esposa. Ella sonreía, y tenía la cara llena de lágrimas. La pequeña audiencia aplaudió fuertemente, y el anfitrión se dirigió a la tarima otra vez con una botella nueva de cerveza. José le entregó el micrófono y descendió para sentarse nuevamente con su esposa.

—*Wow*... A la verdad que esto de la poesía es una cosa cabrona. ¡Me encanta esta jodienda! —dijo el anfitrión otra vez.

Yo estaba sorprendido de que él aún podía caminar y subir escalones, pero más sorprendido estuve cuando me di cuenta de que Camila nunca me soltó la mano y que también bajaban lágrimas sobre su cara.

—¿Estás bien? —le pregunté.

Ella rápido sonrió, me soltó la mano, y se limpió la cara, tratando de esconder, quizás, sus lágrimas.

—Sí, estoy bien —contestó—. Solo que… Camila pausó un momento y luego movió su cabeza de lado a lado.

—Nada. Es nada. Deberías escribir algo tú.

De su cartera pequeña sacó un bolígrafo y un papel.

—Como antes —me dijo ella con una sonrisa nueva, y me entregó ambas cosas.

Ella me apretó la mano, me soltó una vez más, cruzó sus piernas, y dedicó su atención a la próxima persona que iba a leer en la tarima. Yo, confundido, pasé el resto de la noche intentando escribir, pero lo único que me salía solo existía para los oídos de una persona y de nadie más. Los de ella.

—

Mientras tanto, en otra parte del mundo, Javier andaba en su vuelo aún, confundido y curioso por el comentario que la doña de los espejuelos gruesos y el chal oscuro le había hecho. Él se había acomodado unas filas más adelante de donde ella estaba sentada, pero cada vez que él miraba hacia atrás, allí estaba ella: sentada mirándolo desde lejos con una sonrisa que se estiraba cada vez un poco más sobre su rostro, tanto así que por unos momentos Javier pensaba que su forma no era natural. En esos momentos, Nicolás, traumado aún por el evento de la noche anterior, se emborrachaba más y más en su casa solo. Cada vez que regresaba a su cuarto, dejaba la luz prendida pensando: *¿Será que lo único peor que estar demente es el saber que lo estás?*

—

En el Viejo San Juan, cuando la noche en la tiendita acabó, guardé el papelito donde escribí en mi bolsillo y me fui a la salida con Camila. Allí nos paramos juntos, sabiendo que ya era el momento para despedirnos. Al próximo día tendría que irme de Puerto Rico. Camila en su traje rojo miraba hacia el suelo pensativa. Después de unos momentos, dio un paso hacia mí, alzó su mirada mientras yo solo podía enfocarme en su boca. Justo cuando su mirada chocó con la mía, alguien se nos metió en el medio tratando de pasar por la salida donde aún estábamos parados.

—Permiso —dijo la chica de los ojos grises a Camila, tratando de pasar por entremedio de nosotros dos.

Cuando ella me miró dijo con una sonrisa traviesa:

—*Excuse me.*

Llevaba de la mano a un muchacho de piel bronceada y pelo marrón que crecía en rizos cortos. Él, pasando entre Camila y yo con su pareja, solo dijo:

—Linda noche, amigos.

Camila y yo le dijimos adiós con la mano a la pareja y nos alejamos de la salida de la tiendita para que no nos interrumpieran de nuevo.

—Supongo que esta es la despedida —dijo Camila, el brillo de sus ojos ahora perdido en un lugar desconocido.

—Supongo —contesté.

Ella me agarró la mano, y ambos dimos un largo suspiro. De un momento a otro, la encontré de nuevo entre mis brazos, su cara hundida en mi pecho, su fragancia invadiendo mis pulmones, y su calor ahí pegado al mío. Mis manos encontraron su cintura, y ahí mis brazos se amarraron como un ancla que no la quería soltar en el viento. Enterré mi cara en su pelo para embriagarme de su olor, y ahí juré escuchar un gemido casi imperceptible de su parte. Sentí la respiración agitada de Camila en mi pecho, y luego la escuché cuando su frente se pegó a la mía. Sus labios quedaron a solo centímetros de los míos, y fue ahí donde pasamos a un mundo aparte. Aprendí en meros instantes cómo mirarla verdaderamente a los ojos, a poseer su mirada con la mía, y quedarnos flotando allí, entrelazados sin tener que besarnos. Pasamos a un nuevo cielo en fracciones de un segundo, y allí en ese silencio hablamos de nuestros secretos. Supe el sabor de sus labios sin tener que tragarla, el sabor de su boca sin tener que tocarla, todo mezclado con mi profundo deseo por algo más. Pasamos a un infinito atrapado en el tiempo, ese momento justo antes de un beso que tanto se anhela.

Lágrimas bajaban por su cara de nuevo, y mis manos atraparon cada gota antes de que cayeran al suelo. Le sobé la cara con mis dedos. Cada parte de mí la anhelaba. Y a la vez, cada parte de mí me halaba en la dirección contraria, sabiendo muy bien que besarla sería como empezar una guerra nueva.

—¿Te habrás aferrado más a tus cicatrices, Camila, pretendiendo que el oro derretido que usaste para sellar esas heridas duraría más que el espíritu, más que el amor que alguna vez tuvimos?

Suspiré, y sentí como sus lágrimas bajaban más rápido en esos momentos.

—¿Por qué te me fuiste, Cami? —le pregunté en un susurro.

Nuestras frentes seguían pegadas y yo lo único que deseaba en ese momento era poder leer sus pensamientos. Ella se despegó, moviendo su cabeza de lado a lado.

—Perdóname, Adrián —dijo ella cuando por fin pudo hablar.

Llorando, Camila se alejó una vez más de mí. Ella se volteó, y sin una palabra más se fue corriendo entre el laberinto oscuro del Viejo San Juan. Así de rápido como regresó a mi vida, así mismo se fue. Yo quedé parado allí, en nuestra antigua ciudad, solo e inseguro si era mi corazón lo que sentía romper de nuevo en esos momentos, o si quizás era algo más.

Quizás fue esa parte dentro de mí que esperaba perderla, que sabía sin duda que se iría con el viento otra vez. Pero quizás era por esa costumbre de siempre perder que la amé tan intensamente, sabiendo muy bien y sin duda alguna que algún día todo desvanecería, pero no queriendo, de todos modos, desperdiciar ni tan solo un segundo de esta vida y sus momentos. Supongo que la sabiduría siempre llega después de la tragedia. Nunca llega antes.

Esa noche regresé al hotel en Condado. Con la cabeza caída, caminé hacia el atrio para regresar a mi cuarto. Subiendo lentamente por las escaleras, escuché a la recepcionista de pelo rizo saludarme desde lejos. Yo fingí una sonrisa, y ella, en cambio, me miró curiosamente, quizás preocupada. Seguí hacia mi cuarto, y cuando regresé empecé a empacar mis cosas para el viaje del día siguiente y, más bien, para tratar de despejar la mente. Cuando terminé de arreglar mi equipaje, revisé el cuarto una última vez para ver si se me quedaba algo por empacar. Ahí en la mesa encontré el sobre con la solitaria *C* escrita en él. Me quedé mirando la reliquia que seguía cargando conmigo después de tantos años, y justo cuando iba a abrir el sobre para leer la carta que llevaba dentro, escuché que me tocaban la puerta.

No puede ser, pensé yo.

Coloqué el sobre en la mesa otra vez y caminé hacia la puerta. Antes de abrirla respiré profundamente. Cuando la abrí, la recepcionista de pelo rizo estaba parada frente a mí con un bulto pequeño en su espalda.

—¿Se encuentra bien, señor Peña? —preguntó ella, con un brillo inexplicable en sus ojos mientras me miraba.

Yo sentí una mezcolanza de emociones dentro de mí. Un poco decepcionado, pero también curioso y quizás con una llama pequeña de alegría encendida en mí.

—Sí, estoy bien —le contesté, mirándola confundido y con una pequeña sonrisa.

Ella me miró unos segundos sin decir nada, sus ojos pegados a los míos. Luego sonrió de nuevo, movió su cabeza hacia arriba y abajo, y dijo:

—Está bien. Que tenga linda noche. —Mirando sobre su hombro hacia su bulto, ella continuó —: Se me acabó el turno hoy. Ya me voy.

Ella bajó la cabeza, se volteó, y siguió caminando hacia el atrio del hotel.

Qué raro, pensé.

Yo me le quedé mirando unos momentos, observando el vaivén de sus caderas en el pasillo.

Wow.

Cerré la puerta y decidí caminar al balcón para respirar un poco del aire fresco. Solo pasaron unos cortos minutos cuando escuché que me tocaban la puerta de nuevo. Pero esta vez, tocaban la puerta más fuerte y rápido.

¿Qué querrá la recepcionista?, pensé yo.

Abrí la puerta de nuevo, y ahí estaba Camila parada, su maquillaje regado por la cara a causa de las lágrimas previas. Ella dio un paso hacia mí y preguntó abruptamente:

—¿Qué escribiste?

Yo, confundido, la miré sin poder decir nada. Pensé que había muerto. Quizás estaba soñando.

—En la tiendita, Adrián. Pusiste el papel en tu bolsillo. ¿Qué escribiste?

Había una furia en ella, un fuego viejo que siempre conocí. No tenía ni un rastro de una sonrisa en su cara.

—No lo quisiste compartir. ¿Qué era? Aguanté la puerta con mi pie mientras rebusqué en mi bolsillo. Cuando sentí que aún tenía el papel ahí, lo saqué. Lo aguanté en mis manos unos momentos sin poder dejar de mirar a Camila. Su mirada penetraba la mía, tanto así que sentí su espíritu enterrar raíces dentro de mi alma en tan solo segundos. Cuando por fin pude despegar mis ojos de ella, miré a el papel donde había escrito y comencé a leer.

—Arrópame, cariño, como lo hace el sol. Arrópame con luz, con viento, con calor. Que tus manos exploren. Que tus brazos aprieten cuando tus piernas tiemblen. Y así, dulzura, espíritu salvaje, con tus piernas hálame, pídeme cuando tus dedos cansen. Márcame con tu furia, tu mirada en mis ojos y tus uñas clavadas en mi espalda, tu cuerpo anhelando sentirse completo. Sentirse lleno. Ahí estaré para ayudarte a entender, para explicarte entre los movimientos el baile de nuestros cuerpos y lo que sucederá cuando por fin explote ese planeta pesado que cargamos. Ahí estaré, mi cielo, cuando juntos descubramos el fuego interno de este mundo, ese que nos derretirá, que nos mezclará y nos convertirá en una perfecta combinación de energía. Ahí estaré. Ahí, así, cuando tus sentidos no puedan más. Ahí, cariño, cuando necesites mi cuerpo sobre el tuyo para evitar que tu alma se escape, un hilo que te ate a la tierra cuando tu alma pierda el control entre ráfagas de viento. Ahí, mi vida, recuerda que cuando tus dedos cansen, tus piernas tiemblen, tus párpados caigan intoxicados por euforia y tu boca deseosa esté falta de palabras, ahí estaré para completarte. Ahí estaré para llenarte.

No supe si mirarla de nuevo, si quedarme mirando el papel, si cerrar la puerta y no volver a verla más. No supe qué hacer con mis manos, si guardarlas en mis bolsillos o cruzar mis brazos o cortármelas por completo y no tener que pensar qué hacer conmigo mismo en esos momentos. Cuando miré a Camila de nuevo, su mirada seguía clavada en mí. Y de repente sentí el calor de su cuerpo contra el mío, su pecho pegado a mi pecho, sus labios encontrando los míos. Cada pensar desapareció de mi mente y lo único que quedó fue el instinto animal de mis manos. La tomé por la cintura y así ella entró a mi cuarto. Dejé caer el papel al suelo, y mientras la puerta cerraba, yo pegaba a Camila a la pared. Encontré su lengua, esa prisionera escondida detrás de una sonrisa, escondida ahí en la oscuridad de su boca, esa herramienta dulce de placer, y tragué todo su sabor. Mis manos se deslizaron por su cuerpo hasta llegar a sus nalgas, y mientras yo la apretaba a ella, Camila me abrazaba con una de sus piernas. Besándola entonces por el cuello, la pegué más fuerte aún contra la pared y dejé que amarrara ambas piernas por mi cintura. Devoré sus labios y tragué el vapor de su boca. Devoré su cuello y cada lunar que existía sobre su piel. Sentí las vibraciones de cada gemido subiendo por su garganta antes de que salieran, y de ellos me embriagué completamente. Sus manos se perdieron en mi pelo, y mientras ella me besaba el cuello, yo sentía el fuego de sus caricias quemar mi piel.

—Ay, Adrián —la escuché gemir.

Y ahí supe que ya era el momento para ascender. La tomé fuertemente entre mis brazos y así la llevé a la cama. Arropé su cuerpo con el mío, y dejé que mi peso se convirtiera en el calor que ponía el cuerpo de ella a sudar. Conquisté su boca otra vez, y fue en esos momentos que entendí por qué tantos mueren de amor. Imaginé una vida sin volver a probar el néctar de su lengua, y entendí por qué algunos piensan que quizás morir es más fácil que vivir sin esto.

Seguí marcando rutas sobre su cuerpo con mis besos hasta llegar a sus piernas, y ahí pinté sus muslos con la esencia de mis mordiscos. Nadé debajo de las olas de su traje, y con mi boca le quité la única pieza de ropa que quedaba entre mi boca y su entrepierna. Sus dedos se perdieron una vez más en mi pelo, y yo comencé a saciar mi hambre con su cuerpo deseoso.

—Mi amor —susurraba Camila entre gemidos. Sus caderas giraban, pidiendo más de mí mientras yo castigaba su cuerpo con los látigos dulces de mi boca, llevándola a la cima poco a poco hasta dejarla explotar por fin.

Qué rica eres, Camila, pensé yo mientras probaba cada rincón íntimo de su cuerpo.

Dejé que sus gemidos inundaran la habitación, la temperatura del aire subiendo, así como la de su cuerpo. Y cuando sus piernas comenzaron a temblar, ella me haló por los brazos y me abrazó fatigada.

—Te quiero dentro de mí —susurró ella. Sus ojos azules eran así como los de una criatura salvaje, y ahí nos desvestimos juntos hasta estar completamente desnudos. Yo quedé sobre ella, y con sus piernas ella me invitó para que entrara en sus mares y conquistara el oleaje de nuestros cuerpos en la noche. Un vaivén. Un baile rítmico. Cada vez llegaba más lejos, y ella devoraba cada centímetro profundo que entraba en ella.

—No pares. —Ella pedía, clavando sus uñas en mi espalda—. Por favor, no pares.

Sus piernas comenzaron a temblar, y supe que ya ella había llegado a su cima una segunda vez. Nos salvamos entre besos, entre gemidos y risas en la oscuridad. Nos vestimos de refugio, de seguridad, ambos como castillos diseñados específicamente el uno para el otro. Nos juntamos para formar una isla, para conquistar el espacio entre nuestras tierras, para crear paz y calmar el fuego que nació en nuestras venas. Yo sobre ella, y luego ella sobre mí. Ella disfrutaba de todas las vibraciones que cada choque de mi cuerpo contra el de ella enviaba a todos sus lugares de placer. Su sonrisa cargaba nuestro éxtasis, y con sus caderas bailando sobre mí, ahí supe que esa vez llegaríamos a nuestro fin juntos. Mis manos exploraron sus nalgas, su espalda sudada, sus caderas, su pecho. La memoria de ella había quedado grabada tan detalladamente en mí que ningún lunar de su cuerpo fue nuevo para mí. Pero me di la oportunidad de descubrirla como si fuera la primera vez, y besé cada marca sobre su piel. Ahí descubrí un pequeño tatuaje nuevo de flores sobre su costado.

En esos momentos Camila me agarró ambas manos y tomó el control. Ella era un mar violento sobre mí, y yo fui el capitán listo para navegar todas sus aguas. Su frente se pegó a la mía, y la tuve tan cerca que pude tragar cada uno de sus gemidos. El aire caliente de su boca tomó su hogar en mi boca, y de repente el mundo explotó. Apreté sus manos fuertemente, un último choque de su cuerpo contra el mío enviando electricidad por nuestras almas, y yo al final sembrando diez años de amor en su vientre. Allí ella cayó sobre mí temblando, riendo con párpados pesados, llena de amor y pasión y de un acto prohibido escondido entre la noche de un hermoso San Juan. Fatigado, pensé que quizás todos nos estábamos muriendo, que quizás la vida que pensábamos estar viviendo tan solo era el pasado entero repitiéndose una vez más ante nuestros ojos. Aun así, solo pude pedirle al universo que, si realmente estaba allí muriéndome de amor, que al menos lo que quedara de mi vida fuera así como una noche lenta con ella, un pequeño infinito atrapado dentro de otro. La música de la noche era el sonido de nuestras respiraciones agitadas y los latidos de nuestros corazones. Aún dentro de ella, Camila descansaba sobre mi cuerpo, una pequeña sonrisa pintada sobre su rostro cansado. Con mis dedos le escribí poemas sobre su espalda, preguntándome si ella de todas esas veces que lo había hecho así, se había dado cuenta de todo lo que yo le decía aun en el silencio.

—Siempre tuve miedo de volverte a ver —le dije a ella—. De verte feliz. De verte con una familia. Y saber que nunca tendría la oportunidad de tenerte en mis brazos otra vez.

Camila abrió sus ojos poco a poco y alzó su mirada hacia mí. Escondidos en sus mares había una tristeza lejana.

—No creo que pueda tener hijos, Adrián —contestó ella.

Se quitó de encima y se acostó a mi lado, dejando una pierna recostada sobre las mías y descansando su brazo sobre mi pecho.

—No sé si soy yo o si es él —dijo ella—. Pero también dejamos de intentar. No lo siento igual.

Yo me quedé mirando hacia el techo. Sus dedos sobaban mi piel suavemente. Hubo un silencio largo entre nosotros.

—¿Recuerdas los nombres que le hubiésemos puesto si hubiésemos llegado a tener gemelos? —susurró ella.

Yo suspiré profundamente y cerré los ojos por unos momentos, tratando, quizás, de imaginar un mundo juntos.

—¿Cómo podría olvidarlos, Camila? Después de otro silencio contesté:

—Damián y Sofía.

Camila escondió su cara contra mi cuerpo, y sentí una lágrima bajar por su cara y luego por mi piel. Yo la miré y vi su tatuaje de nuevo en su costado.

—Esto es nuevo —dije yo tocando el lugar donde el tatuaje pintaba su piel.

Ella limpió su cara y miró al lugar donde yo la tocaba.

—Me lo hice después de Eva. Rosas y tulipanes. Para recordarla. —Tímidamente Camila comenzó a sobarme la cara. Ella me dio un beso suave en la boca y luego me preguntó:

—¿Nos bañamos?

Juntos llegamos hasta la ducha, y sin poder soltarnos uno al otro, hicimos el amor una vez más bajo el agua. Cuando terminamos, encendí una vela en la habitación, y nos acostamos juntos en la cama. Caí en un sueño profundo. Muy profundo. Tan profundo que sentí como si ese mundo nocturno se hubiese convertido en una realidad.

En ese sueño fui pintor. Encontré a Camila acostada a mi lado, y al explorarla descubrí otra vez las flores tatuadas en su costado. Tomé la libertad de añadirle pétalos a su jardín, de añadirle especies de flores que jamás antes había visto.

—¿Cuáles son tus favoritas? —le pregunté. Después de un silencio y al mirarla a los ojos, ella me respondió dulcemente:

—También las rosas… también los tulipanes. En este sueño, di un gran suspiro y pedí delicadamente que cerrara los ojos. Me acerqué a su rostro, y sobre sus párpados caídos planté dos besos tan suaves como plumas que flotan lentamente hasta por fin tomar un descanso sobre el amor de una noche. Volví entonces a su costado y planté otro beso más, este sembrado profundamente como las raíces de un árbol antiguo. Derramé sobre ella lo que quedaba de mí, mi conocimiento, mis historias, lo poco que supe de las flores. Y aunque no conocía nada de las rosas, nada de los tulipanes, construí el jardín que pude sobre su cuerpo. La pinté y la llené de todas las enredaderas que pude imaginar, aquellas que dan fruto a colores mágicos, a pétalos azules como sus ojos y pétalos tan rojos como su sangre, violetas de realeza, y amarillos y dorados que parecían ser rivales del sol sobre su piel. Cultivé un Amazonas sobre su cuerpo, todo el misterio, lo exótico y lo salvaje marcado en ella de pies a cabeza, el Edén de mi imaginación trasladado a través de besos a sus brazos, su cuello, su pecho, su barriga, sus piernas. Regresé a su rostro y planté mis labios una última vez sobre su frente.

—Ya los puedes abrir —susurré.

Despertaron sus ojos suavemente con el mismo aleteo de dos mariposas libres. Lentamente ella se ajustó a la luz, y al mirar su propia piel, regresó su mirada hacia mí. En ella encontré la respuesta pesada antes de que la dijera.

—Solo quería rosas... solo quería tulipanes.

Desperté del sueño para ver a Camila acostada a mi lado, su pecho subiendo y bajando delicadamente con su respiración. Su pelo largo y rojo era lo único que vestía su cuerpo desnudo, y aunque el cielo aún no había amanecido, la luz de la vela en el cuarto alumbraba las constelaciones de pecas y lunares sobre el cuerpo de ella. Yo me paré de la cama, me vestí, y caminé hacia la mesa donde el sobre con la solitaria *C* andaba aún al lado de la vela. En ese mismo momento existió una decisión, un mundo en el que sí me quedé, en el que me acosté de nuevo a su lado y me arropé, en el que me pegué una vez más a su cuerpo y le besé cada lunar de su espalda antes de dormir nuevamente, en el que viajamos y reímos y, quizás, conocimos algún día a nuestro Damián y a nuestra Sofi. Pero también existió otro mundo, el que escogí esa noche, una dimensión en la que la seguí culpando, donde nunca pude vomitar el odio por completo porque seguí pensando que, cuando realmente se ama a alguien, no nos permitimos encontrar la perfección en nadie más, donde seguí pensando que las personas y la confianza se tienen que cuidar porque una vez que se pierden, nunca regresan.

Existió esa dimensión, ese momento, esa realidad en la que pensé que seguir amándola tan solo sería como querer a una piel sin alma porque no quedaba nada en el fondo de lo que una vez fuimos, una instancia en donde me fui porque sabía que yo daría mucho más por ella que lo que ella daría por mí. Existió esa vida donde yo quemé el sobre con la solitaria *C* para siempre con la vela, donde recogí mis cosas, donde abrí la puerta y me fui, intentando con todas mis fuerzas poder cortar el hilo rojo de mi destino sin saber que era justo eso lo que iniciaba el fin del mundo.

Qué ironía esta. Para algunos, todo puede ser nada. Para otros, lo más simple lo es todo. Pero no es hasta que tenemos justamente lo que queremos en nuestras manos que entonces nos damos cuenta de cuál es cuál.

DIECISIETE

Me fui del cuarto y bajé las escaleras del atrio hasta llegar al *lobby*. Allí estaba ya la recepcionista de pelo rizo con un café en mano. Cuando alzó su mirada, me recibió con una sonrisa y un brillo en los ojos.

—Buenos días, señor Peña —me dijo ella—. ¿Ya se va?

Le dije que sí, pero le dije que extendiera la reservación del cuarto unas horas más, que había alguien aún en la habitación durmiendo. Ella me miró confundida unos segundos, y cuando por fin cayó en cuenta, regresó su mirada seriamente a la pantalla de su computadora. Sin mirarme a la cara, dijo secamente:

—No se preocupe, señor Peña. Lindo viaje.

Okay.

Me fui del hotel para entregar el carro que había alquilado, y luego tomé el primer taxi posible hacia el aeropuerto. Mirando por la ventana del taxi, intenté perderme entre la belleza de Puerto Rico una última vez. Intenté no pensar en los últimos días, en el horror que también ocurrió en esa hermosa isla. La muerte grotesca de la Anaconda. La decepción de Camila. Toda mi confusión.

Para algunos, la vida es un laberinto, una serie de pasillos que contienen sus propias prisiones. Y la peor de todas, la que resulta ser casi imposible de escapar siempre, es la mente. A veces nos aferramos a lo imposible, en tratar de mantener puertas abiertas que debieron permanecer cerradas. Echamos de menos mucho más de lo que podríamos amar, pero no nos damos cuenta de eso hasta que es muy tarde ya, hasta que quedamos completamente endeudados con nosotros mismos. Y para otros, la vida es un juego, un vaivén de ideas, un ciclo eterno de entender cómo es que inconscientemente manipulamos y, en cambio, un ciclo eterno de entender y descifrar cuando es que nos intentan manipular a nosotros. Y qué difícil a veces es poder descifrar cuál de las dos somos. ¿Seremos de los buenos o de los malos?

—

En otra parte de Puerto Rico, Vicente andaba parado frente a una de las paredes de su cueva, mirando las fotos que tenía pegadas sobre ella. Una de las fotos era la del hombre que velaba el portón de su casa, el mismo que se puso nervioso cuando le dijeron que yo era el Fantasma. Sobre esa foto, Vicente tomó un marcador y dibujó una equis roja. Mientras tanto, yo llegaba al aeropuerto. Y a la vez que yo terminaba de entregar mi equipaje, Camila se despertaba un poco más tarde de lo usual, sola y en una cama que no era la de ella. Así como ella abrió los ojos, la vela en la habitación del hotel apagó su fuego al devorarse los últimos rastros de una carta que nunca se volvería a leer. Camila, confundida, se paró lentamente de la cama, tapando su desnudez con la sábana, y se dio cuenta rápidamente de que lo único que quedaba en ese cuarto era un vacío marcado por un leve olor a humo. Sin expresión alguna, se lavó la cara, se vistió con la misma ropa de la noche anterior, y se dirigió a la puerta de la habitación. Antes de salir, encontró una nota en el piso, la misma nota que escribí en la tiendita de poesías y que había dejado caer entre besos. La recogió y la leyó una última vez, entendiendo por fin que, así como una vez le fue infiel a la persona que ella pensaba era el amor de su vida, también le fue infiel al que ahora era su esposo. Una lágrima bajó por su cara y así dejó la nota caer al suelo donde la había encontrado. Al salir de la habitación, Camila bajó lentamente por las escaleras del atrio, perdida en sus pensamientos. En ese momento, la recepcionista de pelo rizo alzó su mirada de la pantalla de su computadora y, reconociendo a la doctora, pensó: *¿Cuántas oportunidades perdemos en la vida por estar tomando decisiones incorrectas?*

Yo me monté en el avión, y cuando me acomodé en mi asiento, sentí una inquietud en el corazón. Sentí como si hubiese abandonado una parte de mí, una parte que en esos momentos no supe qué era porque la había arrancado por completa. No quedaban rastros ni pistas para dejarme saber qué fue exactamente lo que dejé atrás. Simplemente hubo un vacío, un agujero inexplicable que no sabía cómo volver a llenar. En esos momentos decidí ponerme los audífonos y escuchar música para evitar pensar en mis últimos días. Sentí como si el futuro fuera agua resbalándose entre mis dedos. Y así como sentí todo caer al abismo, mi espíritu resbaló entre la música y cayó dentro de un sueño profundo.

En otra parte de Puerto Rico, Vicente salía de su cueva con su marcador rojo en mano. Caminando hacia la cocina para sacar una Medalla fría de la nevera, recibió una llamada restringida en su teléfono personal. Mirando a la pantalla de su móvil, debatía si contestar la llamada. Dejó que sonara el teléfono hasta recibir una notificación de que tenía una llamada perdida. Siguió hacia la nevera, sacó la cerveza que anhelaba, y unos segundos después, el teléfono comenzó a sonar de nuevo. Esta vez, Vicente aceptó la llamada y se quedó en línea sin decir nada. Después de un momento, una voz distorsionada electrónicamente comenzó a hablar.

—Sé lo que hiciste —dijo una voz profunda—. Sé lo que hiciste y vas a pagar.

Vicente se quedó callado, pero su respiración comenzó a agitarse y sus latidos a acelerar.

—Mataste a la serpiente, pero no eres invisible, hijo de puta. Caíste dentro de la boca del lobo. Cayeron todos.

La llamada finalizó, y Vicente, confundido y enfurecido, lanzó la botella de cerveza hacia la pared, viéndola explotar, así como su rabia repentina. En el avión, yo soñé con Camila. En este sueño fuimos granitos de arena en un solo frasco de cristal. Nos perdimos uno en el otro, y nos mezclamos fácilmente. Fuimos tiempo infinito, espíritus bailando dentro del reloj. Fuimos una oportunidad, y luego fuimos dos. Fuimos los intentos de este universo para crear algo mágico, algo que le diera esperanza al resto del mundo. Pero este sueño fue tan solo eso: un fragmento de imaginación atrapado en una bóveda nocturna. En sus desafíos al destino, Camila rompió el cristal, y nos quedamos mirando las paredes, el techo, y el suelo por miedo a caminar sobre él. Nos quedamos al final de nuestro camino. El cristal ya astillaba con el tiempo, y por toda nuestra casa, las grietas se regaban como venas sobre un cuerpo envejecido. Los pocos segundos que quedaban se gastaron discutiendo los «quizás» de un futuro que nunca ocurrió, y nunca le dimos la vuelta atrás al reloj. Dejamos que nuestro reloj de arena se derritiera poco a poco como el hielo, y al final, el mar entró y nos ahogó a ambos. Lo inundó todo. Estaba dispuesto a nadar por ella, a cargarla entre las aguas, pero cuando la transparencia del cristal por fin explotó, olvidamos la posibilidad de nadar o volar sobre las olas. En este sueño, nuestro reloj hubiera podido regalarnos un principio nuevo, o quizás un final distinto. Pero este sueño fue tan solo eso: un sueño. Terminamos regalándonos diferentes cosas. Ella recibió su libertad, quizás una vez soñada. Y también, ahora, recibió mi desaparición inesperada.

Cuando desperté del sueño, ya el avión estaba aterrizando en el aeropuerto de Miami y todos los puertorriqueños aplaudían. La música había parado. Mi teléfono se había quedado sin carga.

Mierda, pensé, sabiendo que iba a tener que esperar a llegar a la casa para cargar la batería.

Me bajé del avión y me dirigí al área de recogida de equipaje. Como siempre, mi equipaje fue el último en salir sobre la correa en donde se tiran las maletas del avión. Con un suspiro, recogí mis cosas y empecé a caminar hacia la salida. Quizás por costumbre, paré un momento para mirar hacia atrás sin saber exactamente qué era lo que buscaba. Después de unos segundos, seguí mi camino hacia la salida, y después de un tránsito largo lleno de tráfico y *tapones*, llegué a mi casa por fin. Inmediatamente, sentí que algo andaba mal.

El cielo atardecido estaba en sus últimos segundos de luz, y, por unos momentos, las nubes parecían como si hubiesen sido pintadas por sangre. En un abrir y cerrar de ojos, todo oscureció. Acercándome más a la casa con mi equipaje en mano, vi que la puerta principal estaba abierta. Como una boca oscura invitando a su presa inocente a entrar a su garganta, la casa me esperaba pacientemente.

El miedo es el sentimiento más viejo que existe dentro de nosotros, un instinto que hace todo lo posible para mantenernos vivos. Sentí un escalofrío en mi cuerpo al pensar que, sin teléfono, no podía llamar a la policía, y ahora tenía que entrar solo a mi propia casa. Sobre mi rostro no hubo ni un rastro de temor, y parecía como si mi cara cargaba una máscara esculpida en roca. Mi corazón, en cambio, quería explotar; mis latidos reflejaban quizás el peor terror de todos: el terror a lo desconocido.

Caminé lentamente hacia la puerta de mi casa, y en la entrada dejé mi equipaje. Me paré frente al pasillo oscuro, frente al abismo en el que se había convertido mi hogar. En la luz, vemos todo en la vida como es. En la oscuridad, vemos el potencial de todo lo que puede ser, todo lo que nos puede estar esperando entre las sombras. Esa noche calurosa de Florida, sentí un viento frío salir de la puerta de mi casa, y fue así como si la madera y el cristal estuvieran suspirando, enfriando las gotas de sudor sobre mi cara con su aliento.

Mierda, pensé. *Fuckfuckfuck*.

Di un primer paso, y pasé por la puerta. Inmediatamente quise arrancarme el corazón del pecho, jurando que, entre el silencio, mis latidos incontrolables le dejarían saber a cualquier intruso en qué parte de la casa andaba. Poco a poco caminé hacia las escaleras, cada paso llevándome a más incertidumbre. El aire se sentía pesado, como si mil cuerpos estuviesen atrapados entre las paredes y todos estuviesen respirando a la vez. Después de una serie de pasos lentos, por fin llegué a las escaleras. Subí escalón por escalón, tratando todo lo posible de evitar los chillidos de cada uno. En la oscuridad me tenía que dejar llevar por el conocimiento previo de mi propia casa y por la poca luz que la luna regalaba por las ventanas. Parte de mí me decía que intentara prender las luces. La otra parte de mí me advertía que, en la luz, cualquier bestia que se escondía en la oscuridad me vería igual de fácil y no le quedaría otra opción más que atacarme. Cuando llegué al segundo piso, sentí una mezcla entre alivio y terror. No me había dado cuenta de que estaba aguantando mi respiración, y exhalé parte de mi nerviosismo antes de seguir hacia mi cuarto, el lugar donde podía cargar la batería de mi teléfono y donde tenía mi rifle guardado.

Cada paso se sentía esperanzador al saber que pronto podría prender mi teléfono otra vez y llamar a alguien, que poco a poco me acercaba más a las armas que usaría para defenderme. Y a la vez, cada paso se sentía peor al saber que tras cada movimiento me podría estar acercando más a un ataque desprevenido. Tocando las paredes para guiarme en la oscuridad, llegué a mi cuarto para encontrar que mi puerta estaba cerrada. Cuando pensaba que ya mi corazón no podía latir más rápido, este no malgastaba ni un segundo para sorprenderme. Tenía las manos frías, pero estaba sudando.

Estoy aquí, pensé.

Me quedé parado frente a la puerta cerrada por lo que pareció ser una eternidad. Realmente solo fueron segundos, pero en ese tiempo, pensé en cada resultado posible al yo abrir la puerta. Pensé en que debería salir corriendo de mi casa sin mirar atrás, que quizás eso hubiese sido mejor idea desde un principio, pero que también era muy tarde ya para eso.

Que se joda, pensé. *Fuck it.*

Al abrir la puerta, se escuchó un chillido alto por toda la casa y… *nada*. No había nada. Solo oscuridad. En un momento estuve paralizado. Y en otro momento estaba caminando, casi corriendo, al armario donde tenía la caja fuerte con mi rifle. Intenté abrir la caja sin luz, pero no podía ver los números.

¡Puñeta!

Cerca del armario en la pared estaba conectado un cargador para el teléfono. Rápido lo conecté.

Prende, hijo de puta. ¡Acaba y prende!

Cuando hubo luz en la pantalla del teléfono, intenté estirar el cable lo más que pude desde la pared para alumbrar los números de la caja fuerte con el teléfono. Empecé a marcar la contraseña y, después de unos segundos, la caja fuerte abrió. Saqué el rifle ya cargado, pero cuando fui a agarrar balas adicionales, el teléfono rompió el silencio abruptamente y empezó a sonar por una llamada. Del susto lo dejé caer al piso y, al desconectarse del cargador, se apagó instantáneamente por falta de carga. Las balas adicionales siguieron el mismo camino que el teléfono, y se resbalaron de mis manos.

¡Maldita sea! quise gritar.

Desesperado y nervioso, me arrodillé para buscar el teléfono en la oscuridad. En esos segundos, se me pararon todos los pelos en el cuello, y sentí un frío bajar por mi espalda como si fuera hielo derritiéndose sobre mi piel. En el silencio de aquella noche, escuché una respiración que no era la mía. La escuché inhalar profundamente. Y la escuche exhalar de una manera pesada, de una manera únicamente salvaje. Sentí mi corazón en la garganta, y cuando alcé mi mirada de donde estaba arrodillado, fue ahí cuando los vi por primera vez. Dos ojos frente a mi cara en la oscuridad. Dos ojos amarillentos. Dos ojos reptiles. De todo lo que pude pensar en esos momentos, no sé por qué lo primero que pasó por mi mente fue: *El viento sonaba una música diferente esta noche.*

No pude mirar a ese par de ojos por más de unos pocos segundos cuando sentí algo cortarme la cara con una furia inimaginable. Reaccioné con un grito, y con el rifle aún a mi alcance lo agarré y salí corriendo del cuarto, dejando el teléfono y las balas adicionales atrás. Desorientado por la sangre que me bajaba por la cara, choque con las paredes del pasillo, buscando las escaleras y una salida como un pobre animal a punto de ser devorado por uno peor. Detrás de mí escuché un sonido, y no supe si era el rugir de una bestia o si fueron truenos o si fue parte de mi imaginación. Seguí tocando las paredes, dejándome guiar por mi memoria en momentos de pánico, tratando de no seguir chocando con cada obstáculo que se me presentara en el camino. La casa en la oscuridad parecía agrandarse con mi terror, y yo de repente olvidé dónde quedaban todos los interruptores de luz en las paredes. Cuando por fin llegué a las escaleras intenté bajar cada escalón poco a poco, pero de repente sentí otro corte en una pierna y me fui cayendo sin alas hacia el abismo. Choqué con cada escalón posible, y en la caída sentí el metal de mi rifle chocar con mis huesos. Con cada golpe, pensé que a veces pasamos demasiado tiempo en la oscuridad. Tanto así que, cuando por fin salimos de ella, traemos algo con nosotros que debió haber quedado entre las sombras. Pensé en todas mis pesadillas.

Cuando choqué con el último escalón, sentí una parte del rifle enterrarse en mi costado. El aire se me escapó de los pulmones unos segundos, y para deshacerme de la incomodidad repentina, agarré el rifle por donde primero pude. Escuché una explosión que me hizo brincar del susto. Uno de mis dedos había apretado el gatillo, y una bala se había disparado de repente. Sentí un frío en mi cuerpo, pero antes de poder reaccionar a lo que acababa de pasar, sentí otro corte marcarme violentamente la espalda. Sin mirar atrás, sabía que los ojos reptiles me seguían aún, que me querían matar, y que no me podía quedar sentado allí en la oscuridad. Con el rifle en mano, salí corriendo por la puerta principal de mi casa, tropezándome una última vez con el equipaje que había dejado en el piso antes de entrar. Cagándome en la madre de mi mala suerte, agarré el rifle otra vez y, tirado allí en el patio bajo la luna, apunté hacia la puerta. Esperé y esperé hasta que pensé que me lo había imaginado todo, que me había vuelto loco y que, quizás, todo este daño me lo había hecho a mí mismo. Y ahí de nuevo, con una mezcla de alivio y de terror, vi por fin a los ojos reptiles asomarse de la oscuridad.

Salieron corriendo por la puerta, y yo quedé incrédulo al ver lo que me atacaba. Primero pensé que era una pantera negra. Luego vi que era solo el puto gato negro de antes. Bajo la luz de la luna, el gato se acercó y me miró como si yo fuera el sol; algo que no se debe mirar directamente. En un momento hasta pensé que el gato andaba más confundido que yo.

—¿Es en serio, cabrón? —le grité al gato—. ¿Me estás jodiendo?

Encabrona'o, apunté el rifle y fusilé al jodío gato. Perdí cuenta de cuántos balazos le di, pero cuando se me acabaron las balas, lo dejé sorprendentemente cojeando en el patio.

Hijo de puta, ¿no quieres morir?

Le pasé por el lado, y el gato me miraba arrepentido, ¿quizás? Aun así, me fui a buscar las balas adicionales en mi cuarto para acabar con ese cabroncito. Cuando entré a mi casa y empecé a prender las luces, me encontré con otra sorpresa.

—*What the fuck...* —comencé a murmurar cuando me di cuenta del desastre real que había en mi casa. Supe que había chocado con las paredes y había roto algunas cosas, pero cuando prendí las luces de mi casa, vi que había destrucción mucho más allá de lo que yo había hecho.

¿Qué demonios?

Alguien de seguro había entrado a mi casa en busca de algo. Quizás ese día no fue, pero en algún momento, alguien me había robado.

Seguí hacia mi cuarto, puse el teléfono a cargar de nuevo, y con las balas que había dejado caer en el piso anteriormente, recargué mi rifle. Bajé las escaleras y salí hacia el patio para seguir disparándole al puto animal, pero ya él no estaba. No quedaba ni un rastro del gato. No sabía si la sangre que manchaba el piso era la de él, o si solo era la mía.

La sangre.

Rápido miré la camisa que llevaba puesta y estaba entripada en sangre. Entré en pánico. ¿No había sentido el balazo en las escaleras por la adrenalina? Me deshice del rifle y me quité la camisa como si fuera una segunda piel que quemaba mi cuerpo. Desesperadamente me toqué el pecho, la barriga, las costillas en busca de un balazo, en busca de líquido espeso y caliente. No había nada. Debió haber sido los arañazos de la cara y mi espalda que mancharon la camisa tanto. Con alivio, di un suspiro y caminé hacia la casa otra vez. Metí mi equipaje, cerré la puerta, y subí las escaleras hacia el cuarto. Allí mi teléfono sonaba. Era Vicente. Agarré el teléfono y contesté de camino al baño. No pude ni hablar por lo rápido que Vicente empezó:

—¿Por qué no contestabas? Estaba preocupado. Tenemos un problema, Adrián. Tenemos un maldito problema.

—No jodas —respondí sarcásticamente, mirándome en el espejo del baño y limpiándome la cara con la otra mano—. Me acaba de atacar un puto gato en...

—Adrián — interrumpió Vicente—. Alguien sabe… alguien sabe lo que hicimos.

Paré de limpiarme la cara un momento. Me miré en el espejo, procesando lo que Vicente me acababa de decir. Estaba seguro de que, entre la sangre, también se guardaba polvo entre las arrugas de una cara que no debería verse tan vieja. Qué vida esta…

—Me acaban de robar —le contesté.

—¿Qué?

—Acabo de llegar a la casa y aquí hay un desastre. Tendré que llamar a la policía.

—*Fuck* —dijo Vicente.

Después de un silencio en la llamada, él dijo:

—Javier no me contesta. Llámalo y asegura que él esté bien. Tengo un mal presentimiento de esto. Hablamos después.

Terminó la llamada y yo terminé de limpiarme la cara. Intenté llamar a Javier inmediatamente, pero no contestó. Luego llamé a la policía, les expliqué lo que había pasado, omitiendo la parte en la que le exploté la vida al gato, y después de hacer el reporte, me puse a recoger los casquillos de las balas en el patio y luego me puse a recoger el resto de la casa. Tardé toda la noche en recoger todo cuando me di cuenta de que no me faltaba nada. Nadie se había robado nada. Y entonces, solo por impulso, fui al ático de la casa. Esto fue lo más raro de todo. En el ático todo estaba regado también, pero no en el sentido de que todo andaba tirado por el piso como un desastre. No, ahí estaba todo ordenado. Las cajas y mis otras pertinencias fueron acomodadas y organizadas, excepto que no de la manera en las que yo las había dejado. Era como si alguien hubiese querido disimular que estuvo buscando algo ahí. Supe entonces en esos momentos que, si alguien me había robado algo, estaba guardado en el ático.

Nadie es completamente invisible en nuestro mundo. Tú tienes tus hombres. Yo tengo los míos.

Buscando entre mis cosas, tratando de descubrir qué fue lo que me robaron, no pude evitar pensar en la Anaconda. Ese hijo de puta. Y entonces me di cuenta.

Ese maldito hijo de la gran puta.

Todos los recuerdos. Todas las fotos. Todas las cartas. Todo lo que servía de evidencia de que Camila y yo en otra vida fuimos felices había desaparecido. Mi corazón se rompió en ese instante. Por más que pensamos a veces haber arrancado partes de nosotros para que nunca más nos hieran, siempre queda una pequeña cicatriz en alguna parte que duele al tocarla.

Bajé del ático, bajé las escaleras de mi casa, y me senté en la sala. ¿Por qué nada nunca puede ser fácil? Saqué el teléfono e intenté llamar a Javier una vez más. Por fin contestó:

—OYE GÜEY, ESTÁS INTERRUMPIENDO— gritó Javier en la línea—. Estamos aquí a punto de saltar. ¡Está muy padre!

Cansado ya de todos los eventos del día, no quise ni saber de qué estaba hablando Javier. Simplemente le pregunte:

—Javier, ¿estás bien? Javier se empezó a reír.

—Pues claro que estoy bien, marica. Estamos aquí a punto de saltar de un puente. Vamos a nadar en la noche, güey, y nos estás interrumpiendo. Por poco dejo caer el pinche teléfono al agua y…

—Javier —lo interrumpí, pensando que el tipo estaba loco pal carajo con sus aventuras. Le expliqué todo lo que había pasado.

Después de un silencio, él contestó incrédulo:

—No mames.

Mientras hablaba con Javier, una mariposa nocturna se había metido a la casa y estaba aleteando cerca de mi cara. Con la mano la intenté alejar.

—Sabes —continuó Javier—, nada ha pasado por acá en Washington. Lo único raro que recuerdo es que en el vuelo una pinche vieja loca me dijo que la vida es una carrera que siempre se pierde al final. Y mira, marica, yo no pierdo ninguna carrera.

Javier me siguió hablando de la vieja, y nada realmente me estuvo raro hasta que la describió. Su chal oscuro. Sus espejuelos gruesos y ojos azules. Su sonrisa casi hasta… *maligna*. Terminamos la llamada, y me quedé preguntándome, ¿cuántas cosas en la vida realmente pasan de pura casualidad? En ese momento, la mariposa nocturna regresó y yo instintivamente la abatí con la mano. Cayó violentamente al suelo y así, sin yo saberlo, murió sellando un lazo de un destino en alguna otra parte del universo.

Que pequeño es este mundo, pensé.

DIECIOCHO

En una parte de Puerto Rico, Nicolás llegaba al orgasmo dentro de Camila en una cama que ya se sentía extraña para ambos. Camila se quedó bajo el cuerpo de su esposo, mirándolo algo distante, como si ninguna de sus mentes formara parte de sus cuerpos durante ese acto matrimonial. Sudado, Nicolás se despegó de ella y, sin palabras, quedaron acostados uno al lado del otro mirando hacia el techo.

—¿Estás ahí? —preguntó Nicolás después de un rato.

Camila cerró los ojos y respiró profundamente, pensando en qué decir, pensando en el pasado, el presente, el futuro, todo a la vez.

—¿Cómo que si estoy aquí? —preguntó ella, sabiendo muy bien a lo que se refería Nicolás. De seguro ella no estaba completamente presente. Aún pensaba en los últimos días que habían pasado.

—Tus ojos estaban en otro lugar —contestó él. Camila se dio de vuelta en la cama, dándole la espalda a su esposo. Ya era hora de que se saliera de la cama, para bañarse y arreglarse, para irse a trabajar y vivir su vida, pero ella no quería moverse de allí. No iba a poder enfocarse en el trabajo con todos sus pensamientos. Pero tampoco quería mirar a Nicolás a la cara. Tenía miedo. Sin embargo, no era miedo a que él se enterara de lo que ocurrió entre ella y otro hombre, sino miedo a que Nicolás se enterara y que ella se diera cuenta de que ya a ella no le importaba nada, que su corazón se había endurecido una última vez, y que el amor que no podría regalar nunca más se quedaría pudriendo dentro de algún abismo escondido en ella.

—Los tuyos también —dijo Camila después de unos momentos.

Hubo un silencio largo que solo fue roto por un llanto repentino de parte de Nicolás. Él lo intentó reprimir y esconder, pero Camila podía sentir las vibraciones en la cama del cuerpo agitado de su esposo, el subir y bajar de su pecho al intentar guardar una desesperación secreta. Camila no se movió.

—No pude hacerlo —dijo Nicolás entre llantos callados—. No pude hacerlo.

Ahora sí Camila se dio la vuelta de nuevo y miró a su esposo.

—¿Qué cosa? —preguntó Camila.

Sus ojos azules buscaban una respuesta en el rostro de Nicolás, pero él solo movía su cara de lado a lado, repitiendo lo mismo una y otra vez. Desesperada ya por su esposo incoherente, Camila preguntó:

—¿De qué hablas?

Nicolás escondió su cara entre las manos, avergonzado y sabiendo que, aunque le dijera la verdad a Camila, ella no le creería nunca. Él lloró y lloró hasta que Camila por fin decidió salirse de la cama para evitar pasar un segundo más con un hombre vacío que solo la llenaba de semillas que nunca florecían. Ella se bañó, se vistió, y se fue de la casa sin mirar atrás. No se dio cuenta de las últimas lágrimas que Nicolás lloraría por ella. Y tampoco se dio cuenta de la criatura al cruzar la calle que andaba velando su casa con una caja entre las manos, esperando pacientemente que la doctora se fuera para entonces entrar a su casa y acelerar los pasos que llevarían un mundo a explotar.

En otra parte de Puerto Rico, la recepcionista del hotel de Condado caminaba en la playa bajo el amanecer. Esa era su rutina mañanera antes de irse a trabajar, siempre que su mamá pudiera cuidar de su hijo desde temprano. Ella recogía los caracoles que traía la marea y miraba el sol que pintaba el cielo de rosa con su despertar. *Qué hermoso*, ella pensaba en esos momentos. *Qué hermoso que cada final tiene un comienzo nuevo.* Mientras tanto, un jibarito y una princesa apreciaban el mismo cielo desde otra parte de aquella isla hermosa.

—¿Crees que la vida es injusta? —preguntó el jibarito.

Ahora le tocaba a él estar sentado en la cama frente a la ventana de la cabañita. La princesa le sobaba la espalda mientras él hablaba.

—¿Y por qué sales con eso? —preguntó ella.

Después de un silencio prolongado, el jibarito señaló con la mano hacia el lago y el amanecer.

—Tenemos esta paz. Este lugar perfecto. Juntos. Hay personas que pasan sus vidas enteras buscando tener esto y nunca lo encuentran. ¿Qué hicimos tú y yo para ser tan afortunados?

La princesa entonces se acomodó detrás del jibarito, y le comenzó a besar la espalda mientras lo abrazaba.

—Creo que muchos piensan que el amor lleva un precio —contestó ella entre besos—. Piensan que, para obtenerlo, tienen que sacrificar algo o tienen que sufrir. Y creo que en ese pensar, en el transcurso de sus vidas, pierden de vista lo que realmente es el amor. Obsesionados por esa idea, confunden el amor con eso mismo: una obsesión.

La princesa pegó su oído a la espalda del jibarito, abrazándolo aún. Escuchaba los latidos de su corazón.

—No hay por qué complicar la vida, mi cielo. Solo hay que ser agradecidos.

El jibarito respiró profundamente y dejó que la princesa le siguiera sobando la espalda bajo ese amanecer rosado al lado del Lago Carite.

Mientras tanto, la criatura al cruzar de la calle esperó a que se fuera la doctora Camila de su casa por la mañana, y después esperó a que se fuera Nicolás. Pacientemente, como una estatua, la criatura veló la casa toda la mañana, esperando su momento perfecto para entrar y dejar su huella de destrucción. La criatura cruzó la calle por fin. Con la ayuda de una ganzúa entró al hogar donde hace unas horas atrás Camila y Nicolás compartían una cama desnudos, y dejó sus pasos en forma de una caja que le cambiaría la forma de pensar a Nicolás para siempre. Mientras Nicolás se iba en busca de alguna manera de saldar sus deudas, una bomba lo esperaba en su propia casa.

Al caer el sol ese día, José y Alexandra se encontraban nuevamente en el restaurante en la hacienda de San Lorenzo donde en un pasado se habían comprometido.

—Te encanta este lugar, ¿ah? —José le preguntó a su esposa con una sonrisa.

Ambos se comían unas chuletas can-can. Ella, con comida aún en la boca, movía su cabeza de arriba hacia abajo rápidamente. José se comenzó a reír.

—Ya veo —dijo él—. Buen provecho.

Ellos se disfrutaron la comida y luego pasaron a disfrutar de la sangría otra vez, contemplando los secretos de la vida juntos en la noche.

—Sabes... —Él comenzó a decir—. No iba a pedirte matrimonio aquí. Realmente no sabía dónde hacerlo. Pero ya mi alma no pudo esperar más, y tuve que hacerte la pregunta. Solo supe que no quería esperar un segundo más sin tu respuesta.

Alexandra se cambió de silla y se sentó junto a él. Le dio un beso largo con sabor a las frutas de la sangría.

—Me encanta que no pudiste esperar más —respondió ella.

Mientras la pareja casada se iba del restaurante en la noche, Nicolás regresaba a su casa. Decepcionado al no encontrar alguna manera de conseguir el dinero que debía, abrió la puerta de su hogar con lágrimas en sus ojos.

¿Cómo le explicaré esto a Camila?, pensó él.

Tiró sus llaves en la mesa de la sala y se dirigió al cuarto donde compartió la cama con su esposa en la mañana. Inesperadamente, sobre la cama lo esperaba una caja que él no reconocía y que no había estado antes de él irse por el día. Nicolás miró a su alrededor, recordando la criatura que se le había aparecido un tiempo antes.

—¿Camila? —dijo él fuertemente, preguntándose si su esposa había llegado antes que él y simplemente no la había notado.

Esperó en silencio unos momentos, y al no recibir ninguna respuesta, se paró frente a la caja desconocida. Suspiró profundamente.

¿Qué será?

Nicolás abrió la caja, y por un momento quedó paralizado.

¿Qué es esto?

Poco a poco su curiosidad se convirtió en tristeza, y luego se convirtió en furia y confusión. Al sacar poco a poco el contenido de la caja, el dolor de una traición lo apuñalaba más y más en el corazón. No pudo creer lo que descubría en sus manos con cada objeto que sacaba de la caja, y entendió que las lágrimas que derramó por la mañana serían las últimas que saldrían de sus ojos. Su respiración y sus latidos comenzaron a acelerar. Nicolás tomó la caja y con un grito tiró todo contra la pared. Dicen por ahí que del amor al odio solo hay un paso. Nicolás había dado un brinco entero.

Enfurecido, Nicolás sacó su teléfono del bolsillo y marcó un número que se había memorizado. Después de unos segundos, contestaron.

—Dime, Nicolás —dijo la voz en línea. Nicolás se quedó en silencio por unos segundos, pero la voz esperó pacientemente su respuesta.

—Sé quién tiene tu dinero —respondió él. Otro silencio más.

—Muy bien —contestó la voz—. Nos vemos pronto.

Enganchó. Unos segundos después, Nicolás escuchó la puerta de su casa abrir.

—¿Nicolás? —Se escuchó una voz preguntar. Momentos después, Camila apareció en la puerta de su cuarto, y encontró a Nicolás en el centro y una caja tirada en el piso con todo su contenido regado por el cuarto. Camila miró al reguero y todos los objetos que ella reconocía. Luego le devolvió la mirada a Nicolás, pero el hombre que estaba parado frente a ella ya no era Nicolás. Ella no reconocía la furia de sus ojos. Esa no era la mirada del hombre con el que ella se había casado. Esa noche, su corazón comenzó a latir más rápido que nunca.

—

En otra parte secreta de Puerto Rico, Vicente se encontraba en su cueva marcando una equis roja sobre la foto de otro miembro de su equipo de seguridad. Con una Medalla más en mano, pensó que quizás tenía algún problema con el alcohol, pero ya a este punto de su vida, no le importaba. Se sentó en una de las sillas al lado de la mesa que se encontraba frente a la gran ventana, y como si lo hubiese planificado perfectamente, su teléfono móvil comenzó a sonar. Vicente se lo sacó del bolsillo y vio que otra vez lo llamaban de un número restringido. Él contestó.

—¡Hijo de puta, sé lo que hiciste y voy a matarte a ti y a todas las personas que quieres!

Fue lo único que dijo la voz, pero fue una diferente a quien lo llamó antes. Esto le pareció a Vicente, curioso.

—Me estoy cansando de esta mierda ya — murmuró Vicente.

Se paró de su silla y caminó hacia la ventana. Tomando de su cerveza, pensó en cómo iba a hacer para dejarle caer el edificio completo a las ratas atrevidas que ahora se creían algo más que ratas.

No va a quedar nadie, **pensó Vicente.** *Ni una puta alma.*

DIECINUEVE

Son pocas las veces cuando uno duerme que se puede distinguir entre el sueño y la realidad. Estuve acurrucado en el mismo rincón de mi cuarto durante un tiempo que se había sentido como semanas, sin saber que andaba soñando, pensando que en realidad no había dormido casi. Al abrir los ojos, me encontré perdido en la oscuridad de ese sueño y me di cuenta de que mi único salvador, la bombilla del techo, andaba destrozada en el suelo.

No podrás salirte...

Quizás solo había pasado un minuto. O quizás una eternidad. El tiempo es diferente cuando uno sueña. De todos modos, comencé a escuchar la voz de mi locura invadiendo mis pensamientos. Empecé a escuchar susurros. Quizás venían de otra parte de la casa. O quizás eran memorias fermentándose en mi cerebro.

Puse una oreja contra la pared y sentí un crujido en el cuello al ajustarme la cabeza al ángulo correcto. Intenté escuchar y descifrar qué andaba conmigo en la oscuridad de mi casa. Consideré hasta cerrar los ojos para concentrarme, hasta que escuché un deslizamiento al otro lado de la pared, algo arrastrándose lentamente entre los huecos que existían entre cada cuarto. Escuché arañazos después, como si algo estuviese desesperadamente tratando de romper la pared para atraparme entre sus garras.

Por aquí...

Escuché unos pasos repentinos, algo que dejó de arrastrarse para entonces salir corriendo. Y entonces una risa chillona resonó entre la tubería de la casa. La puerta detrás de mí se abrió con un golpe, y yo del susto me viré hacia ella para entonces sentir mi corazón en la boca. Una figura desconocida andaba parada en la puerta, pero todo lo que pude distinguir era su silueta oscura, sus brazos largos, y al final de ellos, garras largas y más oscuras aún. En un parpadeo todo desapareció. La puerta estaba cerrada y no había ni un rastro de la criatura de mis pesadillas.

Escuché agua goteando a mi alrededor, pero no pude ver de dónde venía. Empecé a escuchar el sonido metálico de las tuberías chocando y tuve que preguntarme en esos momentos, *¿qué tipo de demonio está tratando de entrar en la habitación desde las alcantarillas?*

Intenté ignorarlo todo para seguir escuchando los sonidos y susurros de la pared, pero entonces la piel de mi cuello se erizó al escuchar algo brincando inquietamente sobre mi cama. No pude dar la vuelta lo suficientemente rápido para ver qué demonios me esperaba a mis espaldas, así que cuando miré hacia la cama, ya no había nada allí.

En esos momentos, un silencio arropó la habitación. No hubo más arañazos ni deslizamientos entre las paredes. No hubo puertas abriéndose violentamente. No hubo más sonidos desde la cama. La risa chillona también calló. Y luego de un largo silencio empecé a escucharlo. Empecé a escuchar un lento golpeteo rítmico, y concentré todas mis energías para poder escuchar mejor el sonido. Ahí sentí las vibraciones bajo mi piel, el golpeteo como un centenar de tambores pulsando y retumbando a través de mis extremidades, señalando el comienzo de una guerra. *¡JAJAJAJAJA!* Escuché la risa demoníaca rugiendo dentro de mi cabeza.

Me puse de pie y frenéticamente comencé a seguir la voz, buscando el lugar de donde venía. Empecé a correr, pero pisé los restos destrozados de la bombilla y me perforé la carne desnuda. Sin embargo, ni eso me detuvo. Seguí el rastro de los susurros, tropezando con cada tabla que sobresalía del suelo debajo de mis pies y marcando cada paso con sangre. Con mis manos me guie por los viejos pasillos de ese manicomio abandonado. Ese lugar no era mi casa, y poco a poco me daba cuenta de eso más y más. En lugar de paredes de cemento o ladrillos, la madera de ese lugar antiguo se caía en cantos. Todo se estaba pudriendo, y pensé por unos momentos que ese lugar era sinónimo de mi alma. Un clavo oxidado en el suelo me raspó los dedos ásperos de los pies mientras tropezaba con la maquinaria abandonada por los pasillos. Me caí violentamente, como si hubiese salido disparado del cielo, y sentí la sangre goteando de mis rodillas al chocar fuertemente con el suelo, mi camisa rasgándose con un clavo en la pared. No los pude ver, pero sentí los charcos oscuros de líquido carmesí que se formaban debajo de mí.

Entonces traté de huir, pero mis pies pisaron otros charcos que no fueron causados por mis propias rodillas, y resbalé, así como uno resbala en los sueños al tratar de escaparse de un asesino. *Más cerca...* Hice un desastre, manchando el lugar más aún de huellas rojas por todas partes. *¡Más rápido!*

Perseguí la voz mientras las sombras me perseguían, y corrí como un loco por los pasillos negros del abismo, buscando un final antes de que el final me encontrara a mí. Algo se movía rápidamente detrás de mí, pero no me atreví mirar hacia atrás. Sentí el cristal de otras bombillas explotadas crujir bajo mis pies, pero no me detuve. Cada fracción de cada segundo importaba en esa carrera. No sabía qué demonio había surgido de la sangre en el suelo y no me interesaba averiguarlo. *Casi ahí...* Llegué a una puerta y, sin tocarla, se abrió lentamente ante mí. *¡Más cerca!* Escuché la voz susurrar una vez más.

Avancé hacia el centro de la habitación, aun con todos los instintos de mi cuerpo diciéndome que me detuviera. Escuché y casi hasta sentí como la puerta se cerraba silenciosamente a mis espaldas, encerrándome con un monstruo escondido en la oscuridad. No quise, pero poco a poco empecé a darme la vuelta. Mi alma luchaba contra mi mente, tratando de evitar mirar hacia atrás. Escuché todos los huesos de mi espalda triturándose mientras se forzaban en la dirección contraria.

Sentí mi alma romperse, así como mis huesos astillados y, rendido, dejé que mi cuerpo mirara hacia la puerta cerrada. Solo pude ver el vidrio. La luz de la luna que entraba flotando en la habitación desde una ventana rota no fue lo suficiente para dejarme ver exactamente lo que quedaba frente a mí. Entonces di un paso adelante y vi que algo detrás del vidrio me imitaba. Di otro paso y la silueta empezó a aclararse. Di un último paso y miré directamente a la sombra atrapada detrás del cristal.

La criatura frente a mí resultó familiar, y empecé a pensar que sabía exactamente lo que miraba. Era aterrador. La sonrisa en su rostro era escalofriante, y por un momento pensé ver los pozos del infierno en sus ojos negros. Las sombras que se formaban en la cara del monstruo ante mí fueron más aterradoras aún, y la repentina aceleración de mis latidos se sentían como mil cuchillos en el pecho. Pestañé una vez y todo me pareció más claro. Supe exactamente lo que estaba mirando. No eran garras en sus manos, sino cuchillas que ahora marcaban una ruta sobre mis brazos. Antes de escuchar la voz, mis labios comenzaron a tomar forma de cada palabra que la sombra en el vidrio comenzó a decir. Imité al monstruo como si ya supiera lo que aquella criatura estaba pensando antes de hablar.

El golpeteo de los tambores se detuvo. Mi corazón se detuvo. El tiempo incluso se detuvo y nada fue más fuerte que el silencio que inundaba aquella habitación. Nada fue más presente que la oscuridad que me envolvía en esos momentos.

—Te he estado esperando, Adrián —susurró el espejo—. Todos somos animales aquí. Quítate la máscara ya.

El mundo de repente dio una vuelta y yo me encontré al otro lado del cristal, ahora yo la criatura mirando mi cuerpo original. Miré la sombra de lo que una vez fui, y entre el cambio de un mundo a otro, mi primer cuerpo ahora se encontraba vestido de militar en medio de una jungla desconocida. En este sueño, mi sombra lloraba entre los árboles. Líquido bajaba por sus brazos, pintura espesa bajando lentamente como cerezas derretidas hasta por fin llegar a sus dedos. Al mirar mi reflexión, un mundo entero llegó a mi mente.

Fresas y manzanas. Fuego. Las hojas de un otoño. Un atardecer. Un rubí. Una rosa. Una sola rosa. Una única rosa con cada una de sus espinas. Y el color del cabello de un amor perdido. Un mundo entero vestido de un solo color: rojo. En este mundo estuve al otro lado del espejo, y con cada segundo que pasaba, yo flotaba un poco más lejos de mi sombra; un espíritu gitano en busca de algo que cubriera la multitud de mis pecados. Mariposas nocturnas comenzaron a salir una por una de la boca de mi reflexión, y con cada segundo que pasaba, el mundo se callaba un poco más. El líquido espeso brotaba de mis venas, y con el tiempo todo se sentía un poco más distante, los llantos cada vez un poco más lejos. En este sueño una legión de criaturas voladoras abandonó mi cuerpo, la lluvia se derramó en forma de vino, y en mi suicidio el rojo se lo tragó todo.

Todos tenemos miedo. Ese es el gran secreto que nadie quiere admitir. En esos momentos desperté con un gran suspiro, como si estuviese rompiendo la superficie del mar después de haber estado siglos atrapado bajo el agua. Un instinto me llevó la mano al pecho al sentir mis pulmones llenándose otra vez de aire, y en la oscuridad de mi cuarto miré hacia el techo con alivio. Respiré desesperadamente, recuperándome poco a poco de la pesadilla hasta por fin calmarme. Inhalé. Exhalé. Seguí respirando. Al calmarme por fin, pude concentrarme en mi propio cuerpo, en cada extremidad. Y entonces mi pulso comenzó a acelerar otra vez. En mi desespero, no me di cuenta de un dolor agudo que sentía en mis pies. Intenté mover cada dedo, pero … no pude. Intenté mover mis pies, pero sentí algo inesperado en la cama. Las sábanas estaban mojadas y pegajosas. Y entonces sentí algo más moverse conmigo allí en esa oscuridad.

Todos le tenemos miedo a algo, y muchas veces construimos planes diseñados en nuestras cabezas para saber cómo manejar esos miedos cuando por fin nos toquen enfrentarlos. Planes para saber cómo manejar la bancarrota. Planes para saber cómo manejar la muerte de un familiar. Planes para saber cómo pelear e incluso cómo enfrentarte a un intruso cuando entra a tu casa en la medianoche. Todos tenemos planes de alguna forma u otra y los guardamos en las bóvedas de nuestras mentes, dejando que poco a poco esos mismos planes se llenen de polvo. Y de repente surge que necesitamos esos planes cuando más enterrados están; se nos olvidan por completo, dejamos que el miedo se apodere, y es como si nunca hubiésemos tenido un plan desde un principio.

Quedé paralizado al sentir que algo caminaba sobre mi cama y que, con cada paso que daba, se acercaba más a mi cara. Pensé inmediatamente en el intruso que había entrado a robarme la caja de recuerdos, que había regresado solo para matarme. Pensé en mi fin, que de esta manera no era como lo esperaba. Pensé en todo el tiempo gastado, y una lágrima me bajó por la cara. Ya los pasos en mi cama estaban sobre mi pecho y ahí fue que vi dos ojos reptiles mirándome directamente a los míos. Era el puto gato lleno de balazos y tenía la boca llena de sangre. Poco a poco caí en cuenta, y cuando decidí atreverme a mirarme los pies, vi que me faltaban los dedos, que el jodío gato se había tragado una parte de mí mientras dormía. *Hijo de puta vengativo.* Regresé la mirada hacia el gato, y con la luz de la luna entrando por mi ventana, vi una transformación horrorosa ocurrir ante mí. La boca del gato parado en mi pecho poco a poco se alargaba, su piel podrida desgarrándose, sus huesos brotando desde sus profundidades, hasta que se convirtió en lo que parecía el hocico de un lobo. A la vez, sus orejas se alargaban, estirándose de forma grotesca hasta que parecieron ser las orejas de una mula. Y durante este proceso, el dolor que le causaba esta transformación llevó el gato a liberar gritos que no le pertenecían a una criatura así. Sonaban como algo así entre el rugir de un león y el chillido de mil pájaros hambrientos.

Pero sus ojos quedaron iguales, dos ojos de serpiente mirándome sin perder su enfoque en todo el proceso. Cuando acabó su transformación, sentí que de alguna manera aquella criatura también aumentó de peso y que estaba a punto de romperme las costillas. Era la criatura del zoológico en mis pesadillas. Más que animal, parecía un demonio.

Ahí quedé frente a él, esperando el fin que me había encontrado primero. La criatura abrió su hocico, y en un instante supe que mi cabeza cabría completamente en su boca. Su aliento olía a muerte, a la mía, y al acercarse más a mí, vi que unas mariposas negras se escapaban desde algún lugar profundo de su garganta. Las mariposas tomaron un último descanso sobre mi pecho, quizás ellas mensajeras del fin del mundo, o quizás tan solo espectadoras cansadas de estar atrapadas entre las entrañas de una bestia. La criatura se lanzó hacia mi cara, y en mis últimos momentos, escuché un chillido diferente salir de su boca. A tan solo centímetros de sentir los colmillos enterrarse en mi piel, escuché el sonar de algo familiar. El chillido siguió y siguió hasta que por fin desperté de la pesadilla atrapada dentro de otra.

Abrí los ojos y salí corriendo de la cama, tropezándome desesperadamente en la oscuridad, pero por fin prendiendo la luz de mi cuarto. De inmediato me inspeccioné el cuerpo y vi que no me faltaba nada. Miré hacia mi cama regada, y no vi sangre ninguna. Lo único que quedó de mis pesadillas fue mi corazón a punto de explotar, un leve olor a pudrición quizás, y el puto chillido. *El chillido*. Mi teléfono estaba sonando sin parar. Corrí hacia la mesita al lado de mi cama y vi que Vicente me estaba llamando.

Fatigado, contesté la llamada.

—Adrián —dijo Vicente. Adrián, debes tener cuidado. Vienen por todos.

Me senté en la cama tratando de calmarme y controlar mi respiración.

—¿De qué tú hablas? —le pregunté. Hubo una pausa en la línea.

—Vicente, ¿de qué me estás hablando?

—Han secuestrado a Camila —contestó él.

A veces los planes no salen como uno tiene en mente. Y cuando eso pasa, es como si nunca hubieses tenido un plan. En momentos así, el miedo entonces se apodera de uno fácilmente. Pero en otros momentos, momentos como este, es cuando la gente se desespera, cuando se convierten en hombres peligrosos. Son en momentos así cuando la falta de un plan convierte a una persona en una criatura salvaje.

Mi corazón paró de latir, y sentí como la red del destino me atrapaba otra vez.

VEINTE

A veces seguimos mirando hacia atrás con esperanzas de encontrar aquello que anhelamos tanto. La curiosidad nos lleva cada vez a dar ese giro hasta que, en algún momento de nuestras vidas, al virarnos, se nos para algo de frente que es justamente lo que no queríamos encontrar. En otras ocasiones nos encontramos viviendo una vida dormidos, y solo necesitamos que alguien nos despierte del puto sueño para entender que el mundo se está cayendo en pedazos a nuestro alrededor.

Al otro día regresé a Puerto Rico en un vuelo por la tarde. Esa vez me quedé en otro hotel de San Juan e hice mis arreglos para un vehículo en un alquiler de carros diferente. Por la noche me encontré con Vicente en el Hades. Estábamos en la barra, no necesariamente planificando nuestros próximos pasos, sino contemplando las circunstancias misteriosas que nos llevaron a ese presente inexplicable.

—¿Qué carajos está pasando? —pregunté—. Calculé todo. ¿Cómo es posible que alguien nos haya visto? No, no. No es posible.

No le hice la pregunta a Vicente directamente, pero hablé lo suficientemente alto para que me escuchara sobre el sonar de la música. Luego lo miré y noté el cansancio en su mirada, un peso que se reflejaba en su rostro. Al escucharme, él simplemente alzó sus hombros sin alguna respuesta y se tomó uno de los varios tragos de vodka que teníamos en fila frente a nosotros. Se quedó mirando hacia lejos. Intenté calmarme, pero solo pude pensar en Camila. Pensé en la Anaconda. Si ese puerco era un enfermo, ¿no serían también enfermos todos los que trabajaban para él?

Tú tienes tus hombres. Yo tengo los míos.

Imágenes grotescas llegaban a mi mente al pensar que ella estuviese en un lugar desconocido, atrapada por un salvaje. Pestañé, y por un segundo efímero juré ver a la Anaconda, sus ojos reptiles mirándome desde lejos, parado detrás de Camila en una habitación oscura, pasándole una lengua serpentina por el cuello sin yo poder hacer nada para ayudarla. Me dieron nauseas.

—Me habían llamado amenazándome de que me iban a matar a mí y a aquellas personas que quiero —comenzó a decir Vicente, rompiendo mi trance y la imagen que veía de la Anaconda en mi mente—. Unas horas después me llamaron de nuevo. Esta vez fue la voz distorsionada de antes.

Me le quedé mirando, enfocándome en sus palabras entre todo el sonido del Hades.

—Diez millones por la puta. Diez millones o muere. Tú escoges si quieres encontrar a la pelirroja sin su cabeza atada al cuerpo.

Vicente entonces me miró a los ojos.

—Eso fue lo único que me dijeron antes de terminar la llamada. No han vuelto a llamar. Intenté rastrear la llamada, pero parece que aparte de llamar con números restringidos, también están llamando de teléfonos diferentes y luego se deshacen de ellos. Saben cómo funciona esto.

Por poco vomito.

—¿Diez millones? ¿Eso es lo único que están pidiendo? Cualquiera de los dos podemos dar el dinero. Tenemos que contactar...

—Adrián—Vicente interrumpió—. Te estás dejando llevar por tus emociones. Piensa en todo.

Se tomó otro trago.

—Alguien llama amenazando de que nos va a matar a todos. Otra persona llama queriendo hacer un intercambio por Camila. Si la persona realmente sabe quiénes somos nosotros, ¿no crees que pediría mucho más que tan solo diez millones de dólares? A demás, ¿por qué llamarme a mí? Perdóname, pero a la única persona que le importaría si algo le pasa a Camila eres tú. Te dije desde un principio que nada bueno resultaría al dejarla entrar de nuevo a tu vida.

Por mí que se muera. Lo que aún me tiene aquí ayudándote es que eres mi hermano. Y pues, hay algo aquí que no encaja. ¿Por qué hicieron llamadas distintas?

Después de un largo silencio de mi parte, le pregunté:

—¿No crees que tiene que ver con la Anaconda?

—Si está relacionado con la Anaconda, aún no he encontrado la conexión. Y si no tiene que ver con el asesinato, pues eso complica el porqué de todo. No tengo puta idea de qué está pasando.

Tapé mi cara con las manos y recosté mi cabeza entre mis palmas, mis codos sobre la barra.

—¡AHHHHHH! —grité en frustración.

Me quité las manos de la cara y le di un puño a la superficie frente a mí. Una muchacha me miraba con los ojos muy abiertos, asustada quizás, al pasarme por el lado en ese justo momento. Irritado, viré los ojos. Vicente, calmado, o al menos aparentándolo, simplemente deslizó uno de los pequeños vasos de tragos de vodka sobre la barra en dirección hacia mí. Me bebí ese y luego le pedí otro. Con la botella que tenía a su lado, me llenó el pequeño vaso de nuevo. Rápidamente me tomé el segundo trago, y el cristal de la copita sonó al yo regresarlo fuertemente a la barra. Suspiré de nuevo.

—Queríamos tener un niño y una niña —comencé a decirle—. Cuando estábamos comprometidos, nunca dejé de pensar en ese futuro, en ese mundo pequeño dentro de su vientre. ¿Cómo sería poder recordar la comodidad de ese lugar, esos primeros momentos de vida dentro de una madre? No pude dejar de pensar en ese niño o esa niña que en un futuro estaría dentro de ella. No pude dejar de pensar en ese momento en el que empiezan a crecer y encuentran que ese lugar que antes los confortaba, ahora los aprieta. Imaginaba el miedo que sentiría esa criatura frágil. Esa cosita tan pequeña, peleando para salir de un hogar que resultaba entonces ser muy pequeño e incómodo para él o ella, el mismo lugar que en un pasado fue tan inmenso. Pensaba en Camila, en ese momento tan caótico y violento en el que ella empieza a liberar esa vida nueva. Pensaba en la criatura, acostumbrada a una oscuridad que se va rompiendo poco a poco por una luz desconocida. Imaginaba que ambas en medio de ese caos y ese dolor mutuo llegarían a un momento en el que solo se estarían diciendo a sí mismas: *Es esto aquí mi final. Es esta mi muerte.* ¿Cómo sería poder recordar ese nacimiento, esa primera vez en la que llegamos entre gritos a este mundo para darnos cuenta de que lo que pensábamos ser nuestro final siempre fue tan solo el principio?

Le quité la botella de vodka a Vicente y bebí directamente de ella. Un calentón bajó por mi garganta.

—Tengo que creer que vendrá algo mejor, Vicente. Tengo que creerlo. Tengo que creer que de cada final llega un principio. Tengo que imaginar que algo saldrá de todo este caos porque si no… creo que prefiero morir.

Con el rabo del ojo pude ver que Vicente cambió su mirada hacia mí. Entonces miró hacia el otro lado de la barra donde estaban almacenadas todas las diferentes botellas de alcohol.

—Hace unos años, un hombre borracho aquí en el Hades comenzó a discutir con el *bartender* que andaba trabajando esa noche. No resultó en nada serio hasta que comenzó a treparse en la barra para tratar de agarrar las botellas de alcohol. Yo miré el espectáculo más bien por entretenimiento hasta que él comenzó a tirar las botellas y romperlas en su enojo. Ahí comencé a perder la paciencia y fui a donde el hombre para sacarlo del club. Lo comencé a agarrar a sus espaldas cuando comencé a sentir unos cantazos en mi cabeza. Al virarme, una mujercita flaca me estaba dando con una botella por la cabeza para que yo dejara al hombre, su pareja, quieto. Era como si un bebé estuviese intentando darte con un pequeño martillo. Era irritante pero no iba a causar daño, así que la ignoré para seguir tratando de sacar a la bestia de su novio. Todo iba bien hasta que de momento sentí un dolor inimaginable en mis entrañas. Me viré para ver qué carajos había sucedido, y me di cuenta de que la mujercita estaba alistándose para darme otra patada por el culo. Esa noche entendí que ser violado por el tacón de una mujer duele más que cualquier cantazo en las bolas. Nunca supe por qué la discusión había comenzado o de qué fue. Mi equipo de seguridad terminó sacando a la pareja esa noche.

Confundido, no supe si Vicente hablaba en serio, si me estaba tratando de hacer reír, o si había perdido la cabeza por completo.

—¿Para qué me cuentas esto?

El alzó sus hombros de nuevo como respuesta.

—La vida no siempre te dará una explicación después de darte una patada en las bolas. Y pues, siempre puede haber algo peor que eso.

No pude contestarle a Vicente porque de repente se formó un tiroteo en el Hades. La música se cortó y se convirtió en los gritos de los que unos segundos antes andaban bailando en la pista. Instintivamente reaccionamos tirándonos ambos al piso y rápido mirando hacia la entrada del Hades a nuestra izquierda. Un grupo de hombres armados con rifles había disparado hacia arriba. Polvo y partículas del cemento del techo se dispersaron por el aire sobre ellos, creando una neblina momentánea que enmascaraba sus rostros.

—¡Adrián! —gritó uno de los hombres—.

¿Dónde estás, cabrón?

El hombre que gritaba disparó hacia el techo de nuevo. La multitud atrapada en el club gritaba con más desespero después de cada tiro.

—¿Ves? —dijo Vicente—. Siempre puede ser peor.

Estábamos agachados en la barra al lado opuesto de la entrada del club. A nuestra derecha había una puerta hacia el almacén que quedaba detrás de la barra.

—¿Dónde carajos está tu equipo de seguridad? —le pregunté a Vicente.

Él ignoró la pregunta y contestó con otra.

—¿A quién habrás encojonado, Adrián?

Él se asomó sobre la barra para ver a donde se había movido el grupo de hombres. Estaban caminando entre la multitud en la pista, buscando entre la gente dónde andaba yo escondido. Tenían mascarillas tapándose las caras con la excepción de sus ojos.

—Esa es nuestra única salida —dijo Vicente. Yo apunté hacia la puerta del almacén.

—Eso es solo un cuarto. Nos van a atrapar allí —siguió él.

—¿Recuerdas los planos?

Vicente me miró confundido por un momento y después abrió los ojos más aún.

—No jodas. ¿En serio?

—Sígueme —le contesté.

Conté hasta tres y corrí hacia la puerta. Vicente me siguió, empujándome con la fuerza de una estampida para evitar la balacera que nos siguió al grupo de hombres darse cuenta de que salimos de nuestro escondite.

—¡Síguelos! —escuché el líder del grupo gritar justo al cerrar la puerta detrás de nosotros.

Con el corazón a mil, le dije a Vicente que esa puerta no los mantendría a ellos afuera por mucho tiempo.

—Detrás de aquí —le dije, alejando de la pared a un armario lleno de alcohol y llevándolo hacia la puerta para crear un obstáculo.

Vicente me ayudó y luego preguntó:

—¿Ahora qué?

En ese mismo momento varias botellas en el armario explotaron con el sonido de más disparos. Yo di un brinco y comencé a escuchar al grupo de hombres tratando a fuerzas de entrar al almacén. Estaban dándole puños y patadas y disparándole a la puerta para poder entrar. Yo miré a la pared que unos momentos antes estuvo escondida por el armario, analizando cada centímetro. Las paredes del almacén estaban construidas todas por pequeños ladrillos rojizos, más bien para ocultar una pared de las demás.

—¡Adrián! —gritó Vicente desesperado.

El grupo comenzó a disparar otra vez. El alcohol de las botellas rotas comenzó a regarse por el piso.

—Aquí —dije, por fin, al encontrar un pequeño símbolo sobre uno de los ladrillos. Era una guadaña. Fue tan pequeña que nunca se notaría a menos que supieras que estuviese ahí. Empujé el ladrillo, hundiéndolo en la pared y creando un pequeño hueco. Después de unos segundos, escuchamos una serie de mecanismos encajando, y luego la pared completa comenzó a moverse.

—Un doble fondo —dijo Vicente sonriendo y sorprendido.

—Supongo que hubiese sido mejor idea haberte dicho del túnel hace tiempo, pero no se había terminado y quería que…

Había sacado mi teléfono móvil del bolsillo para alumbrar con la pantalla al pasillo secreto. La luz del teléfono reveló un túnel largo y oscuro, y yo por un momento vi la sombra de una criatura en la distancia. Una silueta de un hombre con garras. Un hombre con cara de lobo, con las orejas de una mula, y sus ojos reptiles. Dejé de respirar.

—¿Adrián?

La próxima ráfaga de disparos rompió mi trance y escuché a Vicente decirme:

—¡Adrián, nos tenemos que desaparecer! Cuando pestañé, la silueta había desaparecido.

—¡Rápido! —siguió Vicente.

Entramos evadiendo la próxima balacera y empujé la pared, cerrando el camino detrás de nosotros justamente cuando el grupo de hombres rompió la puerta del almacén por completa. Quizás nuestra desaparición les haría pensar en por qué es que me llamaban «Fantasma». Quedamos allí, Vicente y yo, atrapados juntos en la oscuridad. Un silencio nos arropó en el túnel húmedo cuando la pared cerró, y lo único que se escuchaba eran nuestras respiraciones y el mecanismo de la puerta secreta sellando otra vez.

—Increíble —dijo Vicente—. ¿Cómo convenciste a los ingenieros de que diseñarán esto contigo? Yo me di de vuelta de nuevo y alumbré el pasillo oscuro, mirando hacia el lugar donde unos momentos antes había visto la silueta. Por un momento pensé que había regresado al manicomio abandonado de una pesadilla pasada.

—Tantos años y ni sabia de esto. Supongo que tú... —Vicente se calló un momento y me miró—. ¿Estás bien, Adrián?

Él entonces miró al lugar que yo alumbraba con mi luz.

—¿Qué miras?

Después de unos momentos, conteste:

—Nada.

Empezamos a caminar por la oscuridad, dejándonos llevar por el único camino que había para seguir junto a la poca iluminación del teléfono.

—No te había dicho antes porque nunca se terminó el sistema de túneles. Quería expandirlo por toda la ciudad, pero solo está este aquí. Supuse que un sistema de túneles sería más fácil para moverte dentro de la ciudad sin que la gente supiera. Más fácil de adquirir información así también. Imagínate un ejército de informantes trabajando para ti, moviéndose entre la ciudad sin que nadie los pudiera perseguir. Ese era el plan, pero el proyecto ha resultado más costoso de lo que pensé.

El túnel no se había finalizado así que era mayormente tierra aún. Los soportes de madera y cemento eran la excepción en algunas partes.

—Supongo también que ya este proyecto no importa... ya que matamos a la Anaconda.

Parte de mí estaba sorprendido al ver que ninguna parte del túnel se había derrumbado con el tiempo. Sin ventilación, había una humedad permanente en ese lugar y la tierra era inestable.

—Supongo que no —dijo Vicente—. Pero al menos le pudimos dar este uso. ¿Cuánto nos falta?

—Creo que ya estamos cerca.

Seguimos caminando unos diez minutos más cuando Vicente comenzó a reírse de momento.

—Les vendría bien un sistema así a los políticos de aquí para sus escapes. Parece que la gente de Puerto Rico lo que hace es votar por quién es la próxima persona de la que se van a quejar por cuatro años —dijo él—. Si es que no deciden botarlos antes de tiempo.

Después de tanto, y de alguna manera a Vicente le quedaba algo de humor. *El Ruso. Qué cabrón.*

—Aquí —dije yo.

Habíamos llegado a una pared antigua de piedra.

—¿Listo para una sorpresa? —le pregunté—. Estas paredes han estado aquí desde el 1539. Más o menos.

Analizando la pared por unos minutos, encontré otra guadaña pequeña grabada en la superficie. Empujé el símbolo, y esta vez se hundió un cuadrado del tamaño de mi palma en la pared. Luego de unos segundos, un cuadrado lo suficientemente grande para dejarnos pasar agachados comenzó a abrirse lentamente.

—Tú primero —le dije a Vicente, señalando hacia la salida con mi mano.

Agachado, él pasó primero mientras yo alumbraba con el teléfono. Luego yo me agaché, pero no pasé. Sentí el aire calentarse sobre mi cuello, así como si una exhalación se hubiese regado sobre mi piel. Se me erizaron todos los pelos a la vez. Agachado, me viré para mirar una vez más hacia el túnel. La luz de mi teléfono alumbró a una cara a solo centímetros de la mía. Una sonrisa se estiraba de manera no natural sobre el rostro del lobo agachado frente a mí. Saliva y espuma bajaba por una boca que regaba un olor a muerte. Sentí cada respiración de aquella criatura sobre mi cara al yo mirar sus ojos reptiles.

Es esto aquí mi final, pensé al descubrir el minotauro de mi laberinto. Sus orejas de mula se movían con cada uno de mis pensamientos, así como si ese demonio frente a mí pudiera leer mi mente.

—Quítate la máscara ya, Adrián —dijo la voz profunda de aquel monstruo.

Del susto, di un brinco para atrás y pasé por la pequeña salida para caer de espaldas.

—¡Joder, Adrián! —gritó Vicente del susto—. ¿Qué te pasa?

Él miró hacia el túnel oscuro y luego me miró a mí.

—Adrián, dime que carajos te pasa.

Con la respiración acelerada, lo miré y comencé a preguntar:

—¿No puedes ver? ¿No puedes...

Corté mi pregunta y ambos miramos hacia el pasillo oscuro.

—¿Que si puedo ver qué? —preguntó él desesperado.

Vicente comenzó a cerrar la pared pesada de nuevo, pero yo no me pude parar del suelo para ayudarlo. El monstruo seguía ahí, sus ojos reptiles mirándome aún, su silueta desapareciéndose poco a poco de nuevo entre la oscuridad al Vicente lentamente tapar aquel portal hacia el infierno. Cuando la pared cerró por completa, pensé que por unos momentos aún podía escuchar la respiración maligna de la criatura. Dejé caer mi cabeza hacia atrás y me acosté por completo al suelo mirando hacia el techo.

Tratando de calmar mi respiración aún, lo único que pude decir en voz alta fue:

—Bienvenido al Castillo San Felipe del Morro.

A través de los años, con la ayuda de algunos ingenieros, contratistas, y mucho, mucho dinero para que la gente no hablara, construí el primer túnel del Hades con salida hacia uno de los cuartos restringidos de aquella fortaleza española en el Viejo San Juan.

—No lo puedo creer —dijo Vicente mirando hacia la pared con la puerta secreta—. Ni se nota que hay algo ahí.

Parándome del piso sin ayuda, e ignorando un corazón que aun latía a mil millas por hora, contesté:

—Soy experto siendo invisible supongo.

En ese mismo momento mi teléfono comenzó a sonar. Era una llamada restringida. Miré a Vicente y contesté la llamada en alta voz:

—VALES VERGA, HIJO DE LA CHIN...

La llamada se cortó por unos segundos y se escuchó como si habían dejado el teléfono caer al piso.

¿Javier?

Solo hubo un silencio. Después de unos segundos eternos, se escuchaba como si alguien estuviese recogiendo el teléfono de nuevo.

—Son veinte millones ahora. Tenemos a la pelirroja y también a tu amigo.

Sentí mi corazón en la garganta. Era la voz distorsionada.

—Y la cantidad seguirá aumentando si el cabrón decide seguir peleando. Tienes cuarenta y ocho horas para el dinero. Llamaré de nuevo con el lugar de entrega cuando sea tiempo.

La llamada finalizó, y Vicente y yo quedamos allí en el silencio nocturno de un castillo antiguo.

—Supongo que no eres tan invisible como pensabas —dijo él.

Encabronado, desesperado, y honestamente con ganas ya de morir y acabar con todo, caí de rodillas, mirando hacia la nada sin saber cómo reaccionar.

—Tienen a Camila. Tienen al Burro.

Lo repetí una y otra vez en ese lugar secreto, incrédulo y lleno de dolor.

VEINTIUNO

Existe un tipo de tortura inimaginable, aquella de soñar con lo imposible, de tenerlo todo entre las manos, para entonces verlo todo volar y desaparecer al despertar. Es una tortura que enfría al alma y guarda los tejidos del corazón en un lugar congelado, formando un escudo, quizás, para adormecer el dolor que queda y para evitar sentir el que aún falta por llegar. Allí estuve en la casa de Vicente de nuevo, pensando en nuestro escape de la noche anterior, y pensando en cuáles serían nuestros próximos pasos después del secuestro de Camila y Javier. Estuve en la cueva toda la noche, caminando de extremo a extremo, repasando cada detalle en mi mente desde que empezamos nuestro operativo para matar a la Anaconda, y así quizás poder encontrar alguna conexión, alguna pista para entender cómo carajos toda esta situación se relacionaba.

—No has dormido nada —dijo Vicente, quien estuvo sentado en la mesa en el centro de la cueva, observando mi ansioso paseo por todo el cuarto.

—Claro que no he dormido un carajo, Vicente. Los tienen a los dos y, aparte del dinero, ni tenemos puta idea de quién los tiene y por qué.

Vicente me había dejado solo en la cueva un tiempo esa noche, y supuse que había regresado a su habitación para intentar descansar.

—¿Me vas a decir que tú sí pudiste dormir? —pregunté irritado y sin esperar una respuesta.

Vicente simplemente alzó sus hombros y se quedó mirando por la ventana.

—Lo que pasó ya pasó y no tenemos ningún control sobre eso. ¿De qué me sirve entrar en pánico? ¿De cuándo acá eso nos ha ayudado al estar atrapados en una situación difícil?

Yo viré los ojos y seguí caminando al escuchar su respuesta. El cansancio andaba apoderándose de mí, pero mi mente no me iba a dejar descansar.

Piensa, Adrián. Piensa.

Caminé un rato más en silencio, y entonces paré de repente al pensar en otro problema que no se me había ocurrido antes. Miré a Vicente.

—Si Nicolás llama a la policía y reporta a Camila como perdida, una investigación podría encontrar a Javier también. Si todo esto sí está relacionado con la

Anaconda, entonces lo que hicimos puede salir a la luz.

Vicente se quedó en silencio un momento y luego preguntó:

—¿Nicolás?

—Sí, Nicolás —contesté—. El imbécil esposo de Camila. ¿Recuerdas?

Él se recostó para atrás en su silla y solo respondió:

—Ah. Ese Nicolás.

Seguí con mi paseo ansioso por la cueva.

—Tendremos que resolver esto nosotros. No podemos involucrar a la policía. Odio esta idea, pero creo que vamos a tener que darle una visita a Nicolás para averiguar si ya él ha hecho un reporte. Y si no, pues entonces buscar la manera de convencerlo de que no lo haga.

Me detuve por un momento, y cuando miré hacia arriba, vi que estaba parado frente a la pared donde Vicente tenía las fotos de su equipo de seguridad pegadas. Todas tenían una equis roja marcada sobre ellas.

—Vi que no tenías a nadie en sus puestos cuando regresamos anoche. ¿Le diste un día libre a tu equipo completo? —le pregunté a Vicente sin despegar mi mirada de la pared.

Cuando él contestó, di un brinco casi imperceptible del susto. No lo había escuchado pararse de su silla, y ahora estaba a solo unos pasos detrás de mí.

—Los maté a todos por ser tan hijos de putas y trabajar para un narcotraficante. Pensé que ya te lo había dicho.

Lentamente me di de vuelta para mirarlo, y ahí a mi lado lo encontré como una torre que esconde al sol con su sombra. No hubo ninguna expresión sobre su cara. Regresé mi mirada hacia las fotos.

—Bueno —comencé, tratando de encontrar qué decir—. Eso también podría salir a la luz si la policía se involucra con una investigación.

Por alguna razón, en esos momentos, mi piel se erizó y sentí un frío bajar por mi espalda.

—Eso entonces sería un problema —contestó Vicente.

Por primera vez en la vida, al lado de Vicente sentí... ¿miedo? Si el hombre que puede acariciar a una serpiente puede hacer cualquier cosa, solo pude imaginar en esos momentos, ¿cuánto más es capaz el hombre que la coge sin miedo y la mata con sus propias manos? ¿Cuánto más es capaz el hombre que puede apagar sus emociones como lo hizo Vicente? Presencié una frialdad oscura en él, pero decidí que eso sería un problema para otro momento.

—

En otra parte de Puerto Rico, un jibarito y una princesa habían tomado el día libre para explorar de su mágico Viejo San Juan. El jibarito seguía a la princesa a cada lugar que su curiosidad la llevaba, y él, orgulloso del amor de su vida, tomaba cada oportunidad posible para fotografiarla. Ella, juguetona como siempre, le modelaba y, a veces, le hacía muecas en las fotos para ambos reírse. Terminaron almorzando juntos en un restaurante donde cada una de sus recetas contenía chocolate de alguna forma u otra. Después del almuerzo, la princesa había ordenado una batida, y se la estaba disfrutando mientras el jibarito le hablaba.

—Sabes —comenzó él a decir—. He estado pensando y creo que tienes razón.

La princesa se tragó la batida de chocolate que andaba saboreándose en la boca y, riéndose, contestó:

—Ah, ¿sí? Cuéntame más entonces.

Él viró los ojos jugando y pensando, *Ya empezamos*. Ella volvió a su sorbeto con una sonrisa y le tiró una guiñada.

—Si tuviera la oportunidad de ser inmortal, no creo que lo aceptaría —comenzó a decir el jibarito. La princesa siguió bebiendo de su batida lentamente, pero ahora miraba a su novio con curiosidad.

—La persona que vive para siempre está garantizada a presenciar algún día el fin del mundo. No creo que eso es algo de lo que quisiera ser parte.

La princesa tragó, tomó una pausa, y antes de que la conversación tomara un giro oscuro y matara al estado de ánimo, la princesa rápido contestó:

—Peor aún sería presenciar el fin del chocolate. Justamente ahí su sorbeto comenzó a sonar al fondo de su vaso, indicando que ya no quedaba más batida para ella. La princesa fingió una cara triste, y ambos se comenzaron a reír.

Mientras tanto, Vicente y yo habíamos llegado a la casa de Camila y Nicolas.

—¿Estás listo? —me preguntó Vicente.

Yo moví la cabeza hacia arriba y abajo, y luego toqué la puerta de la casa ansiosamente. Por unos segundos no se escuchó nada desde el interior. Y justamente cuando pensábamos que no había nadie, la puerta se abrió. Me encontré cara a cara con la persona que me había robado todo hacía diez años. Nicolás abrió los ojos, sorprendido al verme, y luego su rostro rápidamente cambió a uno de furia. Él salió de su puerta y me empujó tan fuertemente que me hubiese caído si no hubiese sido por Vicente, quien estuvo parado detrás de mí y me salvó de la caída. Por más que odiaba a esa poca excusa de hombre que quedaba frente a mí, mi intención al principio era tener una conversación relativamente pacífica con él. Pero, mi instinto se apoderó de mí, y antes de caer en cuenta de lo excesiva que fue mi reacción, ya mis manos estaban incrustadas en el cuello de Nicolás. Vicente rápidamente fue a abrir la puerta, y yo con todas mis fuerzas tiré a Nicolás hacia el interior de su casa. Él, tirado en el piso, comenzó a toser, recuperando el aire que mis garras le había robado. Mi cuerpo se calentó, y yo quedé parado sobre él, esperando cualquier excusa que me diera para acabar su vida con una ráfaga de golpes. Vicente, en cambio, se había alejado hacia una pared cercana, y estaba velando pacientemente el suceso entero con los brazos cruzados.

—¡Con razón Camila no ha vuelto! ¿Qué carajos haces aquí? ¿Vienes para decirme que te la llevaste? —Nicolás furiosamente comenzó a decir.

Mi furia permaneció, pero poco a poco se iba convirtiendo en confusión.

—Nicolás —dije—. A Camila la...

—Por eso es que no regresó anoche tampoco, ¿ah? —él interrumpió—. ¡Hijo de puta! Tenemos solamente una discusión ella y yo y rapidito decide irse contigo. ¿Eso es, Adrián? ¿Vienes para burlarte de mí?

Nicolás, aún en el suelo, me seguía gritando enfurecido, tanto así que sus ojos parecían estar a punto de brotar de su cara. Yo, pensando en cuando estaba comprometido con Camila y, enfadado ya por la ironía de su acusación, agarré a Nicolás por la camisa y lo levanté con todas mis fuerzas hacia la pared más cercana. El impacto salvaje de su espalda con el cemento le robó el aire de sus pulmones, y por fin hubo un momento en el que Nicolás calló su puta boca.

—Mira, *infeliz*. Yo no vine hasta aquí para malgastar mi tiempo y pelear contigo. A Camila la secuestraron y cada segundo que andas actuando como un estúpido es un segundo que me robas. Es un segundo que pudiera usar para encontrarla, así que no me jodas. ¡NO ME JODAS!

Mi sangre estaba hirviendo. Los ojos de Nicolás se abrieron más aún al yo darle la noticia, y yo me alejé de él para controlar mi coraje, para evitar las ganas que tenía de darle un cabezazo en la nariz y ver su cara idiota sangrar.

—¿Secuestraron a Camila? —preguntó Nicolás incrédulo, cambiando su mirada perdida hacia el piso, como si estuviese buscando la respuesta a una ecuación que él no entendía. Entonces me miró a mí.

—¿Cuándo?

—Anteayer —le contesté.

—Anteayer —repitió él calladamente. Después de un silencio, dijo:

—Entonces fue el día después de nuestra discusión. Ella se había ido de la casa esa noche y pensé que había regresado a su oficina médica a dormir. No hubiese sido la primera vez que lo hiciera al estar molesta.

Nicolás se recostó contra la pared y dejó que su cuerpo se deslizara contra ella hasta quedar sentado en el piso. Sus ojos estaban perdidos en un vacío.

—¿Por qué estaban discutiendo? —le pregunté. Inmediatamente él me regresó una mirada llena de odio. Abrió la boca como para comenzar a decir algo, pero decidió no decirme nada. Después de una pausa contestó:

—Nada que te importe.

Estaba a punto de enterrar mi bota en su cara y hundirle el cráneo con todas mis fuerzas, pero decidí controlarme.

—Tenemos que contactar a la policía. Tenemos que reportar a Camila como perdida.

Mirándolo seriamente, contesté un simple:

—No.

—¿CÓMO QUE NO? —dijo Nicolás rápidamente, parándose de nuevo del piso y confrontándome—. ¿Me estás diciendo que ya van más de veinticuatro horas que mi esposa anda secuestrada y no vamos a involucrar a la policía? Cada segundo que malgastamos es un...

Nicolás se detuvo un momento y miró a Vicente, quien aún andaba parado como una estatua con los brazos cruzados.

—¿Y quién carajos eres tú? —preguntó.

Vicente no dijo nada. Solamente lo miró con sus ojos fríos, el cristal del azul en ellos cargando una mirada tan aguda, como dagas listas para apuñalar a cualquiera que se metiera en su medio.

—Olvídate de él y escúchame —le dije a Nicolás, poniéndole una mano en el pecho y alejándolo de mí fuertemente. Inmediatamente me miró y supe que contempló atacarme otra vez, pero también supe que se detuvo porque en mi mirada le dejé saber que, si lo hacía, en su propia casa yo lo iba a matar.

—Nos llamaron y están pidiendo dinero por ella. Nos dieron cuarenta y ocho horas desde anoche así que el tiempo ya está corriendo. No podemos ir a la policía porque no tenemos evidencia de que realmente está secuestrada, aparte de la llamada que hicieron con ningún tipo de información que se podría usar para buscarla. Joder, ni tú lo sabías hasta ahora. La policía no va a hacer un carajo a tiempo, así que nos va a tocar a mí y a él tener que encontrarla — dije señalando hacia Vicente —. La policía no estará dispuesta a hacer por ella lo que yo sí estoy dispuesto a hacer para encontrarla y para matar al hijo de puta que se atrevió a ponerle las manos encima. Por eso no podemos involucrar a nadie más. La única forma de salvarla será rompiendo todas las reglas.

Nicolás me miró con asco por un momento, y luego me miró seriamente, como si estuviese tratando de lavar su cara de todo tipo de expresión.

—¿Todavía la amas? —dijo él, como una pregunta a la que no le hace falta respuesta —. Ella me contó de ti, de lo que hacías cuando estabas al otro lado del mundo. O al menos, me contó lo poco que le contabas a ella. ¿Crees que ella aún te ama? Pudiste amarla mejor, pero no lo hiciste. Decidiste volver cuando ya era muy tarde. ¿Ahora pretendes forzar a su corazón a sentir lo que ya no existe, lo que quizás nunca existió? ¿Nunca has pensado que quizás te dejó porque para ella te convertiste en un extraño? ¿Nunca has pensado que te dejó porque en el fondo, cuando te quitas la máscara, lo que queda escondido es un *monstruo*?

Sentí la sangre salpicar sobre mi cara antes de sentir el impacto sobre mis nudillos. Le había dado un puño a Nicolás en la boca tan fuerte que ambos labios se cortaron con sus dientes, y él cayó sorprendido al piso.

—Tú no me conoces. No sabes lo que tuve que hacer, ni el porqué —dije, sintiendo una frialdad en mí que no había conocido antes—. En vez de estar asumiendo las razones por las que yo estoy aquí, deberías estar pensando en el hecho de que tienen a tu esposa capturada.

Mirándome desde el suelo y aceptando su derrota, Nicolás movió su cabeza de lado a lado y simplemente dijo:

—Vete.

Vicente vio que ya nuestro propósito en esa casa había acabado, y salió por la puerta a esperarme afuera. Yo comencé a caminar hacia la puerta cuando Nicolás se paró lentamente, limpiándose la sangre con su camisa.

—Vete y encuéntrala rápido, Adrián, porque entre más rápido la encuentres, más rápido terminas aquí y te sales de mi vida. No quiero saber más de ti. Encuéntrala y sálvala tú, porque no tengo diez millones de dólares para hacerlo yo. Lárgate de aquí —dijo Nicolás finalmente.

Vicente y yo nos fuimos de aquella casa, y yo sentí que otra parte dentro de mí se congeló un poco más.

—

Mientras tanto, en el Viejo San Juan, el jibarito y la princesa seguían explorando. Ya estaba atardeciendo y ellos, aventureros como siempre, decidieron explorar un callejón escondido donde encontraron unas escaleras. Comenzaron a bajar juntos cuando el jibarito se viró y miró a su princesa. Sonriendo, y con sus párpados comenzando a sentirse pesados por el peso de un deseo primitivo, ella supo lo que andaba pasando por la mente de su jibarito. Él se detuvo en un escalón más abajo para poder mirar a su amor cara a cara, para contemplar cada uno de sus detalles, y así liberar el descontrol de su sed animal juntos. Poco a poco pegó su novia a la pared, y con su dedo trazaba suavemente la superficie de su piel hasta esconder un mechón de pelo negro detrás de la oreja de ella.

La piel blanca de la princesa comenzó a sonrojarse, el calentón de su cuerpo reflejándose en la luz, y ella coquetamente miraba a los labios de su novio, esperando un beso de esos que ennegrecen su alrededor, que le pone pausa al mundo, que para el tiempo, y que hace que solo importe lo que tiene que importar en esta vida por al menos unos pocos momentos. Con tan solo sus miradas, cada uno se adueñó del otro, y fue como si dos océanos se hubiesen mezclado violentamente para formarse en un solo cuerpo de agua salvaje. Sin poder resistir más las emisiones de feromonas, apiñonados en aquel pasillo escondido de escaleras, un jibarito y una princesa chocaron labios contra labios por fin, sellando su pequeño rincón del universo por al menos unos minutos. Sin interrupción, el jibarito tragó el sabor de su princesa, de su aliento, y sus lenguas bailaron juntas, siguiendo un ritmo desesperado, como si añoraban poder ser parte uno del otro, de fundir la piel y unirse ambos para nunca encontrar su principio, para nunca encontrar su fin. Entre gemidos se chuparon los labios, sudando bajo un sol puertorriqueño que pintaba sus cuerpos con la misma luz que cargaban ambos por dentro.

Agonizando de deseo, el jibarito comenzó a explorar con sus manos la silueta de su princesa. Cuando llegó a sus nalgas, las apretó fuertemente, y entonces sintió la sonrisa juguetona de su novia entre besos embriagados. Él se pegó aún más a ella y, continuando con sus manos, bajó a los muslos de la princesa y alzó una de sus piernas para que ella lo abrazara y él pudiera adentrarse más en ese enlace lujurioso. Pegándola más fuerte a la pared, el jibarito juntó su miembro despertado al miembro palpitante de su novia. Ella, sensible enteramente ya, se derritió entre los brazos del jibarito con un gemido agonizante.

—Mi amor —susurraba una y otra vez la princesa entre besos.

El jibarito continuó explorando el cuerpo de su amor con sus manos, pero esta vez regresando y subiendo por su espalda. La princesa no pudo aguantar más y, mientras lo halaba más cerca aún, ella mordió uno de sus labios. Ambos abrieron los ojos y se miraron fijamente, dos sonrisas escondidas entre su instinto animal. Ambos eran la presa. Ambos eran el cazador. El jibarito le devolvió el mordisco, y entonces con una mano jaló a su princesa por el cabello lo suficiente para mover su cabeza y revelar el dulce lugar del cuello que aún le faltaba por conquistar. Saliendo de las márgenes, el jibarito pintó rutas por el cuello entero de su novia hasta llegar a su pecho, y ahí se sumergió, besando y mordiendo suavemente, tragando sin importar las pocas gotas de sudor que bajaban entremedio de sus pechos. Esa era su diosa. Se perdieron por un fragmento de tiempo en un cambio de filosofía, en las respuestas que tomaron forma de gemidos y besos y dedos entrelazados. Si alguna vez la vida perdió su sentido, fue porque todo recorrió hacia ese lugar, hacia ese rincón del mundo reservado solamente para ellos. En ese amor murieron. En ese mismo amor renacieron.

De repente, se escucharon unos pasos cercanos, y el trance entre ambos se rompió justo a tiempo para evitar ser atrapados en un acto íntimo. Una rubia turista vestida con un trajecito blanco entró al callejón y comenzó a bajar las escaleras cuando se encontró inesperadamente con la pareja despeinada.

—Oh, sorry! —dijo la gringa disculpándose con una sonrisa, como si un sexto sentido o el olor a lujuria que de seguro quedó en ese lugar le dejó saber lo que estaba ocurriendo hace unos segundos atrás. Ella le pasó por el lado a la pareja puertorriqueña y siguió bajando los escalones mientras la princesa acomodaba su blusa y el jibarito intentaba esconder modestamente la erección bajo su ropa. Ambos se miraron sonrojados, pero sonriéndose el uno con el otro. Unos segundos después, se escucharon otros pasos acercándose, y entonces escucharon a la voz de un hombre.

—Holli, wait for me! —gritó la voz. *¡Espérame!*

Por las escaleras comenzó a bajar un hombre rubio de ojos azules. En cualquier otro mundo, sus ojos cristalinos quizás hubiesen sido intimidantes, pero los de él en cambio eran tiernos. Él le gritaba a la mujer desde lejos que lo esperara. Al pasar el jibarito y la princesa por el lado, fatigado, se rio y simplemente les dijo:

—Women. You've got to love them.

Después de que ambos turistas se desaparecieran entre el laberinto de aquellas calles españolas, el jibarito le preguntó a su princesa qué fue lo que el hombre dijo en inglés. Ella lo jaló nuevamente y, pegados contra la pared otra vez, ella tradujo:

—Mujeres. Tienes que amarlas.

El jibarito se rio y luego se perdió en la mirada de los ojos grises que brillaban un poco más de lo normal. Él le dio un beso tierno en la frente, y luego un beso largo y suave en la boca, de esos que te dejan sin aire, de esos que te hacen pensar que has entrado por tan solo un momento a alguna otra dimensión.

—Te amo, mi princesa. Mi ángel. Y me vuelves loco, ¿lo sabes?

Con una sonrisa y una lágrima de felicidad bajándole por la cara, la princesa movió su cabeza hacia arriba y abajo. Ella entonces escondió su carita en el pecho de su jibarito, y ahí en ese mágico Viejo San Juan él la abrazó fuertemente.

—No te cambiaria nunca. Por nada. Por nadie.

Ni tan siquiera diez millones de dólares —dijo él.

Ella se rio, alzó su cabeza para darle un beso al jibarito, y luego contestó:

—Contigo en la cabañita, nada más hace falta.

—

Mientras tanto, yo ya había regresado a la cueva de Vicente y, de nuevo, estaba paseando ansiosamente por todo el cuarto. No podíamos rastrear los números. No sabíamos los motivos. No sabíamos nada.

¿Por dónde íbamos a empezar para poder encontrar a Camila y a Javier?

Piensa, Adrián. Piensa.

Seguí mi paseo por toda la cueva un rato más, y Vicente ya había llegado al punto de poder ignorarme y simplemente beber su cerveza mientras miraba por la ventana hacia el atardecer.

Piensa, Adrián.

Decidí llamar al trabajo de Camila para cubrir todas mis bases y verificar si ellos habían tratado de comunicarse con ella. Hubiese sido un proceso lógico si Camila hubiese faltado inesperadamente al trabajo. Decidí salir de la cueva y buscar mi teléfono móvil, el mismo que ya Vicente dejó de quitarme al yo llegar a la casa tan frecuentemente esos últimos días. Quizás después de haber matado a la Anaconda, ya al Ruso no le importaba su seguridad, y pensé en unos momentos que quizás ya él había perdido su motivo para vivir. Sacándome ese pensamiento de la cabeza, rápidamente busqué la información del trabajo de Camila en la internet, encontré el número de la oficina, y llamé. Unos momentos después, una chica contestó identificándose a ella misma y también al hospital.

—Buenas —contesté—. Estoy llamando para hacer un cambio de cita con la doctora Díaz. Cuando llegué a la oficina médica hoy, me dijeron que ella no estaba disponible.

—Oh, ¡disculpa! —contestó la chica—. Cami— perdón—la doctora Díaz pidió la semana libre y no va a estar. Pensé que ya yo había llamado a todos los pacientes con citas que ella tenía en lista para avisarles. Discúlpame, señor. Creo que sin querer lo habré brincado en la lista. ¿Cuál es su apellido?

¿Pidió la semana libre?, pensé confundido.

—¿Hace cuánto fue eso? —le pregunté a la voz.

Escuché un suspiro al otro lado de la línea, y entonces ella contestó:

—Anteayer, señor. No estará aquí en toda la semana. Ahora, ¿cuál es su apellido? Para poder acomodarle con una cita nueva.

Enganché la llamada. No entendía lo que estaba sucediendo. Cada vez este problema se transformaba en algo más confuso aún. Estaba parado en el patio interior de la casa de Vicente, mirando hacia el cielo rojizo, buscando una respuesta, cualquier respuesta, que me ayudara a encontrar a Camila. Una mariposa nocturna entonces comenzó a volar hacia mí y, esta vez, decidí no abatirla con la mano. Tomó un descanso de su vuelo en mi hombro, y yo quedé sorprendido de que una criatura tan delicada como esa confiaría en una criatura como yo. Tenía sus alas negras, pero en ellas tenían un diseño que parecían ser... ¿ojos? Sí, ojos. Ojos casi reptiles, y quizás tan solo era su defensa natural para evadir los depredadores, dejándoles pensar desde lejos que no era una mariposa nocturna, sino una serpiente venenosa lo que descansaba en el suelo.

Diez millones de dólares, pensé de repente, y ahí la mariposa salió a volar otra vez.

Diez millones de dólares.

Y entonces, una chispa casi insignificante se prendió en mi mente. Regresé a la cueva y comencé mi paseo de nuevo, pero esta vez, un poco menos ansioso. Vicente sintió el cambio en mi atmósfera, y se me quedó mirando, esperando saber las maquinaciones de mi cabeza. Caminé más lento aún, juntando todos los datos en mi mente. Quizás el viento sí nos habla y nos trae mensajes lejanos cuando menos lo esperamos. Quizás el viento si suena una música diferente cada noche.

Diez millones de dólares, pensé, y entonces dejé de caminar.

Existe un tipo de tortura inimaginable en esta vida, aquella de soñar con lo imposible, de tenerlo todo entre las manos, para entonces verlo todo volar y desaparecer al despertar. Es una tortura que enfría al alma y guarda los tejidos del corazón en un lugar congelado, pero al final el hielo siempre se derrite y revela los demonios que fueron escondidos por la nieve. Nunca mencioné la cantidad que estaban pidiendo por Camila, pero de alguna manera él lo supo. Allí estuve en la cueva de Vicente, parado frente a su terrario, preguntándome qué carajos Nicolás sabía sobre el secuestro. ¿Qué fue lo que él decidió no decirme? ¿Qué andaba ocultando? Allí estuve parado, sintiendo el fuego de un sol lejano derritiendo lentamente el hielo en mí, preguntándome qué monstruo andaba yo escondiendo en realidad, y pensando cruelmente que en esta vida también existen otros tipos de torturas, aquellas que obligan a la gente a hablar y revelar sus secretos más profundos.

VEINTIDÓS

El cielo en el Viejo San Juan ya había oscurecido, pero el jibarito y la princesa seguían juntos, incapaces de terminar su día de aventura y de amor. Decidieron caminar hasta El Morro donde encontraron unos banquillos para sentarse. Desde allí miraban las placitas alumbradas y las luces que brillaban al otro lado de la bahía. Quedaron solos en ese lugar antiguo, en esa joya del Caribe; su único acompañante era un mundo que continuaba regalándoles un espacio perfecto de paz entre todo el caos. La princesa había recostado su cabeza sobre el hombro del jibarito, y él se embriagaba con el olor del cabello de su novia. Estuvieron así sentados en silencio por mucho tiempo, pues, cuando estás con la persona correcta, las palabras no siempre son necesarias. Con un brazo, él arropó a su novia, cuidándola de la brisa, y de todo lo demás en esta vida.

—Qué día, ¿ah? —dijo el jibarito, plantándole un beso suave sobre la cabeza recostada de ella.

La princesa, sin contestar, simplemente tomó la mano de su jibarito, y luego alzó su cara un momento para darle un beso delicado en el cachete. Él sonrió, como siempre, y comenzó a sobar el brazo de ella, flotando las manos sobre su piel, coordinando un baile leve con la punta de sus dedos. Cosquillosa, ella comenzó a reírse y lo mordió en el hombro para que parara.

—¡Auch! —gritó el jibarito con los ojos muy abiertos.

La princesa comenzó a reírse a carcajadas.

—Ay, no seas tan dramático —contestó ella. Él movió su cabeza de lado a lado, mirándola, y ella entonces con ambas manos jaló la cara del jibarito para darle un beso dulce en los labios. Ambos suspiraron profundamente.

Despegándose, el jibarito dijo:

—Te escribí algo más para cuando visitemos a la tiendita de poesías otra vez.

Hubo una chispa en los ojos de la princesa, como si un relámpago lejano hubiese caído de los cielos tormentosos que ella hermosamente guardaba por dentro.

—¿Y me vas a hacer esperar hasta la próxima vez que visitemos la tiendita? —preguntó ella.

El jibarito sacó un papel doblado de su bolsillo y lo alzó para que ella lo viera.

—Solo esperas si quieres —dijo él.

Ella, sonriendo y acomodándose en el banquillo para ahora quedar ambos sentados frente a frente, movió la cabeza de lado a lado. El jibarito entonces comenzó a abrir el papel, y comenzó a leer.

—Te vi volar y llegaste con labios pintados por fuego, marcados por las alas de un ave de llamas. Plantea con ellos tu calor aquí, y con el sonido de cada beso prende la chispa sobre mi piel. Libera los relámpagos vivientes en ti para llenarme de electricidad, para llenarme de la tormenta que eres y las corrientes que controlarás. Enciende sin restricción mi renacimiento y comienza un poema nuevo. Mi ángel. Despertaré de este profundo sueño para aprender una vez más a navegar, a buscar la luz de un faro creado por un alma, por una estrella fugaz. Despertaré a tu suspiro, y quedaré atrapado en ese momento para renovar mi contrato con el mar, para explorarte sin medidas, labios buscando labios como olas furiosas, ojos embriagados, llenos del sentir, de todo lo que se acaricia en la oscuridad.

¡Ay, fénix! ¡Jamás pensé encontrar la musa y ahora aquí estás! ¿Cuántos sueños esconderán esos luceros radiantes? Tú, criatura de luz, criatura de cielo, tierra y mar. ¿Cuántas visiones cargarás detrás de tus párpados cuando pasen los truenos y el océano por fin tranquilice, ese momento justo al despegue de tu boca y la mía, el aire flotando entre los dos, el suspenso del saber si una tormenta nueva viene en camino? ¿Cuántas eternidades se consumirán entre el descubrimiento de un calor suave, entre el roce lento de mis dedos sobre tu piel? ¿Cómo saber? ¿Cómo vivir sin esta pregunta poder contestar? ¡Ay, cuán profundo será nuestro encuentro! ¡Lo sé! ¡Me hundiré entre la miel, entre el sabor de otro fenómeno natural! Confundiremos atardeceres con amaneceres, y el tiempo se convertirá en un mito para los que no pudieron volar como nosotros. De la nieve, de la tormenta, de las nubes saldrá un sol, un universo, un libro lleno de historias nuevas. Seremos otro mito pintado entre las estrellas, nuestra manera secreta para juntos ser un cuerpo inmortal.

La princesa quedó sin palabras, pero en su mirada se notaba el amor que tanto sentía por su jibarito. Él juró por un momento efímero poder ver las tormentas aclararse en los ojos de ella, y vio un rastro de verde, como un lago cristalino que refleja los árboles a su alrededor. Un momento después, los ojos oscurecieron y ella cambió su mirada hacia la bahía. Él notó el cambio y le preguntó:

—¿Estás bien?

—Sí —contestó devolviéndole la mirada. Ella suspiró.

—Es que a veces tu amor me intimida —ella siguió.

Fue un balazo para el corazón del jibarito, y al ver esto, la princesa rápidamente lo intentó de sanar.

—No de mala manera. Es que … es que es tanto y tanto y me pongo a pensar. Después de conocerte, de escucharte, de leerte en esta vida ... no quiero perderte.

El jibarito se acercó a su novia y la abrazó fuertemente, dejando que las lágrimas calladas de ella se secaran con la camisa de él.

—Nunca me vas a perder—le dijo el jibarito a ella.

Se lo repitió una y otra vez, susurrándoselo en el oído, pero ya la bala se había enterrado en su corazón, y él volvió a sentir esa espinita de antes. ¿Cuál era ese mal presentimiento que tanto lo perseguía?

—

Mientras tanto, esa misma noche Vicente y yo regresamos a la casa de Nicolás, listos para averiguar qué sabía ese hijo de puta. Estábamos parados de nuevo frente a la puerta de su casa, pero esta vez, Vicente no tuvo que preguntarme si yo estaba listo. Fuertemente toqué la puerta y esperé la respuesta. Unos treinta segundos después, Nicolás abrió y, al verme, rápido preguntó:

—¿Ya la encontra...?

Le di un puño en la garganta antes de que terminara su pregunta, y quedó en silencio, sus ojos abiertos en desespero, ahogado por la falta repentina de aire a su alrededor. El golpe a su tráquea lo aturdió, y Vicente y yo aprovechamos para agarrarlo y forzarlo nuevamente hacia el interior de su casa. Vicente viró la mesa que tenía Nicolás en la sala y la empujó con las sillas hacia un extremo del cuarto, dejando una sola silla en el centro de la habitación. De repente escuchamos un gran suspiro, como si Nicolás hubiese estado regresando a la superficie del mar después de haber estado sumergido por tanto tiempo. Él empezó a gritar.

—¿Qué están hacien...?

De nuevo le di un puño, esta vez golpeándole la cara y dejándolo inconsciente en la oscuridad por unos pocos segundos, lo suficiente para que Vicente pudiera amarrarlo a la silla. Sus labios aún estaban hinchados por el puño de nuestra visita previa, pero ahora llevaba una cortadura adicional sobre una ceja. Luego de amarrarlo, Vicente regresó a su puesto cerca de la pared con los brazos cruzados y yo me paré frente a Nicolás, listo ya para comenzar. Le di una bofetada y dije:

—Despierta.

Desorientado y confundido, él abrió los ojos. Luego los achicó al sentir un nuevo y agudo dolor de cabeza.

—¿Qué sabes sobre el secuestro? —le pregunté.

—¿De qué me hablas? ¿Por qué ustedes est...?

¡AHHHH!

Nicolás comenzó a gritar con más dolor al yo romperle un dedo de la mano.

—No tengo tiempo para tus mierdas, Nicolás. Dime lo que sabes ahora —dije, controlando mi ira.

—¡No sé nada! ¡No sé na... AHHHH!

Se escuchó un crujir violento al yo romperle otro dedo, dejándolo entonces con dos dedos doblados a unos ángulos grotescos. Dejé escapar mi odio en fragmentos, cuidando de no abrir la jaula por completa para así evitar que la bestia en mí tomara el control por completo.

—Te dije desde un principio que no me jodas, Nicolás. ¡No me jodas! ¿Cómo supiste que están pidiendo diez millones por Camila?

Nicolás estaba llorando ahora, la sangre de su herida mezclándose con sus lágrimas. Con su cabeza caída él contestó:

—No sé nada, Adrián. Lo adiviné. Lo adivi…

¡No no no no no, por favor!

Nicolás comenzó a rogar al yo agarrar otro dedo de su mano, pero me detuve, esperando su respuesta, controlando la poca presión que faltaba en mi agarre para partir el hueso.

—¡Entró aquí a robarme! ¡Entro aquí, pero juro que no sé nada!

Con mi mano aumenté la presión en su dedo un poco más, y Nicolás comenzó a chillar como un perro herido, girando su cuerpo entero con su dedo para evitar que se rompiera.

—¿Quién estuvo aquí, Nicolás? Empieza a hablar claro o vas a terminar esta noche sin poder limpiarte el culo con las manos.

Su pecho estaba subiendo y bajando violentamente a causa de su respiración acelerada.

—No pensé que fuera humano. Estuvo aquí.

¡Estuvo en mi cuarto y me atacó! Me dijo que yo le iba a dar todo lo que tengo y me agarró por el cuello y...

Nicolás se detuvo un momento, regresando a la memoria de aquella noche, sus ojos perdidos en el horror.

—Quería dinero. Lo quería todo. Pensó que por Camila ser doctora que tendríamos dinero, pero lo que tenemos son deudas. Lo quería todo, y no supe qué hacer. Tenía sus manos en mi cuello y le dije que no tenía nada. Pensé que era uno de los hombres a los que le debo dinero, pero no era uno de ellos. No tengo nada. Se lo dije. Diez millones, me dijo a mí entonces. Diez millones. Pero seguí diciéndole que no teníamos nada. Se lo repetí. Pensé que yo estaba loco ya. Pensé que me estaba volviendo loco esa noche...

La camisa de Nicolás comenzó a gotear lentamente, el sudor, la sangre, y las lágrimas acumulándose en la tela. Estaba en pánico. Aumenté un poco más la presión en su dedo, y él soltó otro chillido patético.

—¡Para, por favor! ¡Para! —el siguió rogando—. Me dijo que el cuerpo de Camila valía más que mis deudas, que alguien estaría dispuesto a pagar para salvarla, pero no pude. No pude traicionarla. Dije que no. Le rogué que no. Le dije que no lo hiciera. ¡No recuerdo nada más! Desperté al otro día con Camila a mi lado. Pensé que fue un sueño lo que tuve. Por eso no lo mencioné antes. Pensé que fue una pesadilla porque él no era humano. Pero quería ver tu reacción y confirmar si realmente pasó. Necesitaba saberlo, pero te fuiste sin decir nada. Él no era humano. No tenía sentimientos. Tenía la cabeza de un ani... ¡AHHHH!

Rompí el tercer dedo con tantas fuerzas que el hueso traspasó la piel, y ahora la mano de Nicolás estaba chorreando sangre por toda la sala.

—Mira, *hijo de puta*. Tú mismo me dijiste que Camila y tú discutieron. Y ahora que está desaparecida de casualidad, ¿me vienes con este cuento de mierda de que no la pudiste traicionar? ¿Cuánto debes, cabrón? ¿Cuánto te dijeron que te iban a pagar, ah? ¡Infeliz, es tu esposa!

El dolor de Nicolás se convirtió en rabia y comenzó a hamaquearse violentamente en su silla, buscando alguna manera de escaparse para atacarme como un animal salvaje. El tercer dedo guindaba por un pequeño pedazo de carne, y en sus ojos brotados se veía la inmensa agonía que andaba sintiendo.

—¡Mamabicho cabrón! —gritó finalmente—. ¡Discutimos porque supe que estuvo contigo! Llegué a la casa y encontré una caja llena de todas sus fotos juntos y cuánta mierda más. Cuando la confronté y le pregunté si se estaba encontrando contigo, su silencio me lo dijo todo. En su mirada vi que se había revolcado contigo, hijo de puta. Y después tuvo la audacia de decirme que no sabía de dónde había salido la caja. Por eso discutimos y por eso ella se fue, pero yo no la toqué. ¡Yo no la toqué ni la traicioné! Pero a ti sí te quiero matar, cabrón. ¡A ti sí por dañarme todo! Encontré el teléfono con tu número en la caja y te llamé. ¡Te lo dije que te voy a matar! A ti y a todas las personas que quieres. ¿O ya se te olvidó? Ahora te están buscando a ti para el dinero o para matarte. Les dije que el dinero lo tienes tú y te van a encontrar. ¡Te pasa por meterte con Camila, pendejo!

Los llantos de Nicolás se convirtieron todos en la furia de su odio y en la espuma que le bajaba por la boca al escupir sus palabras. Yo me alejé un momento, procesando todo lo que Nicolás estaba diciendo y dándome cuenta de que la llamada de alguna manera la había hecho al número equivocado, que había llamado a Vicente aquella noche para amenazarme. Busqué al Ruso con mi mirada en esos momentos, y él me alzó uno ceja tan confundido como yo. Entonces me doblé para tener mi cara justamente frente a la de Nicolás.

—¿Tenían algo planeado ustedes para esta semana? Camila y tú —le pregunté.

Nicolás fruñó sus cejas y me miró confundido por la pregunta, pausando por un momento a su ira.

—Quiero saber por qué ella pidió libre en el traba...

—¿Qué clase de pregunta es esa, pendejo? ¿Que si yo tenía planes con mi esposa? ¿Sigues con celos, cabrón? ¿Qué tiene que ver eso? ¡Vete al carajo!

Nicolás me escupió la cara y todo se ennegreció inmediatamente a mi alrededor. Sentí un frío acaparar la habitación. Escuché el pequeño susurro en mi cabeza que me decía, *Quítate la máscara, Adrián.*

Quedé perdido en un abismo, en un silencio que pensé nunca acabar hasta que el color regresó a mi vista. Cuando pude ver otra vez, vi que la cara de Nicolás estaba destrozada. Mis nudillos estaban llenos de sangre. Su rostro hinchado ya le había cerrado un ojo, y entre todo el líquido rojo salpicado por el suelo, pensé ver lo que era un par de dientes. Sorprendido, me alejé un momento de Nicolás, y caminé hacia Vicente para buscar una silla que tenía a su lado.

—Búscala —le dije, y él sin responder salió de la casa por un momento.

Jalé la silla y la puse frente a Nicolás. Cuando me senté frente a él, no sentí nada. Hubo un vacío en mí, un cambio en mi cerebro que apagó todas mis emociones para no tener miedo de hacer todo lo necesario. En esos momentos, Vicente entró por la puerta y en sus manos cargaba una caja de cristal. Su terrario.

—¿Has escuchado sobre la araña errante brasileña, Nicolás? —le pregunté sin alzar mi voz.

Ya ni el coraje estaba presente en mí. Solo quedaba el objetivo y mi deber para cumplirlo. Nicolás movió su cabeza ensangrentada lentamente de lado a lado. Saliva mezclada con sangre bajaba por su boca abierta. No le quedaban fuerzas ni para cerrarla. El animal rabioso de hace unos segundos atrás ya no existía, y en su lugar quedaba un fragmento de lo que era un hombre vivo.

—Pues aquí te tengo una. Mira —le dije, señalando hacia el interior del terrario. Vicente ahora andaba parado a mi lado, cargando su mascota en su prisión de cristal.

—Son interesantes, Nicolás. ¿Sabes por qué? De nuevo movió su cabeza abatida de lado a lado.

—No son agresivas normalmente, aunque quizás parezcan ser algo que podría salir en tus pesadillas. Pero, si se sienten amenazadas, pues claro que muerden. Y su veneno es algo… complicado.

Desde la silla, me le acerqué más a Nicolás y chasqueé mis dedos en su cara para regresarlo con el sonido a la conciencia.

—Si te muerde una de estas arañas, puede ser que comiences a sudar inmediatamente. Su veneno contiene una toxina que acelera el flujo de sangre, y en solo treinta minutos, sentirás tu corazón comenzar a acelerar. Sentirás entonces un calambre por todo tu abdomen. Y entre eso, las náuseas que te darán, la visión borrosa, las convulsiones violentas, y quizás hasta una hipotermia, pensarás que estás entrando en un estado de *shock*. Pero ¿sabes qué? Eso no es lo peor de todo.

Aguantando mis fuerzas, le di con la mano abierta en la cara, lo suficiente para que se mantuviese despierto y para que soltara un pequeño gemido de dolor.

—Lo peor de todo es que esa misma toxina que acelera el flujo de sangre afectará cada parte de tu cuerpo. En los próximos treinta minutos después de la mordida, tendrás una erección tan dolorosa que ni podrás caminar. Y puede ser que la mordida te mate. Puede ser que no. Pero lo que te puedo asegurar es que, si no te mata, vas a estar deseando que sí lo haga.

Suspiré profundamente, y me eché para atrás de nuevo en mi silla.

—Te voy a dar una última oportunidad para decirme lo que sabes, Nicolás. ¿Quién tiene a Camila?

Nicolás pestañaba lentamente con el único ojo donde aún podía ver un poco. Un sonido comenzó a formularse en su garganta, como unas palabras que peleaban para salir, pero que no podían. Al no poder mover sus labios de lo hinchados que estaban, su aliento burbujeaba la sangre y la saliva que se deslizaba desde su boca. En lo que fue más bien una exhalación, escuché el último «No sé» de Nicolás, que selló su destino. Mis hombros cayeron con un suspiro, y cerré mis ojos, moviendo mi cabeza de lado a lado.

—Mencionaste un teléfono que encontraste en la caja. ¿Dónde está? —le pregunté, recordando que no había dejado ningún móvil dentro de mi caja de recuerdos.

Nicolás se quedó callado, su consciencia inundada por el dolor. Me paré un momento y rebusqué por la casa para tratar de encontrar el teléfono que mencionó Nicolás. Quizás era una pista. O quizás para mí era una excusa para salvar a ese pobre hombre, para no hacerle más daño, y para no verme en la obligación de tocar las partes más oscuras de mi alma en mis intentos de encontrar a su esposa. Al final, no encontré nada y tuve que regresar al hombre roto que dejé amarrado en una silla de su sala. Miré hacia el techo, buscando un agujero que me dejara ver el cielo, buscando, quizás, una manera para encontrar el perdón de Dios.

—Está bien, Nicolás. Recuerda que tú escogiste esto.

El tiempo estaba corriendo y ya no quedaba más que buscar entre los escombros del alma de Nicolás. Me paré de la silla, y lo último que vi antes de comenzar a caminar hacia la puerta fue a un Vicente enguantado, sacando una araña de su prisión para dejársela sobre el cuerpo del ladrón que me robó a Camila diez años atrás. Escuché los gritos al salir por la puerta, pero no me detuve. Para Nicolás, yo fui el arquitecto de su apocalipsis, pero no me quedé para ser testigo de sus gritos ni de los rastros de mi destrucción. Quizás lo encontrarían muerto por el veneno, o quizás lo encontrarían muerto por tanta pérdida de sangre. Pero a mí ya no me importaba. Ya me había quitado la máscara, y lo que quedaba debajo era un monstruo.

El fin

del mundo

VEINTITRÉS

El sueño por fin se apoderó de mí después de tanto tiempo sin poder pegar los ojos. Sentí mi espíritu abandonar mi cuerpo agotado, y por unas horas quedé suspendido en una oscuridad infinita. Luego, al cruzar el abismo de mi mente, comencé a soñar otra vez. En este sueño sentí la mano de Camila atravesar mi piel. Delicadamente se escondió entre la sangre, el calor, la corriente, y convirtió en hogar ese espacio que existía en mi pecho. Sentí sus dedos formando murallas alrededor de ese órgano que pulsaba en mí, y pensé yo que eran barreras construyéndose para proteger lo que le había regalado una vez. Dejé que mis latidos descansaran en sus fuerzas, y ahí, en mi calma, el mundo explotó.

Desperté con un gran suspiro sobre el suelo de la cueva en la casa de Vicente al sonido incesante de una llamada telefónica. Al parecer, Vicente se había quedado dormido en una de las sillas al lado de la mesa, y se despertó ligeramente para contestar la llamada. Era la voz distorsionada.

—¿Tienen el dinero?

Vicente aún se estaba despertando y, supuse yo, organizando sus pensamientos. Después de un silencio contestó:

—Sí

—Bueno —dijo la voz—. Tenemos un cambio de planes para nuestra seguridad.

La voz procedió a decirle a Vicente que Javier y Camila iban a estar en lugares diferentes para el intercambio. De ese modo, solo tendrían que ocuparse con uno de nosotros a la vez en cada lugar.

—Si tocas a Javier, te juro que te mato, cabrón— dijo Vicente, irritado ya por tanto rodeo con la voz desconocida—. Ya no habrá más cambios después de aquí.

—No creo que estés en la posición para hacer demandas —contestó la voz—. Cuidado por ahí, Ruso. La llamada finalizó. El sol ya estaba a punto de esconderse en el horizonte, y el cielo rojizo comenzó a oscurecer rápidamente.

—A las diez de la noche se hará el intercambio— dijo Vicente—. Yo iré por Javier. Tú por Camila.

Él entonces salió de la cueva por unos minutos y regresó con un maletín y una pistola.

—Toma —me dijo entregándome ambas cosas—
. En el maletín están los diez millones para Camila. Y
la pistola pues… por si acaso la necesitas.

Vicente me explicó los dos lugares diferentes que
la voz había escogido. Camila en el Viejo San Juan.
Javier al otro lado de Puerto Rico. Yo estaba
despertando de mi sueño aún, y quedé en silencio
por unos momentos antes de mirarlo a la cara.

—No tenías que sacar el dinero para ella. Yo
podía hacerlo.

Él alzó sus hombros y miró hacia la ventana.

—Por mí, Camila se puede morir. Pero sé lo que
eso te haría, y sé que quizás hasta preferirías estar
muerto antes de ver una vida sin ella. Por más que
pienso que ella es una idiota, lo hago por ti, Adrián.
Además, ya maté a la Anaconda. No le tengo más
uso al dinero. Así al menos se gasta en algo.

Antes de que yo pudiera contestar, él salió de la
cueva nuevamente, y al rato regresó con otra pistola
y otro maletín lleno de dinero.

—Para Javier —dijo él, poniendo los objetos
sobre la mesa y quedándose pensativo por unos
momentos.

—Creo que tendré que llamar a su esposa para
dejarle saber todo lo que ha pasado. Todo ha
ocurrido tan rápido que ni pensé en ella. Tiene que
estar preocupada al no saber de Javier.

Vicente se fue otra vez de la cueva, y yo me
adelanté hacia el lugar designado en el Viejo San
Juan. Desesperado ya por no haber podido lograr

nada aún para salvar a Camila, estuve dispuesto a dejarlo todo por ella en ese último intento. Decidí no esperar a Vicente. Recogí mis cosas, salí de la casa, esta vez sin escolta por la falta del equipo de seguridad, y me llevé una de las guaguas negras estacionadas en el camino sin salida.

Un tiempo después, llegué al Viejo San Juan y estuve guiando por las calles, tratando de despejarme la mente de todo y enfocarme en lo único que importaba esa noche: salvar a Camila. Cuando se comenzó a acercar la hora para el intercambio, estacioné la guagua unas calles más abajo de mi destino, y comencé a buscar el edificio. Caminé bajo una luna llena por unos minutos hasta que por fin llegué al edificio abandonado que había descrito la voz distorsionada en su última llamada. Estaba en una parte del Viejo San Juan que parecía estar bajo construcción. Sin embargo, el desarrollo parecía que se había pausado a causa de algún huracán previo, y se notaba por la falta completa de los trabajadores en el área. Me estuvo raro que, esa noche en particular no hubo ni un alma caminando por esa calle. De todos modos, pasé sobre los adoquines sin compañía, llegué hasta la acera, le pasé por el lado a un carro rojo deportivo estacionado cerca del edificio abandonado, y entré por la puerta. Saqué la pistola que Vicente me había dado, y comencé a perderme lentamente entre los pasillos oscuros de aquella torre. Encontré la puerta que daba hacia las escaleras y, poco a poco, comencé a subir cada escalón.

Tú tienes tus hombres. Yo tengo los míos.

Las palabras de la Anaconda inundaban mi cabeza cuando de momento escuché un crujir bajo mi pie. Mi corazón se aceleró al escuchar aquel sonido de sorpresa. Una bombilla había caído al piso en algún otro momento y habían dejado los fragmentos de cristal sin limpiar. Respiré profundamente, y seguí subiendo, tratando de evitar cualquier ruido posible. Pasé el segundo piso. Luego el tercero. Luego el cuarto. Cada escalón se sintió como una pequeña eternidad dentro de otra, y ya estaba sudando al tener que cargar el maletín lleno de dinero y a la pistola a la misma vez. Cuando por fin llegué al décimo piso del edificio, mi camisa mojada ya estaba comenzando a pegarse incómodamente a mi piel. Lo único que quedaba frente a mí ahora era la puerta que me llevaría al techo abandonado. Las gotas de sudor me bajaban por la cara, y mis ojos ardían por las pocas que caían en ellos. Estuve mirando el número «10» pintado sobre la puerta por al menos dos minutos, pensando en qué demonios me esperaba al otro lado. ¿Y para que me había traído la pistola? ¿Pensaba que de alguna manera podría salvar a Camila con ella? ¿Pensaba que de alguna manera imposible podría tener alguna ventaja sobre la persona misteriosa que me estaba esperando al otro lado ya? La vida ciertamente nunca había sido justa y, por un momento que no quise admitir pensé entender la guerra que la Anaconda había empezado con Dios. Yo era capaz de destruir al mundo entero con tal de salvar a tan solo una persona, y ni pensé en las consecuencias. ¿Era eso lo que me hacía un monstruo? ¿Era yo igual de terrible que la

Anaconda? Qué ironía. Otra vez respiré profundamente.

Que se joda.

En un pasado escalé hasta llegar a la cima de una montaña. Esta vez fue a la cima de una pequeña torre en el Viejo San Juan. Pateé la puerta violentamente para abrirla rápido y no tener que soltar la pistola o el maletín. Al pasar por la puerta, sentí como si estuviese pasando a otra dimensión. Mis ojos, acostumbrados a la oscuridad del pasillo con las escaleras, tomaron un momento para enfocarse en la luz de aquella ciudad otra vez. Segundos después vi frente a mí y bajo una luna llena al demonio que tenía a Camila capturada.

Pensé que fue una pesadilla porque él no era humano.

Inmediatamente recordé las palabras de Nicolás. Camila estaba vestida con un traje blanco, y sus manos estaban cruzadas a sus espaldas. Supuse que estaban atadas. Detrás de ella, la mano del demonio aguantaba una cuchilla sobre su cuello. Los ojos reptiles de aquella criatura me observaban sin pestañear, y su cara de lobo se estiraba con una sonrisa para enseñarme cada uno de sus colmillos. Sus orejas al igual se estiraban, y parecían como si le pertenecieran a una mula. No supe cómo reaccionar al ver frente a mí el invasor de mis pesadillas. Por un momento dejé de respirar.

—Si disparas, mi cuchillo se deslizará por su cuello con el peso de mi cuerpo —dijo la voz distorsionada de la criatura. Su boca no se había movido al hablar, y rápidamente caí en cuenta de que aquella criatura sí era humana, que tan solo tenía una máscara exageradamente detallada puesta, y que un cambiador de voz escondido en ella producía su voz irreconocible. No había dejado de apuntar mi pistola a su cara.

—Suelta la pistola, Adrián —seguía la voz.

—Suelta a Camila primero. Ya tengo tu dinero. Déjala ir. Ella es inocente —contesté.

La criatura apretó la cuchilla más fuerte al cuello de ella. Camila de repente soltó un gemido en dolor, y sentí mi corazón querer salirse de mi pecho. Una pequeña gota roja comenzó a bajar por su cuello, y ella con sus ojos me rogaba para que hiciera lo que su captor demandaba. Sentí mi sangre hervirse.

—Hijo de pu…

—¡Cierra el pinche hocico y suelta la puta pistola ya! —gritó la criatura frente a mí interrumpiéndome—. ¡Ahora!

Sentí como si de repente me hubiesen dado una bofetada en la cara. Lentamente me doblé para colocar mi pistola en el suelo, mi mente perdida ya en otro lugar, maquinando y juntando cada pista que había decidido ignorar hasta este preciso momento. Al doblarme, me percaté de unos ladrillos sueltos al lado de la puerta que, supuse yo, se habían abandonado allí antes de terminar de construir el borde del techo que evitaría a uno caerse desde su orilla al descuidarse.

—Patéala hacia mí —dijo la criatura.

Seguí sus instrucciones, analizando cada uno de sus gestos. Registré con mis ojos cada parte de su cuerpo, cada parte de su máscara hasta que por fin entendí que su disfraz no tenía las orejas de una mula. Tenía las orejas de un maldito burro. Cuando la pistola se deslizó hasta él, la criatura entonces la pateó sobre el borde del edificio, dejándola caer al vacío. Fue ahí que lo confirme, pues ¿para qué botar el arma que podría usar para matarme?

—Ahora el dinero —demandó la voz—. Patea el maletín hacia mí.

Sentí mi alma desgarrarse, estaba halada por dos fuerzas opuestas, confundido y sin palabras, tratando de descifrar ese nuevo nivel de dolor y coraje. No pude moverme.

—¿Javier? —pregunté, incrédulo.

La criatura se paralizó al escuchar el nombre salir de mi boca. La sangre en el cuello de Camila comenzó a deslizarse por su piel un poco más rápido, y sus ojos abiertos ya querían gritar. Un silencio nos acaparó en ese rincón del universo. Congelados en el tiempo, los únicos sonidos a nuestro alrededor fueron el cantío de los coquíes, el aleteo de unos cuervos que decidieron reunirse en el techo con nosotros para ser testigos del fin del mundo, y las gotas de sangre de Camila cayendo al suelo. Me sentí atrapado en un sueño, como si hubiese formado parte de una pintura y ahora le tocaba al pintor decidir mis próximos pasos. Con su mano libre, la criatura agarró su máscara y, después de una pausa, se la quitó y la dejó caer al piso. Nos quedamos mirando uno al otro sin decirnos nada por lo que se había sentido como una eternidad.

—Sí, cabrón, tengo la cara jodida. No necesito que me lo digas —dijo Javier, su cara revelando unos arañazos nuevos en ella. Supuse que Camila no se había dejado llevar fácilmente.

—No sabía que tenías un pinche gato en tu casa. Le di una patada y el malparido me brincó en la cara cuando rebusqué entre tus cosas. Y mirando tu cara ahora, parece que hizo lo mismo con la tuya —siguió él.

¿Mi gato? pensé yo. Camila seguía con los ojos aterrorizados, unas lágrimas escapándose de ellos.

—Pásame el maletín y nos olvidamos de esto, Adrián. Ahora.

¿Mi gato? seguí pensando. Y entonces recordé la cara confundida del gato negro en mi casa cuando le entré a balazos en el patio. Quizás había entrado por alguna ventana que había dejado abierta sin darme cuenta, y solo estaba defendiendo su hogar nuevo de lo que pensaba que era otro intruso robando. Todo estaba comenzando a encajar. Javier se había llevado la caja de recuerdos.

—¿Qué estás haciendo, Javier? —pregunté, aún tratando de procesar lo que estaba sucediendo—. Suelta a Camila.

—¡No voy a soltar a la pinche puta hasta que me des el dinero, cabrón! —contestó él, sus ojos aguándose con rabia repentina.

Frustrado ya, cogí el maletín y se lo tiré tan fuerte que se abrió tras el impacto y unos billetes sueltos comenzaron a volar con la brisa.

—¡Toma el puto dinero, Javier! —grité.

Soltó a Camila y ella rápidamente se escapó hacia un lado mientras él recogía el maletín para que no se siguieran dispersando los billetes sueltos. Yo, con tantas preguntas, ni supe por dónde empezar.

—¿Te valía más que nuestra amistad? ¿Qué fue? ¿Tu orgullo? ¿No pudiste simplemente decirme que necesitabas dinero?

—¡Cállate! —contestó Javier—. ¡Cállate la puta boca ya!

Después de recoger el maletín, Javier se paró de nuevo, la cuchilla aún en su mano.

—Me cansé de tu mierda, güey. Siempre tú pensando que eres mejor que uno, llamándome *Burro* todo el maldito tiempo, pensando que tan solo soy un *fucking bruto*. ¿O no lo recuerdas? ¡Ya me cansé! Siempre tú y Vicente con sus putas vidas dramáticas. Tú con esta perra y Vicente con su muerta. ¿Sabes? Perdí mi segunda carrera después de que me llamaron por estar pensando en la puta Anaconda. ¡Había apostado todo en esa carrera y lo perdí, cabrón! Por estar preocupándome en lo que no me tengo que preocupar. Lo perdí todo y ahora le debo a gente peligrosa en Washington. ¿Y entonces qué? ¿Qué se suponía que le dijera a mi vieja? ¿Que nos iremos a dormir a la calle porque no tengo el pinche dinero para pagar la casa? Pero, ni así hubiésemos estado a salvo. Pensé que al matar a aquel hijo de puta iba a poder robarle algo de valor. No sé, al menos lo suficiente para salirme del hoyo... Pero después vas tú y me empujas y me dejas caer en la arena sin preguntarme qué andaba mal. No, no, no. Me cansé de tus mierdas. Yo no les importaba. Solo me buscaron cuando necesitaron algo de mí. Pues ahora este *fucking bruto* te lo quitó todo. No te quise matar, Adrián. Tampoco quise matar a Camila. Solo quise verte sufrir después de que me humillaste. Eso hubiese sido algo peor. No soy un burro. Soy un pinche lobo. ¡Cayeron en la boca del puto lobo!

Sentí una bofetada tras otra. No podía creer el odio que Javier había cargado tan secretamente todo este tiempo. Entendí realmente en esos momentos que nunca dejamos de conocer a una persona. Pero, a veces, esas mismas personas somos nosotros mismos. Sin saberlo, Javier despertó una parte oscura en mí al obligarme hacer todo lo posible para salvar a Camila y, en esos momentos, no pude evitar recordar a Nicolás. Fui un animal salvaje torturándolo.

—¿Y entonces Nicolás? ¿Qué tenía que ver él conmigo? —pregunté, sintiéndome arrepentido de lo que le había hecho con mis propias manos.

—Fue mi último intento para salvarte, para joderle la vida a otra persona en tu lugar, pero cuando me enteré de que Nicolás solamente tenía deudas, no me quedaron más opciones. Intenté de aguantar mi pinche odio hasta el final, Adrián. Lo intenté. Te lo juro. Pero por fin dije, «Que se joda. A la chingada». Envié la caja simplemente para crear más caos. Para crear todo el puto caos del mundo.

Para que este plan terminara siendo la pinche hostia más grandiosa, algo mejor de lo que hubieses podido planificar tú. Cuando ataqué al patético Nicolás, supe que él reaccionaría dejándose llevar de sus emociones e impulsos al ver tu caja de recuerdos con Camila. Dejé un móvil con el número de Vicente en la caja para causar confusión. Imagino que el imbécil de Nicolás pensó que ese móvil lo usaba Camila para llamarte. ¿Te gustó ese toquecito? Dejé el móvil por el chance de que ustedes pensaran que todo esto aún tenía que ver con la Anaconda si Nicolás llamara para amenazarte predeciblemente pensando que era el número tuyo. Pero, no se supone que se hubiesen enterado. Los había cogido de pendejos pretendiendo que me habían capturado. Se supone que me hubieses dado el dinero y ya. Me hubiese desaparecido para siempre y jamás hubiesen sabido que fui yo.

El alzó su cuchilla otra vez.

—Te iba a dejar ir. No te quise matar, Adrián, pero ya no sé de qué otra manera esto puede terminar. No se suponía que te entera...

Escuché una explosión como un relámpago tocando tierra justamente en mi oído, y los cuervos a nuestro alrededor salieron volando con el sonido. El susto fue lo suficiente para hacerme brincar y desorientarme por un microsegundo. Cuando volví a todos mis sentidos, sentí una pluma negra caer sobre mi piel. Todos mis sentidos se agudizaron, y por un momento pensé que eran cenizas lo que caían sobre mí y que me estaban quemando. Me enfoqué a mi alrededor otra vez y vi ahora que Camila estaba agachada al suelo gritando, tapándose la cabeza con las manos.

¿Sus manos no estaban atadas?

El cuerpo de Javier había caído a su lado y tenía un balazo enterrado en la frente. Un segundo después, sentí un metal frío pegarse a mi nuca.

—Te he estado persiguiendo ya unos días, cabrón, buscando dónde pillarte. Ese es el dinero de Nicolás.

Por un momento quedé paralizado mirando el cuerpo muerto de mi hermano, al lado de Camila.

Una fracción de un segundo después, mi entrenamiento de una vida militar previa tomó el control contra el sicario que me había encontrado. Doblé el cuello hacia un lado, girando mi cuerpo rápidamente y chocando mi brazo con la mano del hombre detrás de mí, cambiando el trayecto de su mira. Mi reacción inesperada asustó al hombre. Él disparó instintivamente, pero la bala falló darme al yo evadirla justo a tiempo. Inmediatamente comencé a forcejear con el hombre, agarrando su pistola con una mano y dándole un golpe preciso en su muñeca con mi otra mano para aflojar su aguante. Escuché otro disparo y a Camila gritar, pero también esa bala falló, y reaccioné instintivamente apretando el botón de liberación del cargador, dejando caer el cargador al suelo y a la pistola con solamente una bala más en la recámara. Después de otros golpes, por fin pude robarle la pistola de sus manos, pero entonces el impacto de un puño a mi cara me tumbó al suelo. Caí de espalda sobre los ladrillos abandonados al lado de la puerta, uno de ellos enterrándose en mi espalda. Entre el dolor repentino y mi intento para reencontrar mi balance, solté sin querer la pistola, dejándola caer fuertemente conmigo y viéndola resbalarse por el suelo hacia Camila.

El sicario se lanzó hacia mí, y rápidamente comenzó una ráfaga de golpes. Solo pude defenderme y aguantar los golpes salvajes que aquel hombre desconocido me regalaba sin parar. Y entonces, cuando sentí que se había cansado ya y que por fin iba a poder respirar, él agarró uno de los ladrillos a mi lado. Vi su mano disparar hacia el cielo como si estuviese buscando fuerzas de alguna nube cargada de electricidad. Lo vi sobre mí con furia y malicia en sus ojos, listo para dejar el ladrillo caer sobre mi cara como un martillo. En ese momento pensé que iba a morir. Y entonces escuché el próximo disparo. Sangre salpicó en mi cara, y el ladrillo cayó de sus manos a unos pocos centímetros lejos de mi cabeza. Su cuerpo entero cayó sobre mí, la muerte abrazándome antes de tiempo. Rápido empujé el cadáver y me paré para ver a Camila con la pistola en sus manos, temblando al haberle explotado la cabeza a un hombre. Comencé a caminar lentamente hacia ella, listo para abrazarla por fin, para salvarla y dejarle saber que ya todo había acabado, pero ella no soltó la pistola. Después de dispararle al sicario, sus ojos azules se pusieron más pálidos, y entonces apuntó la pistola hacia mí.

—¿Camila? —pregunté, confundido y pensando que quizás estaba en algún estado de *shock*—. ¿Qué haces?

Estiré mi mano hacia ella, pensando que me dejaría consolarla, que me dejaría quitarle el arma de sus manos, pero ella se alejó, dando un paso para atrás.

—No te me acerques, Adrián —dijo ella, sus ojos fríos aún—. Me has jodido la vida una y otra vez. Ya esto acabó.

No supe qué decir. ¿Qué rayos estaba pasando?

—No entiendo —contesté con una exhalación adolorida.

—¡Que te odio! Me haces el amor y luego te vas, Adrián. Despierto sola en un hotel sintiéndome como mierda, y ahora te odio. ¿Qué parte de eso no entiendes? No siento nada ya. Le fui infiel a Nicolás, tengo deudas, y ahora te odio. ¿Fui solo un objeto para ti? Pues lo único para lo que me eres útil ahora es el dinero.

Camila se dobló un momento para recoger el maletín al lado del cuerpo muerto de Javier. Yo intenté acercármele otra vez, pero enseguida me apuntó con la pistola de nuevo.

—¡Que no te muevas, carajo! —gritó ella—. Ya murió alguien que no debió haber muerto hoy. No me hagas convertirlo en dos.

Algo andaba mal. Había cosas en mi mente que aún no estaban encajando. Y entonces, ¿ahora ella me apuntaba con una pistola? Sus manos nunca estuvieron atadas. ¿Por qué no estuvieron atadas?

—Habías pedido estos días libre en tu trabajo — dije, mi mente tratando de conectar datos poco a poco. El cuerpo de Camila se paralizó por un momento y sus ojos se abrieron más aún. Poco a poco fui cayendo en cuenta, y me reí, incrédulo. Qué pendejo había sido todo este tiempo.

—¿Sabías que era Javier desde un principio? —le pregunté, sabiendo la respuesta ya.

Camila suspiró profundamente, su mano aún apuntándome con la pistola.

—Al principio no, pero no me dejé secuestrar fácilmente. Forcejeando con él, le quité la máscara, y no le quedó más que tener que explicarme todo lo que estaba sucediendo. Era eso o matarme. Pero para ese momento ya yo había decidido odiarte, Adrián. Y ya había decidido dejar a Nicolás. Ya había decidido desaparecerme. Así que le dije que llamaría al trabajo para pedir el tiempo libre si dividiéramos los diez millones. De esa manera, mis compañeros no sospecharían ni llamarían a la policía por mi falta en el trabajo. Cinco para él. Cinco para mí. Y ambos te mandábamos al carajo sin tú saberlo.

Poco a poco mi corazón se iba partiendo en mil pedazos.

—Supongo que las cosas nunca cambian entonces, ¿ah? —dije, moviendo mi cabeza de lado a lado, decepcionado—. Diez años atrás, pensé en todo lo peor aun pensando en lo mejor de ti. Pensé que estabas enferma y que no me lo quisiste decir, que me estabas guardando de alguna pérdida en el futuro. Pensé que habías descubierto que no podías tener hijos y me querías salvar de ese dolor. Pensé tantas cosas, Camila. Y siempre te di la razón para defenderte en mi cabeza. Pero al final todo fue una simple traición como ahora, ¿no? Me envías una carta de la nada diciéndome que soy egoísta, que ya no me amas, y yo al otro lado del mundo sin poder ni tan siquiera defender lo que tuvimos. Me robaste la oportunidad. Y entonces regresas a mi vida, ¿para qué? ¿Para terminar de joderme el corazón? ¿Para matarme? ¿Eso es lo que querías? ¡Fuiste tú la que tocó mi puerta en el hotel! Yo no te busqué. ¿Recuerdas? Entonces te dejas poner una cuchilla en el cuello para actuar, y lo hiciste tan y tan bien. Pero supongo que siempre has sido buena actuando. Nunca me has amado. Te gusta ir pretendiendo por la vida, fingiendo felicidad, fingiendo amor, pero la sangre que bajó por tu cuello hace unos minutos atrás solo me deja saber que estás loca.

—¡No me digas que estoy loca, Adrián! No estoy loca. Yo te esperé. Te esperé tantas malditas veces, y siempre regresabas con tu maldito silencio, despertándote en la noche con tus pesadillas sin querer decirme lo que te pasaba. ¿Cómo se suponía que yo amara a un extraño que no quiso compartir su guerra conmigo? ¿Cómo podía amarte completamente si no te conocía completamente? Fuiste un extraño que conocía todos mis secretos, pero yo nunca supe todos los tuyos. ¿Y esperabas que me casara yo con eso? ¿Querías que me lanzara a ese vacío desconocido contigo? Sí, fuiste un egoísta orgulloso, y lo sigues siendo. Por eso Javier te odió. Por eso yo te odio. Viviste nuestro tiempo juntos con una máscara puesta. Yo en cambio te di todo de mí. No estoy loca. Yo solo fui real. Yo viví en el presente mientras tú decidiste quedarte en el pasado.

—¡Estuve metido en una puta jungla y no supiste las cosas que tuve que hacer! No supiste de mi dolor porque son secretos que estoy obligado a guardar. Hay cosas que no imaginas en este mundo de las que no puedo hablar por mi contrato con el gobierno, porque si no, pueden tratarme como un traidor. Y yo solo quise protegernos de eso. Quise protegerte de mis memorias, de lo que mis manos eran capaces de hacer. Fuiste una luz en mi oscuridad hasta que decidiste apagar el fuego, y lo único que pedía de ti era que me entendieras. Estaba avergonzado, y pensé que, si yo te hubiese abierto esa puerta para que vieras toda la sangre derramada por mis manos, pensarías que yo era un monstruo. ¡Pero entonces el egoísta soy yo! El egoísta soy yo, ¿ah? ¡Eso es lo que pien...

Escuché su dedo jalar el gatillo, y toda mi respiración se cortó de repente. Nada pasó. La escuché jalarlo de nuevo, pero ella había gastado su última bala en el sicario que intentaba matarme unos minutos atrás. Su rostro demostró el asombro al mirar el cargador de la pistola tirado en el suelo, y luego demostró terror al mirarme a la cara, cayendo en cuenta y entendiendo lo que había acabado de hacer. En un instante me enseñó a odiarla completamente, y sentí todos sus besos previos caer de mis labios por fin, todas las caricias evaporarse de mi piel. El fragmento del amor que quedaba en mí desvaneció entre la luna llena y todos los diferentes planetas del universo. El mundo oscureció por un momento, y al despertar un segundo después, me encontré con uno de los ladrillos en mis manos. Un fantasma maligno tomó control de mi cuerpo, y antes de poder realmente entender lo que estaba sucediendo, comencé a caminar hacia Camila.

Hijadelagranputa...

Con cada paso que daba hacia Camila, ella daba uno para atrás, acercándose al borde del techo. Todo en mí se convirtió en una mezcolanza de furia, decepción, y dolor. Cada insulto posible se regó y se mezcló en mi cabeza hasta que cada pensamiento parecía ser una sola palabra larga.

tevoyamatarcabrona

Los ojos de Camila comenzaron a llorar, e intentó dispararme de nuevo con la pistola vacía, pero ya era muy tarde para ella. Cada vez que intentaba dispararme, no mataba mi cuerpo, pero mataba y remataba al espíritu dentro de él.

En la vida, a veces nos disfrazamos uno del otro y nos olvidamos de que esa segunda piel no es la nuestra. Dejamos que se peguen una a la otra hasta que perdemos vista de dónde termina la nuestra y dónde comienza la ajena. Y duele cuando nos obligan a desvestirnos, a quitarnos la ropa que fue la persona que más amamos. Nos arrancan a disparos esos pedazos que pensábamos ser nuestros, y quedamos aturdidos cuando nos abandonan, dejándonos caminando sin dirección con un corazón roto, a veces por una vida entera. Quizás dolería menos si nos devolvieran todos los pedazos del corazón después de romperlo, pero en realidad, siempre se quedan con alguna parte. Y el dolor vive ahí, en ese vacío que no sabemos cómo llenar después, pues ese vacío antes cargaba un trozo del alma. Entonces, cuando aquel vacío se agranda y termina siendo más grande que el espíritu y su sano juicio, llegan momentos como estos donde solo queda el instinto para matar, donde solo queda el odio, y donde solo queda ese único deseo por una venganza que, para algunos, resulta ser más dulce que la vida.

Cuando por fin Camila estuvo a solo un paso del borde del techo, yo me encontré a solo un paso de ella. Sus ojos azules me rogaban en silencio, pero ya era muy tarde para ambos. Alcé mi mano hacia el cielo y, sin pensarlo dos veces, dejé caer el ladrillo sobre su cara como un relámpago feroz. El impacto sonó como un trueno poco después, y ella resbaló del techo. Su cuerpo fue arrojado al vacío, y el único rastro que ella dejó a esas alturas fue la sangre fresca de su herida salpicada sobre mi cara. Camila se fue a volar como un picaflor rojo que no se puede enjaular, que no se puede atrapar excepto con la muerte. Escuché el impacto de su cuerpo unos segundos después, y desde un lugar oscuro en mí sentí un rugido comenzar a formarse, mezclando toda mi agonía con mi resentimiento y cada otro dolor en este universo. Desde el lugar más alto de aquel edificio abandonado, solté un grito feroz desde mis entrañas, cayendo rendido a mis rodillas, y llorando al mirar las manos poseídas que me deseaba arrancar. El eco viajó con el viento por cada callejón del Viejo San Juan para dejarle saber a cada criatura que ya por fin llegó mi hora, que el universo por fin me ganó en esta guerra. Comencé a vomitar allí arrodillado, y cuando pensé que había acabado, escuché otra voz detrás de mí.

—Llamé a la esposa de Javier y me dijo que él nunca había regresado a Washington.

Di un brinco del susto, y al darme la vuelta, vi los ojos cristalinos de Vicente ocultados en la oscuridad del pasillo de las escaleras. Luego pasó por la puerta revelándose con una pistola en sus manos, y yo regresé a mis pies, limpiándome las lágrimas, el vómito, y la sangre salpicada de la cara.

—Me estuvo raro, ya que él te había dicho que estaba en Washington la noche que llegaste a tu casa invadida. Y luego recordé las últimas palabras que me dijo la voz distorsionada en nuestra última llamada. *Cuidado por ahí, Ruso.* Fue lo último que me había dicho Javier antes de irse del Hades la noche después que matamos a la Anaconda. Iba de camino al otro lado de Puerto Rico cuando se me ocurrió, y decidí regresar aquí para tratar de entender qué estaba sucediendo.

Vicente cambió su mirada hacia el cuerpo muerto de Javier, y no pudo ocultar la tristeza que lo arropó en ese momento, pues, de todos modos, Javier fue nuestro hermano.

—Corrí lo más rápido que pude cuando escuché unos disparos desde lejos. Y cuando llegué al edificio y vi el carro rojo deportivo estacionado al frente, imaginé que era de Javier. Fue él, ¿verdad? ¿Lo mataste?

El nudo en mi garganta no me dejaba responder. Moví mi cabeza hacia arriba y abajo, y luego de lado a lado. Señalé con mi mano al cuerpo muerto del sicario que mató a Javier.

—Supongo que era uno de los que nos atacó en el Hades buscando el dinero que debe Nicolás. Me persiguió aquí y ni me di cuenta. Mató a Javier, y luego Camila lo mató a él.

Vicente comenzó a mirar a su alrededor y rápido entendí lo que él andaba buscando. Supuse que aun él estaba subiendo las escaleras cuando mi mundo explotó.

—¿Dónde está Camila?

No pude aguantar más y rompí en llantos de nuevo sobre aquel techo del Viejo San Juan. Caminé hacia el borde del techo, y al mirar el cuerpo roto de Camila abandonado en un charco de sangre, caí de rodillas otra vez. Quería dejar de llorar. Quería arrancarme los ojos de lugar, pues parte de mí estuvo alegre de que la maté. Parte de mí sintió un alivio al terminar nuestra historia por fin. Pero, también en esos momentos, sentí que un peso simplemente se reemplazó con uno nuevo, y ya no me quedaban fuerzas para vivir. Esa noche fue la noche que maté al amor de mi vida.

Vicente se me acercó, y sentí una mano apretar mi hombro suavemente, su única manera de dejarme saber que seguía ahí junto a mí.

—Tenías razón, Vicente. Me traicionó otra vez. Y me alegro. Me alegro de que maté a esa puta por fin. Pero me odio. Me odio yo mismo. Y no puedo. No puedo más, Vicente. *I can't do this anymore.*

Quise morir en ese instante. Vicente apretó mi hombro un poco más fuerte. Luego, parado detrás de mí aún, él enterró su cara en mi pelo y me dejó con un beso sobre la cabeza, así como lo haría un hermano mayor.

—No puedo más —dije una última vez entre llantos—. Me estoy volviendo loco.

Él me conocía. Él conocía mi mente. Entonces, siendo el hijo de la gran puta que era y, a la vez, siendo mi gran hermano, el Ruso, el Gringo, el Canguro, Vincent Novikov, o, por joder, Vicente, alzó su mano con su propia arma, apuntó a mi cabeza y, sin pensarlo dos veces, disparó. Mi cuerpo tomó su vuelo sobre el borde del edificio, y en ese momento fugaz, vi más detalladamente al cuerpo fragmentado de Camila rodeado por un charco de sangre diez pisos abajo de mí. La silueta de un hombre estaba parada sobre su cuerpo, y pensé en esos últimos momentos que era la parca lista para recogernos ya y llevarnos juntos al inframundo. Cada memoria de nosotros regresó a mi mente, y en esos pocos segundos, encontré en la muerte de Camila el mundo que pudimos haber tenido y el mundo que nunca fue.

Pensamos que el amor lleva un precio, que tenemos que sacrificar algo para obtenerlo. Pero, si eso es verdad, ¿cuánto no di yo por tal de encontrar al menos un pedazo de amor en mi vida? Pensé que el dolor que sentí fue el precio de poder experimentar un amor tan grande, tan verdadero que podría cambiar el mundo. Supongo que, aun al final, nada fue lo suficiente. A veces esperamos tanto de alguien porque es justamente eso lo que seríamos capaces de hacer por ellos. Pero, el universo no siempre nos regala personas recíprocas a nuestras vidas. Cayéndome hacia las garras de mi destino, regresé a ese sueño donde sentí la mano de Camila atravesar mi piel. Otra vez se escondió delicadamente entre la sangre, el calor, la corriente, y convirtió en hogar ese espacio que existía en mi pecho. Sentí sus dedos formando murallas alrededor de ese órgano que pulsaba en mí, y pensé yo que eran barreras construyéndose para proteger lo que le había regalado una vez. Dejé que mis latidos descansaran en sus fuerzas, y ahí en mi calma fue cuando el mundo explotó.

Ella exprimió con garras la cálida confianza que le di, y así mismo arrancó sin remordimiento la vida de mi pecho. El hueso brotó de mi cuerpo, y quedó como si la peor bomba hubiese detonado en las profundidades de mi ser. Mis costillas fueron estiradas hacia afuera como dos puertas abiertas invitando el dolor para que use mi cuerpo como disfraz, para que se esconda en el vacío donde una vez hubo carne. La poca luz se convirtió roja, y en mis últimos momentos fui testigo al final de un sol que comenzaba a enfriarse. Pestañeé una sola vez, y en ese único abrir y cerrar de ojos entendí mi fin. Su despedida diez años atrás fue una bala inesperada que falló en su objetivo. Una bala que prolongó algo que debió haber sido rápido. Cuánto deseé que fuera instantáneo ese desangre eterno. Cuánto deseé que hubiese ella apuntado a la cabeza y no a mi pecho, pues una parte de mí creyó en nosotros hasta el final. Creí en el amor hasta que no pude más. En este sueño ella fue culpable de un crimen. En este sueño viví mi mejor día, pues creí por unos segundos la mentira de que ella sí me amaba. Pero, en este sueño también morí. Y fue la peor muerte.

El Viejo San Juan tuvo una manera de parar el tiempo, de hacer que solo importe lo que tiene que importar en esta vida por al menos unos pocos momentos. Pero también es algo cómico cómo funciona el Viejo San Juan, como puede dejar morir años de historia en tan solo un instante.

Volviendo a la realidad, me vi caer desde una gran altura sin alas, como un meteorito. En ese último aliento solo pude rogarle a Dios que no me dejara tocar la tierra, que me dejara despertar de esta horrible pesadilla, que me quitara la bala enterrada en mi cabeza, y que me salvara de aquel precipicio que rápidamente se me acercaba. Pero mi arrepentimiento fue muy tarde. El Jinete Pálido, mi mejor amigo, el jinete que se llamaba «Muerte» llegó primero, y él acabo con todo.

VEINTICUATRO

En un minuto todo puede cambiar en la vida. Sesenta segundos es todo el tiempo que el cielo requiere para derretirse, para cambiar su azul por un atardecer rojo. Sesenta segundos, quizás menos, es todo lo que requiere el alma para dejar de amar, para doler, para odiar, para comenzar una guerra nueva. Pero, solo toma un instante, un trágico e inesperado momento, para que el corazón se rompa en infinitos pedazos.

Ese era el último día de viaje para la pareja que se había mudado para Estados Unidos, y esa noche planeaban visitar ese lugar especial en el Viejo San Juan donde se agarraron de la mano por primera vez. José y Alexandra salieron por las puertas del hotel de Condado, y afuera los estaba esperando un taxista para llevarlos a El Morro. Cuando se montaron, el taxista les comenzó a hablar.

—Oye, hermano, ¡nos vemos otra vez! Dios me los bendiga —dijo el dominicano—. ¿A dónde los llevo?

José y Alexandra se miraron, ambos confundidos, al no recordar haber conocido el taxista en algún momento.

—Vamos para El Morro, por favor —contestó José.

El taxista comenzó a guiar inmediatamente.

—¿Ya uste' a visita'o la familia en Ponce?

—No, yo soy de Caguas —contestó José, sonriendo por la locura de la interacción con el taxista.

—¿Pero no me había dicho que es de Pon...

—El taxista se calló de momento y miró a José por el retrovisor—. Oh, discúlpame, hermano. Es que se me pareció a otra persona de momento.

Después de varios hoyos en las calles de Puerto Rico y unos minutos después, llegaron a El Morro.

—Muchas gracias —le dijo José al taxista, y del bolsillo sacó veinte dólares para dárselos de propina. Al tomarlos en su mano, el conductor dominicano bajó la cabeza y humildemente contestó:

—Gracias, gracias.

Mientras José y Alexandra se bajaban del taxi, el dominicano seguía pensando que sí, en algún otro momento, él había conocido a José. O quizás tan solo se estaba imaginando las cosas. Antes de irse, bajó su ventana y les gritó:

—Cuídense por ahí, y ¡Dios me los bendiga!

El taxista se fue guiando con una sonrisa, y antes de doblar la esquina y desaparecerse para siempre, sacó su mano por la ventana para decirles adiós. *Amén*, pensó José, y ahí voltearon juntos para caminar hacia la placita alumbrada frente al camino que los llevarían a El Morro. El cielo oscuro los arropaba esa noche, pero la incandescencia de las luces de la placita se deslizaba sobre la piel de ambos más y más al ellos acercarse a su viejo lugar. Al llegar bajo la luna llena a aquella placita, José abrazó fuertemente a Alexandra y le dio un beso de esos que llenan los pulmones hasta no poder respirar más.

—Aquí descubrí que te amaba —le dijo José a su esposa, agarrándola por la mano y dándole una vuelta como si fueran a bailar—. Hace diez años.

Alexandra se rio, y juntos se fueron a uno de los banquillos para sentarse a hablar. Hablaron de la vida, de los misterios del universo, de sus creencias, de sus planes, del pasado, del presente, del futuro. Hablaron de lo difícil, lo amargo, lo fácil, lo dulce. Hablaron de lo complejo, lo inexplicable, y del corazón que palpita, que cuenta poemas sin final. Hablaron del infinito, de las dimensiones alternas, de todo lo que aún les falta por conocer. Hablaron por horas, riéndose juntos y amándose más, hasta que escucharon de repente una campanita en la noche.

Una vendedora de helados andaba pasando por la calle con su carrito, y la campana atada a él sonaba cada vez que las ruedas chocaban con los adoquines y las grietas desparejas de la calle. Les estuvo raro a José y Alexandra que tan tarde en la noche estarían vendiendo helados, y más raro aún en el mismo medio de la calle, pero la campanita seguía sonando, la vendedora desde lejos anunciando que muy cerca de uno había dulzura.

—¿Quieres uno? —le preguntó José a su esposa. Ella movió su cabeza hacia arriba y abajo, y entonces él se paró del banquillo para alcanzar a la vendedora que se alejaba más de la placita con cada segundo que pasaba. José corrió hacia ella, y cuando se acercó, vio con más detalle que la vendedora de helados era una doñita con un chal oscuro puesto sobre su cabeza y sus hombros. Antes de que José pudiera hablar, la doña se detuvo en medio de la calle con su carrito, y se dio la vuelta hacia él, revelando un par de ojos pálidos, azules como el cielo detrás de unos espejuelos gruesos, y una sonrisa dulce. Ella comenzó a prepararle dos helados en unos vasos plásticos antes de que José se los pidiera.

—Todo se repite en la vida, hijo —comenzó a decir la doña, su voz como un eco en el viento—. El tiempo es como un espiral, y todo se repite de alguna forma u otra. Pero no tienes que preocuparte por eso hoy. Esta noche se pagará por la paz que no has malgastado. Sé agradecido por el pasado y por lo que todavía falta. Se lo han ganado. Sus otras vidas sufrirán esta noche para que ustedes puedan seguir feliz.

Cuando la doña terminó de prepararle los helados, se los entregó.

—Tenga. Así, mezclados de parcha y coco como les gusta —dijo ella sonriendo—. Te veré aquí otra vez. O quizás a una versión de ti.

Confundido y tratando de aguantar ambos vasos con una mano, José comenzó a rebuscar en su bolsillo para encontrar dinero y pagarle a la doña. Y entonces una bocina sonó tan fuerte y cerca de él que no pudo evitar dar un brinco. La noche comenzó a alumbrarse rápidamente a su alrededor, y cuando miró hacia el lado, vio que un carro estaba a tan solo unos pocos metros de él, las luces cegadoras acercándose velozmente. José cerró los ojos, preparándose para el impacto cuando de repente sintió un jalón que por poco le tumba los helados. El carro le pasó por el lado rápidamente, la bocina incesante dejaba ver la molestia del conductor. Cuando José se viró para mirar quién lo había salvado de una muerte inesperada, encontró a un hombre de piel bronceada, quizás de tanto trabajar bajo el sol, y de pelo marrón claro que crecía en rizos cortos. Detrás de él estaba parada una mujer blanca de pelo negro como la noche, y con un par de ojos grises que parecían contener dos tormentas.

—Hombre, ¿estás bien? —le preguntó el jibarito, sus ojos tan asombrados como los de José al haberle salvado la vida.

Sin palabras aún, José regresó su mirada en busca de la doña con su carrito, pero ella ya no estaba. No había rastros de ella en aquella noche del Viejo San Juan. La princesa miraba a José preocupada, esperando que le respondiera a la pregunta de su novio.

—Oye, te llamas José, ¿no? Tú estabas en la tiendita de poesías hace unas noches atrás —siguió el jibarito.

José alternaba su mirada entre el jibarito y el lugar donde la doña había desaparecido. Incrédulo aún, José contestaba cada pregunta moviendo su cabeza hacia arriba y abajo.

—Qué pequeño es el mundo, José. ¿Quién diría que cada paso, cada momento y decisión nos llevarían a este momento? Tan solo un segundo más tarde y quizás... quizás esta noche hubiese sido diferente.

El jibarito miró a los helados que José llevaba en la mano.

—¿Dónde conseguiste helados a esta hora? — le preguntó sonriendo.

José miró sus manos y luego miró al jibarito. El jibarito y la princesa, en cambio, se miraron incómodamente, pensando que quizás José estaba loco. Entonces se acercó Alexandra, corriendo hacia ellos.

Asustada, y antes de abrazarlo, se aseguró de que José no tuviese ningún daño. El jibarito y la princesa se despidieron, y José y su esposa, después de un largo abrazo, caminaron juntos hacia El Morro para comerse sus helados.

—Qué raro fue eso —dijo la princesa luego de distanciarse de José y Alexandra.

El jibarito alzó los hombros como respuesta, sin entender tampoco lo que había sucedido con aquel hombre unos minutos atrás. Pero juntos caminaron por las calles del Viejo San Juan, olvidando toda la locura previa, agarrados de manos, pintando las calles con su amor. Fueron guardados ellos dos entre los colores, un mensaje escondido entre los paisajes, entre la pintura de un cuadro celestial. Fueron el secreto perfecto del universo, pero ese secreto se escapó del rincón escondido donde siempre fue guardado, y esa noche las fuerzas del balance por fin encontrarían al jibarito y a la princesa fuera de su cabañita. Hasta ese momento, las hojas de los árboles caían porque juntos decidían pestañear, el aleteo de sus ojos afectando el mundo como las mariposas en su vuelo. Los pétalos nacían porque juntos respiraban. Las olas del Caribe rompían porque hasta ellos querían llegar, la marea arrastrándose con cada intento de acercarse para ser testigo de aquel amor perfecto sobre la tierra. Entre las montañas vivieron ellos dos, dándole vida a todo lo que los rodeaban. Fueron guardados entre lo natural, entre lo que fluye fácilmente como un río. Eso vieron los pintores celestiales. Eso grabaron sin darse cuenta. Su esencia fue lo que ayudó el mundo a crecer, su luz la que buscaban las flores.

Pero, todo en la vida cambia, y ambos escucharon un disparo en la distancia, como una trompeta anunciando el final. Las piernas del jibarito perdieron sus fuerzas, y cayó de rodillas. La princesa cayó con él, tratando de manejar el peso de su novio y ayudándolo a pararse nuevamente.

—Amor, ¿qué te pasa? —preguntó la princesa desesperada.

El jibarito perdió fuerzas en sus piernas de nuevo y terminó sentándose en la acera para coger un descanso. Unos largos segundos después, ambos escucharon otro disparo.

—Me entró un dolor de cabeza horrible de repente, pero estoy bien —contestó el jibarito con los ojos cerrados, sobándose la frente con ambas manos. La princesa decidió ir a buscar su carro para recoger el jibarito y regresar a la cabañita a descansar, así que le dijo a su novio que no se moviera de aquella acera. Ella le aseguró que regresaría pronto por él, y entonces se desapareció corriendo entre los callejones del Viejo San Juan. El jibarito esperó unos segundos, pero por más que la princesa le rogó que la esperara, algo en él no pudo quedarse quieto por mucho tiempo, y se fue caminando para ver si así se deshacía de su dolor de cabeza. Sin conocer el rumbo exacto, el jibarito se encontró en una parte solitaria de la ciudad, cuando de repente vio el cuerpo de una mujer caer como una estrella del cielo. El jibarito escuchó el crujir de los huesos del cuerpo desconocido chocando con la acera frente a un carro rojo deportivo, estacionado al lado de un edificio abandonado. En un instante, todo pensamiento se evaporó de su mente, y poco a poco, su curiosidad lo llevó al charco de sangre donde estaba tirada Camila. No cabía más horror en el rostro del jibarito.

Mientras tanto, José y Alexandra estaban terminando de comerse sus helados cuando escucharon los dos disparos en la distancia. Estaban sentados en la pequeña colina frente a la fortaleza que miraba hacia la bahía, cuando ambos se voltearon en busca del sonido.

Mirando hacia la ciudad, Alexandra no pudo evitar preguntar:

— ¿Crees que hemos sufrido en otras vidas para estar aquí?

Sorprendido por la pregunta, José regresó su mirada a los ojos azules de su esposa. Estuvo a punto de contestarle la pregunta cuando ella de repente se desmayó entre sus brazos. Él la aguantó fuertemente de inmediato para evitar que ella se chocara la cabeza, y comenzó a moverle su pelo rojo de la cara para verificar si ella seguía respirando. Un aliento débil se escapaba de los pulmones de Alexandra. José la cogió entre sus brazos y comenzó a cargarla de regreso a la ciudad, casi corriendo para tratar de salvarle la vida.

—Si sufrimos, pues valió la pena, Alexandra — dijo José, unas lágrimas comenzando a bajar por su cara—. No me dejes, por favor.

José corrió lo más rápido que pudo con su esposa entre sus brazos cuando escuchó el tercer y último disparo de la noche. Al instante, él también desmayó y cayeron juntos de nuevo sobre la colina al frente de la fortaleza, inconscientes, acurrucados bajo las estrellas. El silencio los arropó esa noche con la excepción de una campanita lejana que seguía sonando sin parar, como un eco arrojado al vacío.

En otra parte de esa ciudad, la princesa llegaba en su carro, mientras Alexandra se desmayaba en El

Morro. Rápido comenzó a guiar al lugar cercano donde había dejado a su jibarito esperando, pero cuando llegó no estaba. Nerviosa, el corazón de la princesa comenzó a latir más rápido, y decidió guiar por las calles cercanas en busca de él. Poco después, se encontró guiando por una calle solitaria cuando escuchó el tercer disparo de la noche. Del cielo cayó un hombre, y sin poder despegar la mirada de aquel momento impredecible, no se dio cuenta del carro rojo deportivo estacionado frente al edificio abandonado. No se dio cuenta de la escena violenta que el vehículo ocultaba al otro lado en la acera. Y tampoco se dio cuenta de lo que causó el impacto de aquel cuerpo desconocido al caer del cielo. Lo único que sintió en esos momentos fue su corazón dejar de latir por unos segundos al haberle pasado a algo por encima con su carro.

Antes de escuchar el tercer disparo, el jibarito escuchó un grito venir desde el techo del edificio abandonado. Fue un grito que le dio un escalofrío por todo el cuerpo. El sonido fue sinónimo de muerte, y fue como si un fantasma arropara al jibarito en esos cortos momentos después. Aturdido por lo que sus ojos veían, ya estaba parado sobre el cuerpo de Camila cuando el último disparo sonó. Cuando miró hacia el cielo, vio un cometa en forma de hombre cayendo hacia el lugar donde estaba él parado. Instintivamente, el jibarito dio un brinco tan violento para evitar un choque con el hombre que terminó tropezando con la sangre y la acera, cayendo de espalda a la calle. La noche comenzó a alumbrarse rápidamente a su alrededor, y cuando miró hacia el lado, vio que un carro estaba a tan solo unos pocos metros de él, las luces cegadoras acercándose velozmente. Eso fue lo último que el jibarito vio en su vida antes de que una goma aplastara su cabeza y todos sus rizos cortos.

La princesa detuvo su carro inmediatamente al lado del carro rojo deportivo, pero no quería bajarse de él. Algo en su corazón le rogaba que no se saliera, pero tuvo que hacerlo. Lentamente ella abrió la puerta de su vehículo, y cuando se bajó, sintió sus sandalias hundirse dentro de un charco de líquido espeso y oscuro. El corazón quería salirse de su pecho. Poco a poco, dio sus primeros pasos, caminando hacia el lado pasajero de su carro. Desde un nuevo ángulo y un punto de vista diferente, la princesa vio mi cadáver primero. Luego vio al cuerpo de Camila a mi lado. Jamás hubiese imaginado ella que aquel carro rojo ocultaba una escena tan grotesca. Su alma le seguía rogando que se fuera de allí, que no mirara hacia abajo, que no viera lo que a un metro de sus pies la esperaba bajo la goma de su carro. Pero no lo pudo evitar. Vio las piernas del jibarito primero, y las reconoció inmediatamente. Su pulso aceleró aún más y comenzó a hiperventilar. Siguió subiendo poco a poco, mirando el torso del cadáver, reconociendo la ropa de su novio aún más. Y entonces llegó a la goma. La princesa no supo que ella estaba gritando porque en esos momentos, se sentía como si no estuviese dentro de su propio cuerpo. La cabeza del jibarito había explotado completamente bajo el carro de su novia, y lo que quedaban eran los pedazos del cerebro que la princesa tanto amaba regados por toda la calle. Fragmentos de su cráneo estaban dispersados por el charco de sangre que seguía creciendo a su alrededor, y ella cayó de rodillas allí en esa calle abandonada.

Sin querer, ella cortó el hilo rojo del destino y terminó rompiendo su propio corazón para siempre. La princesa mató a su amor antes de tiempo, y lo único que se escuchaba en la noche eran sus gritos, los llantos desesperados de una mujer que lo perdió todo en un instante, su horror clavándose en su mente, una memoria que nunca iba a poder olvidar. Tirada en la sangre, aguantando el pobre cuerpo de su jibarito muerto, sus lágrimas bajaban sin fin. Cada uno de sus llantos rompían el cristal del silencio con un dolor inimaginable, y no hizo falta que ella fuera inmortal, que ella viviera para siempre, para presenciar el fin del mundo.

Vicente salió por la puerta del edificio abandonado con el maletín de dinero en sus manos, y se detuvo un momento para ver la escena irrepetible de esa noche. Una princesa en el Viejo San Juan lloraba sobre la cabeza explotada de un jibarito, y a unos metros de ellos estábamos Camila y yo. Nuestros huesos rotos traspasaban nuestra piel, y la sangre mía se mezclaba con la de ella. Nuestras caras desfiguradas quedaron mirándose una a la otra, y al caer, mi mano tomó su último descanso sobre su vientre. Vicente comenzó a caminar lentamente otra vez, perturbado por los eventos de aquella noche, y se desapareció entre los callejones de esa antigua ciudad antes de que la policía llegara a investigar la tragedia.

A veces nos prometen un infinito sin realmente saber todo lo que cuesta eso. Nos mienten, quizás sin saberlo, con un «para siempre», y no nos queda más que tener que matar a la memoria para rescatar lo poco que queda de nosotros cuando no pueden cumplir con sus promesas. Y a veces, en otras ocasiones, simplemente peleamos para no estar solos y aceptamos lo que llega fácil a la vida para no quedarnos con un vacío, para llenarnos con algo que no debemos porque nos convencemos de alguna manera que eso es mejor que ir andando por la vida con huecos. Pero, al final, eso tampoco es suficiente. Las palabras terminan siendo solo palabras, y lo que queda es un baúl que cae hacia el precipicio, explotando junto a todos los recuerdos que una vez guardó. Explota el cristal de cada una de esas memorias guardadas en frascos frágiles dentro de aquel cajón fragmentado, se mezclan todas entre el caos como un rompecabezas que nunca se volverá a descifrar, y todo se pierde para siempre, como lágrimas bajo la lluvia. Nos hechizamos uno al otro en la vida, pero tomamos rumbos distintos y nos desaparecemos, abandonando la magia que se quedó esperando por nosotros, abandonado la dulce esencia antes de poder disfrutarla juntos.

Quizás fuimos un amor eterno Camila y yo, o más probable, tan solo fuimos una mala compañía. O peor aún, tan solo fuimos una combinación de químicos en una cabeza que pensaba que era algo más de lo que fue. Al menos morimos juntos. Al menos sufrimos juntos para que, quizás, algo mejor nos llegue en otra vida. O quizás tan solo fue que por fin las garras de un bosque lejano, hambriento y maldito por fin me encontraron al otro lado del mundo, y se llevaron conmigo a todos los que tenían la desdicha de estar a mi lado. Puta Anaconda. Puto Aokigahara. Puto destino. Puto universo…

Un minuto de diferencia, y quizás todo hubiese pasado diferente. Un minuto de diferencia, y quizás en otra vida el cielo se hubiese quedado azul.

VEINTICINCO

José abrió los ojos a la mañana siguiente para encontrarse bajo un cielo pintado por el fuego de un amanecer caribeño. Sobre su pecho, Alexandra descansaba calladamente. Su cuerpo suave subía y bajaba cada vez que llenaba sus pulmones con su respiración delicada, y José sintió un alivio en su alma al tenerla allí con él. Instintivamente abrazó a su esposa fuertemente por la cintura. Quizás su último recuerdo de la noche anterior fue tan solo un mal sueño, o quizás no lo fue. Quizás sí se desmayaron juntos en algún momento. Quizás sí llegó a pensar que su esposa se moría entre sus brazos. Pero ya eso había pasado, y lo único que le importaba a José en esos momentos era que Alexandra estaba viva, sana, y perfecta, allí con él, bajo un sol que despertaba vagamente sobre el Viejo San Juan.

La luz besaba las pecas de Alexandra, y José en cambio le besaba la frente. Los ojos de ella comenzaron un aleteo tierno, y del sueño ella se escapó para revelar dos zafiros brillantes. No preguntó por qué despertaron allí en la colina frente a la fortaleza. No preguntó qué fue lo que sucedió la noche anterior. Simplemente miró a su esposo y sonrió, una sabiduría inconsciente entre ambos dejándoles saber que nada de eso importaba ya. Estaban allí juntos, el amor arropándolos mientras José le sobaba el cabello a ella. No necesitaron palabras para apreciarse uno al otro. Ellos sabían los secretos del universo, quizás revelados a ambos entre sueños. Todo en la vida se repite así que no podemos malgastar la paz cuando por fin nos toca. Allí estuvieron una vez, y en otra vida lo volverían a estar. Los turistas que empezaban a llegar temprano a El Morro lo sabían también al mirarlos allí acostados sobre la grama. Los pájaros lo sabían también, y les cantaban dulces canciones desde el cielo celebrando. José y Alexandra entendieron que, si sufrieron en otra vida para poder llegar a ese momento, pues entonces valió la pena.

—

Tiempo después, la recepcionista del hotel de Condado se encontraba en el funeral de una de sus amigas. Con lágrimas bajándole por la cara, recordó que la última vez que fue a un funeral fue al de su esposo, hacía diez años. La diferencia fue que esa vez enterraron a un ataúd vacío porque nunca encontraron el cuerpo de su esposo días después del accidente con su camión. Había desaparecido desde el mismo hospital, y lo único que había quedado de él fue unos rastros de sangre en la camilla donde lo habían tenido hospitalizado. La recepcionista siempre imaginó que su desaparición fue el resultado de una venganza y que él fue secuestrado y quizás torturado. Pero, aun así, ella estaba insegura sobre si eso fue peor que la causa de la muerte de su amiga. Después de las investigaciones en el Viejo San Juan de aquellas cinco muertes grotescas en el edificio abandonado, encontraron a la princesa bajo unas sábanas en su cabañita. Nadie supo nada de ella esos próximos días después de la muerte del jibarito, y sospecharon que algo andaba mal por su falta de comunicación. La encontraron muerta, pero los investigadores no pudieron identificar cuál fue la causa. Sin embargo, todos los que la conocían bien sí supieron de qué había muerto. Para la princesa, la tierra se había tragado todos los colores, y el gris de sus ojos invadió cada uno de sus días después de la muerte de su jibarito. El sol amanecía, pero ya no brillaba ni daba calor como antes, y ella despertaba para solo querer dormirse otra vez. El vino bajaba por su garganta, pero ya no la saciaba.

Sus pulmones atrapaban el aire, pero aun así ella sentía que no podía respirar. Y, finalmente, su cabañita a solas perdió mucho del esplendor que se regaba a través de las risas que su novio le regalaba. Los investigadores no lo entendían, pero todas las personas que conocían a la princesa bien sabían que ella había muerto de amor.

Mientras tanto, en otra parte del mundo, Vicente había viajado a Washington en busca de los hombres a quienes Javier le debía dinero. Cuando por fin los encontró, sin importarle un carajo, entró a la casa del líder del grupo de hijos de putas que estaban amenazando a Javier y su familia. En su mano llevaba el maletín de dinero que yo iba a intercambiar por Camila en el Viejo San Juan.

—Aquí hay diez millones —dijo Vicente en inglés, su mirada fría y sin miedo mientras una docena de cabrones le apuntaban con varias pistolas a la cara—. Es de parte de Javier. Se lo reparten como quieran, y desde ahora dejan a su familia en paz.

El grupo entero estaba sin palabras, pero de seguro pensaron *¿Quién carajos se cree este hombre?* De seguro no iban a dejar a Vicente salirse de allí vivo, pero entonces él abrió el maletín con el dinero, y todos rápidamente se comenzaron a reír, incrédulos de que tenían toda esa cantidad en un solo lugar. Quizás por agradecidos, o quizás porque pensaban que Vicente estaba loco, lo dejaron irse de la casa, lo que fue para ellos un gran error. Mientras Vicente salía del edificio, una bomba escondida debajo de todo el dinero detonaba, derrumbando la casa entera, matando a todos adentro, y enterrando de una vez a todas las ratas que había allí. El segundo maletín con los otros diez millones fue enviado a la casa de la esposa de Javier. Esa fue, quizás, la única manera que Vicente pudo explicar a distancia lo que sucedió con el Burro. Y también, quizás, fue la única manera de poder disculparse por cómo la vida los había tratado.

Al terminar en Washington, Vicente viajó por fin a Colorado, al lugar donde habían enterrado el cuerpo torturado de su esposa. Cuando llegó al cementerio de su pueblo pequeño, encontró la pequeña tumba abandonada. Habían pasado diez años desde que la había visitado. Su anhelo por la venganza y el dolor de recordar que ya ella no estaba con él en esa vida no lo dejaba regresar. No podía regresar hasta que matara a la Anaconda. No podía regresar hasta que se asegurara de que aquel hijo de puta no le volvería a hacer daño a ninguna otra persona en la vida. Pero por fin cumplió con su misión, con su promesa, y allí Vicente comenzó a cuidar de aquel pedacito de tierra.

Se quitó la vieja chaqueta de cuero color marrón que llevaba puesta, y comenzó a cortar y a sacar las enredaderas que habían crecido por toda la tumba. Se deshizo de toda la naturaleza salvaje que había escondido su más preciado recuerdo. Al pasar los días, cuando por fin pudo restaurar ese lugar sagrado, allí en la tumba podía leer de nuevo el nombre grabado en la piedra: Holli Novikov.

Vicente buscó cada flor imaginable, y convirtió ese rinconcito del cementerio en un jardín. Cuando terminó, puso la chaqueta vieja en la tierra, y usó aquel viejo recuerdo como almohada para descansar allí, con su esposa, por fin. Nadie entendió las acciones de Vicente durante esos diez años que siguieron a la muerte de Holli, excepto yo, quizás. Pero, la vida es así. Quizás no todas las guerras en nuestras vidas explotan por amor o por el deseo de ser amados, sino por ese desesperado anhelo de simplemente ser entendidos.

Con el tiempo, encontraron el cadáver de Vicente acostado sobre la tumba de su esposa. Muerto de hambre y de frío, tardaron tanto en encontrarlo ya que su cuerpo no estaba visible. Una mariposa había caído sobre él, y así, al encontrar un hogar nuevo, esa mariposa llamó a otras más. Cuando entre todas se formó una legión, escondieron al cuerpo de Vicente por mucho tiempo con sus alas camufladas. Luego llegó el invierno, y la nieve lo cubrió. No fue hasta que una doña con sus lentes gruesos y un chal oscuro puesto andaba por el cementerio que alguien supo de él. Y cuando ella pasó por allí con su dulce y delicada sonrisa, entonces fue que la policía recibió una llamada anónima reportando al cuerpo. Lo raro y lo que perturbó a los policías fue que antes de enganchar, la voz anónima les dijo que quizás, así como la gente tira las personas a la basura, la vida al final hace lo mismo con todos nosotros. Tan rara fue la conversación que los policías tuvieron con la doña que ni se dieron cuenta de que, en el fondo de la llamada, el sonido de los pasos de un caballo acompañaba la voz de la vieja.

La esposa de Javier se fue a Las Vegas con el dinero que le dejó Vicente en el buzón, y así se fue a beber tristemente junto a la noticia de que nunca más volvería a ver a su esposo. La encontraron unos días después en su habitación con espuma botando por la boca. Había mezclado el dolor de su pérdida con unas pastillas para dormir y muchísimo alcohol. Murió envenenada en el piso trece de algún hotel desconocido. Mientras tanto, la pareja de Estados Unidos se fue de viaje en un crucero hacia España y

Portugal. Allí Alexandra quedó embarazada de gemelos. A José no le cabía más alegría y amor en el corazón.

En cambio, en otra parte del mundo, al regresar de unas vacaciones y ver que a mi buzón ya no le cabía una carta más, mis vecinos se preocuparon y tocaron la puerta de mi casa. Al nadie abrir mi puerta, y luego de que ellos llamaran a la policía, descubrieron que yo había muerto violentamente en Puerto Rico y que simplemente nadie había ido a mi casa aún para recoger mis pertenencias. Eso a ellos les estuvo raro porque al caminar hasta mi puerta, sintieron un terrible olor a pudrición que solo podría haber venido desde adentro de la casa. Cuando los policías llegaron y revisaron cada piso de mi hogar con sus narices tapadas y los ojos aguados, encontraron por fin la fuente de aquel mal olor. En el ático encontraron a un gato negro lleno de balazos que, al parecer, buscó refugio detrás de una de mis cajas llenas de recuerdos para esconderse él del resto del universo durante sus últimos momentos de vida. Los policías jamás imaginaban que un gato de su tamaño pudiera haber producido un mal olor tan fuerte y terrible como ese, pero, al tratar de levantar el animal del piso, se dieron cuenta de que el gato pesaba mucho, mucho más de lo que ellos pensaban.

Quizás la vida es mucho más misteriosa de lo que pensamos. Quizás, para algunos, la venganza es más dulce que la vida. Quizás entonces la muerte para ellos es la única manera de obtener la libertad. Y, finalmente, quizás algunas cosas, así como aquel gato, no siempre son tal y como las parecen.

Un tiempo después de estos acontecimientos, nacieron Damián y Sofía, los gemelos de José y Alexandra. Pronto después, se formaron dos huracanes en el Caribe los cual el mundo llamaría Irma y María. Y luego de eso, un chino en alguna parte del mundo decidiría comerse un animal raro y contraer un virus que pararía al mundo entero. O al menos, eso fue lo que acertaba las noticias por un tiempo.

Muchos dirán que esa pandemia fue el peor evento de nuestro tiempo, pero mi espíritu, perdido en alguna parte del universo, siempre pensó que ha sido peor aún la pandemia del desamor.

¿Quién hubiese imaginado que, al final, el hielo ciertamente siempre se derrite y revela todos sus secretos? ¿Quién hubiese imaginado que las mariposas decidirían salir volando todas a la misma vez? ¿Quién hubiese imaginado que Puerto Rico resultaría ser el centro del puto universo? ¿Y quién hubiese imaginado lo raro que es el destino, y más aún cuando te lo encuentras de frente, quizás en forma de un gato negro, o una mariposa nocturna o una pequeña doña que tan solo te vende helados en un hermoso Viejo San Juan?

Joder.

La carta que se quemó

Camila,

Soñé una vez que tú eras el sol y yo un planeta bajo guerra. Todos los cometas, los meteoritos y las estrellas fugaces caían como relámpagos a mi tierra. Cada explosión regaba los fragmentos como disparos al resto de tu sistema, y aquí por fin comprendí lo que cuesta hacer lo imposible. Fui una esfera de vida en órbita de tu fuego por tanto tiempo, pero para salvarte de la destrucción que habitaba entonces en mi atmósfera, me tuve que despegar de ti. Con una última explosión, rompí las ataduras que mantenían mi rotación tan cerca de mi eterno sol, y sin un adiós comencé a flotar hacia las profundidades infinitas y oscuras de nuestra galaxia. Con la disrupción, perdí las fuerzas de la gravedad, y, poco a poco, sentía cómo mis mares, mis montañas, y mis árboles perdían su lugar en mí y comenzaban a caer hacia el cielo. Con la distancia, cada vez te veías más y más pequeña, pero tu luz se mantenía firme. Incluso, brillaba más. Te acaparó una paz que con mis explosiones nunca te hubiese llegado. Qué ironía que, al despertar del sueño, la que escogió irse fuiste tú.

En tu nuevo principio encontré mi fin, y en mi fin por fin entendí. Alguna vez juré lo imposible por ti, y a veces eso incluye aceptar la derrota. Perdí en la guerra por tu amor, pero gané en mantenerte viva, en verte dulce y cálida una vez más. Desvanecí para siempre, y aquí aprendí que las raíces de mi amor fueron plantadas en un lugar más profundo que lo físico. En el espacio donde una vez viví, dejé mi esencia para que cuidara de ti para siempre. Mi cuerpo habrá desvanecido de tu lado, pero mi alma quedó allí contigo. Cuando sueñes, la fragancia de las flores que muchas veces te regalé te arroparán, y siempre dormirás abrazada, protegida por las fuerzas del espíritu y el aliento que dejé allí también. Y si algún día, alguna noche, encuentras mi fantasma velando de ti, sabrás que me habré perdido entre sueños para llegar otra vez a tu lado. Entendí que un amor incondicional a veces tiene que aprender a soltar, que a veces se tiene que dejar ir porque solo se deja amar a millones de kilómetros de distancia, a través de miles de dimensiones, y a veces atrapado entre un sueño y la realidad.

Quizás con mis viajes y mis despedidas pensaste que yo solo supe cómo alejarme de ti. Pero siempre fue todo lo contrario. Aprendí en el desierto que tenía sed de ti, y así cuando por fin llegó tu lluvia, no me escondí ni una sola vez de ella. En la jungla, el cielo me regaló las estrellas, y aprendí que las constelaciones eran los códigos que guardaban tus mensajes para mí, tus recuerdos en mi mente. Ahí aprendí a quererte de lejos. En la nieve te extrañé como a un abrigo, y entonces entendí que en mis brazos tú faltabas, que de cerca también te necesitaba. Por más que yo me quiera, abrazarme a mí mismo nunca me dará la calma que una vez me diste tú. Ni tu cariño. Ni tu calor.

Escalé hasta la cima del mundo para entender que estar en lo más alto no significa tenerlo todo. Y si fuera así, cambiaría mi último centavo y mordisco de pan por un minuto más contigo. Por más felicidad que uno tenga, siempre será el doble cuando se multiplica con el amor de la persona que uno ama. Escalé hasta el cielo para darme cuenta de eso, y quizás fue mi culpa por haberte dejado sola un tiempo en la tierra. Siempre quise dejarte saber que allí en las nubes eras tú lo que faltaba. Regreso de vez en cuando a esas alturas para sentarme en el borde de aquellas montañas, para ver si la adrenalina y esa altura me hacen sentir lo que una vez sentí contigo. Regreso siempre para ver si en algún momento el sentimiento se iguala. Y regreso también para ver si algún día yo por fin te podré olvidar.

Adrián

Nota del Autor

Comencé a escribir *Criaturas salvajes* en California durante los primeros días de cuarentena en el 2020, cuando el infame COVID-19 comenzó a regarse rápidamente por el mundo. Tenía en mente una historia completamente diferente al comenzar el libro, pero, así como la vida toma sus giros impredecibles, sentí que los personajes comenzaron a tomar vida propia y terminé escribiendo la historia que cada personaje decidió vivir. Fue una aventura en la que me reí, en la que sentí amor, en la que sentí tristeza, e incluso en la que sentí asco en momentos como cuando tuve que desarrollar el personaje de la Anaconda. Pero, aun con ese asco, sentí la necesidad de explorar las diferentes facetas del ser humano para traer a la luz lo diferente que todos podemos ser en realidad, ya sea en la superficie o en la profundidad, definir los dolores que cargamos, y entonces presentar un ejemplo extremo y caótico de lo que puede suceder cuando no sanamos heridas, cuando no buscamos ayuda, y, en cambio, dejamos esos dolores infectar nuestros espíritus.

Me hubiese gustado leer una historia en la que Javier dejaba atrás su orgullo y confiaba en la ayuda de sus dos hermanos. Me hubiese gustado leer una historia en la que Vicente no dejaba su vida consumirse por la venganza. Y finalmente, me hubiese gustado leer una historia en la que Adrián por fin sanaba su corazón roto. Imaginé un final alterno en el que Adrián explora cómo reaprender a vivir una vida después de su experiencia de perder a tantas personas que él amaba: el amor de su vida, una hermana, y varios amigos, incluyendo a Javier, que más bien era como un hermano para él. Quise leer ese final alterno, pero se me hizo difícil ver un futuro claro en el que eso era posible para Adrián después de pasar por todo lo que él pasó.

La experiencia de perder aquellos fragmentos de otras personas nos cambia porque, así como Adrián, nos adueñamos de partes que no nos pertenecen, y nos duele cuando no las quitan. Creo que la experiencia de perder esos fragmentos de otra persona a los que nos aferramos tanto, sus comportamientos, incluso hasta la forma en la que miran, la forma en la que sonríen, y el entendimiento de que adoptamos esas partes como si fueran propias y que ahora ya no están, es todo eso un proceso de renacimiento. Pero no es el renacimiento que rejuvenece o revitaliza. No es el renacimiento que nos garantiza oportunidades nuevas en la vida, sino el renacimiento que es debilitante. Sin todas estas partes familiares que realmente no le pertenecen a uno, tenemos que repetir etapas tempranas de nuestras vidas y aprender otra vez a funcionar como criaturas independientes, seres humanos nuevos. Pues, a veces es así, ¿no? Un corazón roto puede doler más que una bala porque el dolor de un corazón fragmentado penetra lugares que algo físico nunca podrá tocar. En ese final distinto, vi a Adrián recuperándose poco a poco, aprendiendo a salirse de la cama y ponerse de pies para intentar caminar, intentar tragarse la comida como por primera vez, y quizás hasta reaprender cómo respirar. Es casi como si tuviéramos que reaprender comportamientos tan básicos pero críticos después de sobrevivir la pérdida de una persona tan amada.

Quise con todas mis fuerzas escribir un final completamente feliz, pero entiendo que la vida no es así de simple. Adrián decidió aferrarse a una falsa idea, que su vacío lo llenaría más que aprender a vivir y amar otra vez. Quizás, en parte, mantener su vacío fue para él también una manera de mantener su orgullo. Quizás, en parte, era eso hasta una forma personal de venganza. O quizás, perdonarse él mismo por vivir una vida llena de rencor resultó ser la peor prueba para él: una que resultó ser imposible de conquistar. Creo que al final, este libro lo escribí pensando en que a veces nos pasan ciertas cosas en la vida por estar enfocados en lo que no debemos estar enfocados, que actuamos como criaturas salvajes, gastando nuestras fuerzas y energías en batallas innecesarias, sin saber que esas energías negativas también afectan a otras personas. Aprendí mucho al escribir esta novela, y quizás fue para mí una forma de meditación y terapia en la que me deshice de cargas innecesarias para esconderlas entre cada personaje. Cada uno de ellos, así como los escribí, por más buenos o malos, llevan una parte de mí, y entendí que la vida más bien trata de conocernos a nosotros mismos completamente, de aceptar nuestras virtudes y también nuestros defectos, y entonces elegir qué parte reflejamos hacia el mundo. Aprendí que aun con todas nuestras cargas y defectos, siempre podemos elegir reflejar lo bueno: el cariño, la felicidad, la bondad, y más que todo, el amor.

Le doy gracias a Dios por todas las puertas que Él me ha abierto en la vida, pero en este caso, le doy más gracias aún por las que decidió cerrar en el pasado. Le doy gracias por las veces que me dejó caer para enseñarme que es cuando tocamos fondo que más necesitamos valentía para pararnos otra vez. Y si confiamos y lo logramos, es de esa caída profunda que aprendemos a apreciar la vida más que nunca.

Le doy gracias a mi mamá por siempre guiarme hacia los pasos de Dios y por yo haber nacido en Puerto Rico, la isla que me inspiró tanto para esta novela. Le doy gracias a mi papá por ser un ejemplo y por ser lo que me motivó a enlistarme y ser militar, otra parte de mi vida llena de historias y personas que inspiraron diferentes partes de *Criaturas salvajes*. Mamá y papá: ambos son mis héroes. Le doy gracias a mi amiga, Alejandra, por leerme, por dejarme saber que todos estamos un poco locos por dentro y que eso no tiene nada de malo, y por empujarme a seguir escribiendo en momentos cuando quise descartar la novela por completa y tirarla a la basura. Le doy gracias a Las Marías Estudio Editorial por su paciencia con esta obra larga, y por ayudarme con esta novela a pesar de la distancia. Sin ese equipo de mujeres increíbles, no hubiese podido recoger este reguero de ideas que se llama *Criaturas salvajes* y convertirlo en algo que se pueda disfrutar por el lector. Gracias a ellas, una parte de mi imaginación pudo coger vida y ahora queda grabada entre páginas para siempre. Le doy gracias al Viejo San Juan por ser el lugar mágico que nunca dejo de visitar. Y finalmente, doy gracias por una pequeña casita de madera al lado del Lago Carite en Puerto Rico donde por unos pocos días entendí que sí se puede vivir una vida simple, que sí se puede vivir una vida dulce y llena de amor. Jamás te olvidaré.

Gracias por leerme y acompañarme en esta gran aventura.

Pablo Camacho

Sobre todo, ámense los unos a los otros profundamente, porque el amor cubre multitud de pecados.

—1 Pedro 4:8

Sobre el Autor

Pablo José Camacho Marrero, nacido en Caguas, Puerto Rico, descubrió el amor por la literatura a temprana edad. Por su experiencia siendo parte de una familia militar, y luego por la decisión de enlistarse al igual que su padre, Pablo ha tenido la oportunidad de viajar a los Estados Unidos y otros países también. Las personas, los momentos, y las aventuras que han formado parte de su vida son las cosas que lo han inspirado más en su escritura. Pablo es fiel creyente de que las palabras y la inspiración están escondidas en todas las cosas, que las personas solo deben ser valientes e ir en busca de ellas. También es autor de varios libros de prosa y poesía, incluyendo a *Las Musas: Poesía entre cartas* y *Amor gitano: Prosa y poemas de amor, desilusión y esperanza.*

Conoce más sobre el autor, sus libros y su curso de poesía en su página de web:

https://www.philosopherbynight.com